HEREDERA
EN SEDA ROJA

Madeline Hunter

HEREDERA

EN SEDA ROJA

Planeta

Título original: *Heiress in Red Silk*

Publicado por primera vez por Kensington Publishing Corp.

Derechos de traducción negociados por Sandra Bruna Agencia Literaria, SL

Traducción: María Fernanda González Cañedo

Diseño de portada: Planeta Arte & Diseño / Anilú Zavala
Fotografía de portada: © Lee Avison / Trevillion Images

Bajo el sello editorial PLANETA M.R.
Avenida Presidente Masarik núm. 111,
Piso 2, Polanco V Sección, Miguel Hidalgo
C.P. 11560, Ciudad de México
www.planetadelibros.com.mx

Primera edición en formato epub: octubre de 2022
ISBN: 978-607-07-9264-9

Primera edición impresa en México: octubre de 2022
ISBN: 978-607-07-9263-2

Impreso en los talleres de Impresora Tauro, S.A. de C.V.
Av. Año de Juárez 343, Colonia Granjas San Antonio, Iztapalapa
C.P. 09070, Ciudad de México.
Impreso y hecho en México – *Printed and made in Mexico*

Para mis hijos Thomas y Joseph

CAPÍTULO 1

La excentricidad corría por la familia Radnor como un hilo naranja entretejido en un tapiz. A algunos miembros no se les veía el color, mientras que otros brillaban en él. Kevin Radnor aún era un hombre joven, así que todavía había tiempo para ver qué tanto el color naranja dominaría su sección en el tapiz.

Ya mostraba evidencia de los rasgos que caracterizaban a su padre y a su tío. Cuando algo llamaba su atención, lo investigaba a profundidad con una dedicación admirable. Por eso, sin tener los treinta años cumplidos, había adquirido una experiencia extraordinaria en esgrima, mecánica, ingeniería, polillas, la antigua Grecia, química y la sensualidad carnal.

La última de esas investigaciones lo había llevado a finales de marzo a un burdel en el vecindario de la plaza Portman. Había estado distraído por un problema de negocios al que se estaba enfrentando y solo el placer podría aliviar su mal humor. La casa que visitaba era conocida por mujeres que se habían unido a esa profesión por entusiasmo y no por desesperación. Eso absolvía su conciencia de aumentar la miseria de alguna pobre mujer, y también le llamaba la atención porque con el entusiasmo llegaban el ingenio y la alegría.

Estaba sentado desnudo hasta la cintura en la habitación de una prostituta que usaba el nombre de Beatrice, mientras la atractiva mujer de cabello rojo se quitaba la ropa lentamente. Su preocupación se calmó al instante, en especial porque Beatrice hacía que desnudarse pareciera un arte. En ese momento, con solo su camisón y sus medias encima, se estaba agachando para quitarse una media. Esa pose dejaba a la vista sus redondas y regordetas nalgas, Kevin notó que se había puesto rubor a lo largo de la hendidura.

Un rasguño en la puerta sonó justo cuando Beatrice se terminaba de quitar la media.

—Hay un caballero conmigo —exclamó Beatrice.

—Solo quería avisarte que ya llegó. El nuevo gorro —se escuchó la voz amortiguada de una mujer—. Es tan lindo.

Beatrice comenzó a quitarse la otra media, pero Kevin podía ver que la noticia del gorro había capturado su atención.

—Ve a verlo —le dijo—. No me molesta.

Fue hacia él de un salto y le dio un beso. Después se apresuró hacia la puerta y la abrió un poco.

—¿Ves? —dijo la otra mujer.

—Oh, vaya, esta vez se superó a sí misma —dijo Beatrice—. Mira ese moño y el diseño tan complejo.

—Rosamund es la mejor —dijo su amiga.

Rosamund. Fue como si hubieran gritado el nombre por la manera en que llamó la atención de Kevin. Se puso de pie y se unió a las mujeres en la puerta.

—A mí también me gustan los gorros lindos —dijo—. Déjenme ver.

El gorro sí era bonito, con azules y rosas apropiados para la primavera. Unas telas en tonos claros habían sido cosidas de manera muy hábil para cubrir la copa alta y los listones en la base mostraban el dedicado esfuerzo para crear pequeñas rosetas.

Admiró el gorro, pero la caja en el suelo del pasillo le interesó más. La levantó para regresar el gorro a su hogar. Una etiqueta pegada a un costado tenía escritas las palabras Sombrerería Jameson, Richmond.

Mantuvo una expresión inmutable, pero en cuanto la puerta se cerró caminó hacia la silla y tomó su camisa.

—¿Qué? —exclamó Beatrice—. Creí que…

—Acabo de recordar que tengo un compromiso esta tarde. No te preocupes, aun así le pagaré a la señora Darling.

Beatrice hizo puchero.

—Esperaba divertirme un poco. Eres de mis favoritos.

—Y tú de las mías. Sin embargo, será otra noche.

Quince minutos después, Kevin llegó con su caballo a medio galope hasta una casa en la calle Brook en Mayfair. Ató su montura a un poste y se encaminó hacia la puerta. Cuando se abrió, empujó a un lado al sirviente y subió corriendo las escaleras, ignorando las objeciones que sonaban tras de él.

Atravesó el departamento y fue abriendo las puertas de golpe hasta que llegó a la recámara tenuemente iluminada.

Una mujer soltó un grito de sorpresa.

—Demonios, Kevin —gritó un hombre.

Eso lo detuvo. Dos pares de ojos lo miraban molestos desde la cama. Los de la mujer lo observaban sobre una sábana que la cubría hasta la nariz.

—De verdad, Chase, a veces tu familia es insoportable —dijo furiosa.

—Mis más sinceras disculpas, Minerva. Chase. De verdad. Pero la encontré. Al fin encontré a Rosamund Jameson.

Rosamund esperaba que la mujer que estaba observando el escaparate de su tienda entrara. Parecía ser alguien que apreciaba la calidad, a juzgar por la pelliza de lana azul que le quedaba como solo la ropa bien hecha podía hacerlo. Su gorro también se veía caro, aunque Rosamund no pudo evitar hacerle cambios en su mente. Hubiera buscado un tono más oscuro de azul con más brillo para que contrastara mejor con el cabello tan oscuro de la mujer. Al borde también le hubiera quedado bien un recorte. La mujer tenía una cara preciosa e impresionantes ojos oscuros, y era una pena que ese borde creara tanta sombra.

Desafortunadamente, la mujer se fue caminando y Rosamund volvió a ponerle atención a la señora Grimley, que había decidido comprar los últimos gorros de invierno de la sombrerería Jameson. La señora Grimley había exigido un precio más bajo porque la temporada había terminado, y Rosamund estuvo de acuerdo. El gorro tenía un poco de pelaje, una indulgencia de la que se arrepentía. Ese pelaje había causado admiración en sus clientes, pero subía demasiado el costo. Eso significaba que su dinero se había quedado en ese sombrero el invierno entero.

—¿Le interesaría encargar un sombrero para las fiestas de primavera en los jardines? —preguntó mientras ponía el gorro en una de sus cajas especiales. Estas costaban más de lo que le gustaría, pero todos los buenos sombrereros las usaban y su ambición requería que hiciera ese gasto. Había disfrutado elegir el color del cartón en el tono morado que contrastaba muy bien con el color crema de su etiqueta impresa.

—Lo voy a pensar —dijo la señora Grimley—. Voy a viajar a Londres y estaré visitando algunas tiendas con mi hermana, pero puede que aún necesite algo cuando regrese.

Rosamund sonrió, pero su corazón se hundió. Nunca hubiera podido abrir su tienda en Londres, y estaba muy agradecida de que Richmond le diera la oportunidad de empezar su negocio. Además, Richmond estaba muy cerca de Londres, sus mejores clientes le hacían un encargo por cada cinco que dejaban hechos en Londres. Algún día tendría una linda tienda en Mayfair, pero necesitaba hacer las cosas un paso a la vez.

—Espero poder crear una obra maestra para usted, si lo necesita en algún momento. —Ató la cuerda sobre la caja y se la dio a la señora Grimley—. Tendré las capuchas que quería dentro de un día más o menos y las enviaré a su casa. Ya casi las termino.

No había diversión artística en las capuchas, pero cosía muchas de ellas. Incluso sus clientes más adinerados no creían necesario pagar precios de Londres por algo tan básico. Las capuchas mantenían viva su tienda, de hecho. Eso y las comisiones que llegaban de Londres, de viejos amigos de Beatrice.

Pensó en el gorro que había enviado allá un par de semanas atrás y se imaginó a Beatrice usándolo en el parque. Había inventado una manera de hacer rosetas de grogrén para ponerlas en los gorros, un método que no compartiría con nadie más. Tal vez algún día elegantes mujeres de Londres la buscarían gracias a sus rosetas.

La señora Grimley se fue. Rosamund limpió el mostrador y se dio la vuelta para arreglar algunos listones en el estante. Siempre dejaba que un extremo saliera de las cajas y las canastas para que reflejara la luz y mostrara el color. Los usaba como señuelos, los colgaba para llamar la atención de adinerados peces que estuvieran nadando cerca.

Estaba sacudiendo el espejo cerca del escaparate, el que estaba en la mesa donde los clientes se probaban los gorros y sombreros, cuando se dio cuenta de que la mujer con la pelliza azul estaba asomada en el escaparate de nuevo. Rosamund sonrió mientras sacudía, para animarla a entrar.

Eso fue lo que hizo. Se detuvo un momento en la puerta mientras su mirada recorrió la tienda, pasó de los gorros a los estantes y al mostrador, y finalmente llegó a Rosamund. Miró a Rosamund de arriba abajo y dio un paso hacia delante.

—¿Es usted Rosamund Jameson? ¿Vivía en la calle Warwick en Londres?

—Sí. He de ser yo.

La mujer sacó una tarjeta de su bolsa.

—Mi nombre es Minerva Radnor. La he estado buscando.

Rosamund leyó la tarjeta.«Oficina de Investigaciones Discretas Hepplewhite».

—Aquí dice que su nombre es Minerva Hepplewhite.

—Me casé, pero mi oficina sigue teniendo mi nombre.

—Creo que no vino por un sombrero nuevo.

La señora Radnor sonrió. Sus ojos oscuros brillaron.

—No, aunque los suyos se ven muy lindos. La he estado buscando por meses para decirle sobre una herencia que recibió. Una herencia sustanciosa.

—No necesita cerrar su tienda —dijo la señora Radnor—. Puedo esperar si alguien entra y quiere usted atenderlo.

—No creo poder atender a nadie en este momento —Rosamund cerró las cortinas y aseguró la puerta—. Apenas puedo respirar.

—¿Tal vez necesite espíritus medicinales…?

Rosamund observó a su invitada sobre el hombro.

—No necesito espíritus. Solo una explicación…

—Por supuesto. —La señora Radnor acercó una segunda silla a la mesa con el espejo para que las dos pudieran sentarse.

—¿Quién me dejó esta… herencia?

—El duque de Hollinburgh —la señora Radnor miró a Rosamund con atención—. ¿Lo conocía?

Rosamund se tomó un momento para absorber esa increíble noticia, mientras recuperaba la compostura.

—Lo conocía. Solo conversamos una vez. —Se dio cuenta de por qué la señora Radnor la estaba mirando tan de cerca—. No éramos amantes. Ni nada parecido, si es lo que está pensando.

—No estoy pensando nada. A mí también me dejó una herencia. Tampoco éramos amantes. De hecho, nunca nos conocimos. Me sorprende que hayan hablado al menos una vez.

—No fue una plática larga, pero sí supo algo sobre mí.

Tal vez había confiado demasiado en él, pero esa conversación había tenido lugar cuando ella estaba cansada y solo porque él había sido amable con una amiga de ella que apenas él conocía.

Rosamund sí sabía quién era, y le sorprendió lo fácil que fue hablar con él.

—Fue muy amable. Me dio una bolsa con diez guineas. Fue así como pude abrir esta tienda.

La señora Radnor volvió a mirar a la tienda.

—¿Cuándo pasó eso? La única dirección que aparece en el testamento es una calle en Londres, pero nadie de ahí la conocía.

—Viví ahí muy poco tiempo hace como un año. Ese espacio me lo pasó una mujer que conocía, y confieso que no le dijimos al dueño, porque pudo haber aumentado la renta. Por eso mantuve un bajo perfil. Viví ahí mientras trabajaba en una sombrerería en la ciudad aprendiendo lo que podía sobre cuentas y encontrando lugares en donde comprar telas, encontrar ideas y ese tipo de cosas. Se necesita más que un sueño para lograr algo como esto.

—Y averiguó lo que se necesitaba para hacerlo y se dispuso a obtenerlo.

—Algo así. Después me mudé aquí, porque rentar un lugar en Richmond es mucho más barato y no hay tanta competencia.

—¿Dónde estaba cuando conoció al duque?

Rosamund se quedó rígida.

—¿Es un requerimiento para recibir la herencia contar mi historia completa? —Se arrepintió de lo irritada que sonaba.

La señora Radnor no pareció darse cuenta.

—Cielos, no. Yo, por mi parte, estaba muy agradecida por eso. No fue mi intención entrometerme. —Sacó dos tarjetas más de su bolsa—. Aquí está el procurador al que tiene que ver para conseguir la herencia. Esta es mi tarjeta personal. Somos como hermanas de cierta manera, ¿no cree? Como dos mujeres a las que el difunto duque les dio regalos inesperados. Cuando vaya a la ciudad por favor búsqueme si cree que pueda ayudarla de cualquier manera. De hecho, si me escribe antes, la invito a quedarse conmigo.

Rosamund tomó las tarjetas con dedos temblorosos.

—¿Está tan sorprendida que ni siquiera siente curiosidad por la cantidad de la herencia? —le preguntó su visitante con amabilidad.

—Cualquiera que sea, será más de lo que tengo ahora.

Aunque tal vez sería suficiente para abrir la tienda en Londres con la que siempre había soñado. O incluso para ayudar con el futuro de su hermana. Esas ideas la ayudaron a pensar de manera más clara.

—Sería lindo saber si se acerca a cien. Eso me ayudaría con algunos planes que tengo.

—Es mucho más que eso, señorita Jameson. Ha heredado miles de libras.

Miles de libras. Rosamund tuvo que concentrarse en respirar para que el aire entrara a su cuerpo.

—Además, el duque era dueño de la mitad de un negocio. Le dejó su mitad a usted.

—¿El duque… tenía una tienda de sombreros?

La señora Radnor estiró la mano con una sonrisa y la puso sobre la de Rosamund.

—No es un negocio de sombreros. Es muy diferente. Por favor, haga los arreglos para que vaya a Londres lo antes posible. La ayudaré a solucionar todo esto lo más rápido posible.

Rosamund se rio y luego tuvo la horrible sospecha de que estaba a punto de romper en llanto. En lugar de eso tomó las manos de la señora Radnor entre las suyas y dijo:

—Iré a Londres en cuanto pueda ponerme de pie sin desmayarme.

CAPÍTULO 2

Dos semanas después, Kevin Radnor estaba cabalgando de nuevo a través de Mayfair de camino a casa de su primo Chase. A pesar de su agitación, que era casi igual a la de su visita anterior, su progreso era lento. La sociedad había empezado a llegar a la ciudad para la temporada y los caminos que habían estado tan tranquilos los últimos meses estaban atascados de carrozas y carruajes.

Bajó de su caballo al llegar, le dio las riendas al mozo y entró con la misma ceremonia que la última vez. El mayordomo solo lo dirigió hacia el gabinete.

Chase y Minerva se habían mudado recientemente, así que caminó por habitaciones con pocos muebles hasta que llegó al iluminado y bien ventilado gabinete desde donde se veía el jardín.

—¿Dónde está ella? —preguntó como para anunciar su inesperada llegada.

Su primo Chase lo miró y luego terminó de beber el café de la taza que tenía en la boca.

—Es bueno verte, Kevin. Y tan temprano. —Minerva hizo un gran movimiento para girar a ver el reloj que estaba en una mesita en el rincón—. Mira, ni siquiera son las diez en punto.

No estaba de humor para el sarcasmo de Minerva.

—Chase escribió para decir que la señorita Jameson vendría a la ciudad ayer y que le habías ofrecido tu hospitalidad, así que sé que la mujer está en esta casa.

—Y sí, aquí está —dijo Minerva—. Solo que llegó hace dos días y ayer fue a visitar al procurador. Ahora debe estar en su habitación, probablemente durmiendo.

Kevin se giró hacia la puerta.

—*Detente* —le ordenó Chase cuando iba a media habitación.

Los ojos azules de Chase se entrecerraron cuando Kevin se giró a verlo.

—Siéntate. No puedes subir, abrir una puerta de golpe y tener la conversación que quieres —dijo Chase—. Entiendo tu impaciencia, pero tendrás que esperar un poco más.

—He esperado un año, maldita sea. Y yo la encontré.

Él lo había hecho. No Chase, el investigador encargado de encontrar a estas mujeres misteriosas a las que el tío les había regalado fortunas. No Chase, cuya profesión era llevar a cabo investigaciones. Tampoco Minerva, que también tenía esa profesión, por más peculiar que eso pudiera ser.

Minerva le dio una mirada compasiva que le recordó a la que una enfermera amable tiene cuando un niño cansado hace una rabieta.

—¿Por qué no desayunas algo?

De mala gana fue al bufete y se sirvió un plato de huevo y pasteles. El lacayo llevó café cuando se sentó frente a Chase. Su mente, sin embargo, estaba preocupada por alguien que estaba en la parte superior de la casa, por la mujer que tenía el futuro de Kevin en sus manos y que dormía plácidamente, en contraste con las noches en vela que él pasaba.

La comida lo ayudó a encontrar un poco de serenidad.

—¿Cuándo fue la última vez que comiste algo decente? —preguntó Chase.

Kevin bajó la mirada a su plato, ahora completamente vacío, y que había estado colmado con una montaña de huevo y con dos pedazos de los tres pasteles.

—Anoche. No, espera. La noche antes. He estado ocupado.

—¿Sigues solucionando el problema con los juegos de apuestas?

—No son problemas. Probabilidades. Y sí, he estado pensando en eso.

—Como que no me parece lo más correcto. Apostar con una ventaja matemática.

—Te aseguro que no pienso apostar sin una ventaja. Lo que quiero es hacer dinero rápido, no perderlo.

Chase, que sabía por qué necesitaba ese dinero, se encogió de hombros.

—Encontrarás la manera.

—Tal vez no sea necesario. Ustedes están escondiendo en su casa a una mujer que podría hacer que todo esto no fuera indispensable —dijo con un tono de calma e incluso desinterés fingidos, mientras se volteaba para ver a Minerva—. ¿Cómo les fue en la visita al procurador?

—Muy bien. La señorita Jameson está abrumada, por supuesto. El señor Sanders fue tranquilo y paternal, como siempre, y le explicó todo de manera clara. Respondió sus preguntas por completo.

—¿Qué preguntas?

Minerva abrió un poco la boca y luego la cerró. Le lanzó a una mirada a Chase, quien se la devolvió y le dijo:

—Eso fue un error, querida.

Minerva le dio un trago a su té.

—Tenía preguntas típicas sobre cómo tener acceso a los fondos. A diferencia de los míos, los de ella no están en un fideicomiso. El duque la conocía y es probable que haya visto lo que cualquiera puede notar, es una mujer muy sensata y práctica. Es probable que pensara que ella sí podría administrar el dinero por su cuenta.

Kevin sintió cómo se le formaba una delgada sonrisa. Su tío, el difunto duque, le había dejado más dinero a una mujer que era prácticamente una desconocida que a uno de sus sobrinos favoritos, Kevin. Sin ataduras ni responsabilidades, nada menos.

—¿Y el resto? ¿El negocio?

El negocio de él.

Minerva se aclaró la garganta.

—Sí, eso. Bueno, le preguntó al señor Sanders qué debería hacer con él. Él estaba obligado a darle sus opciones. —Hizo una mueca—. La idea de vender su mitad pareció agradarle.

Maldita sea. Iba a matar a Sanders.

—Tengo que verla —dijo—. Vayan por ella. Eso o Chase se enfrentará conmigo con espadas en las escaleras para impedirme que suba.

Los ojos de Minerva se entrecerraron. Giró para mirar a Chase buscando una mirada empática, pero se encontró con que Chase estaba tomando más café en ese momento.

Minerva se puso de pie.

—Supongo que puedo ver si ya está despierta. Sin embargo, no la voy a despertar solo para complacerte, y si no está vestida tendrás que esperar más. Deberías regresar por la tarde, como una persona civilizada.

—No me importa lo que tenga que esperar. Me quedaré en la biblioteca hasta que baje.

Minerva se fue. Chase se acercó una pila de correo y comenzó a revisarlo. Kevin se acercó al bufete de nuevo.

Regresó a su silla. Todos los primos Radnor tenían sus fortalezas, y una de las de Chase era su habilidad para encontrar información y saber qué tan importante era. También era bueno para leer a las personas. Había encontrado la manera de vivir de esos talentos.

—¿Qué te pareció la mujer? —preguntó Kevin.

Chase dejó la carta a un lado y pensó en la pregunta.

—Es sensata e independiente. Tiene su propia tienda y parece estarle yendo bien. Al menos lo suficiente como para tener a una asistente y una aprendiz, lo cual le permitió dejarlas a cargo mientras venía de viaje. Aunque nació en el campo queda muy poco de lo rústico en ella. Me pareció inteligente, pero no hablé mucho con ella.

—¿Cómo se ve?

—Tiene cabello rubio. Fuera de eso, mi opinión sería subjetiva. ¿Importa?

Cabello rubio. Había supuesto que sería gris. No sabía por qué había pensado eso. Tal vez porque la mayoría de las modistas eran de avanzada edad antes de poder abrir sus propias tiendas, y había creído que sería lo mismo con las sombrereras. Pero claro, la mayoría de las mujeres no tenían a un duque que les diera pequeñas bolsas con dinero para establecer su negocio.

—Minerva cree que sus sombreros son muy buenos. Impactantes sin ser vulgares, en su opinión —dijo Chase—. Parece que te molesta que no tenga más información.

—Sabes lo importante que es esto, así que supuse que la investigarías más y le harías algunas preguntas discretas.

Chase sonrió mientras volvía a tomar la carta que había abandonado.

—Sabía que llevarías a cabo tu propia investigación pronto.

Kevin siguió desayunando, sin entender qué le parecía tan divertido a su primo.

Esta era sin duda la casa más elegante a la que Rosamund había entrado jamás. Admiró de nuevo las telas sobre su cama y las ventanas y las pinturas en las paredes. El tamaño de la habitación la había impresionado, al igual que el de los espacios públicos del primer piso. Aunque estaba escasamente amueblada, los muebles eran de muy buena calidad.

Ni siquiera los Copley vivían así, y eso que eran de buena familia. No al mismo grado que el señor y la señora Radnor, por supuesto. Chase Radnor era el nieto del difunto duque y el primo del actual, después de todo.

Se levantó de la cama con pesar. Se había quedado acostada ahí por al menos una hora, pensando en cómo había cambiado su fortuna y qué podía hacer con ese dinero. Apartaría un poco para asegurarse de que su hermana nunca tuviera que trabajar en una casa ajena. Lily podría recibir educación adecuada. El poder darle a Lily lo que necesitara era la mejor parte de la herencia.

Parte de lo que quedara lo usaría para abrir su tienda en Londres. La señora Ingram podría continuar con la tienda en Richmond hasta que decidiera si quería quedarse con las dos. Necesitaría ayuda en la ciudad. También necesitaba empezar a revisar eso.

No podía quedarse en esta casa para siempre, así que necesitaba un lugar propio y pronto. Cuando llegaba a ese punto, sus pensamientos dejaban de ser prácticos, sensatos y claros, y se volvían confusos.

Ahora estaba observando el día nublado por la ventana. Debajo de la ventana, el jardín comenzaba a mostrar rastros de verde en el suelo. Los primeros retoños, probablemente. Siguió pensando en su nuevo hogar mientras se imaginaba tulipanes y narcisos listos y floreciendo. Un pequeño departamento sería suficiente, incluso cuando Lily la visitara. No necesitaba nada más. Y aun así, todo dependía del propósito de su hogar, ¿no?

Si quería ser una sombrerera, un lugar modesto le serviría. Sin embargo, si en vez de eso quisiera…

Dudó en poner su sueño en palabras. Siempre temía que desear algo demasiado destruyera la esperanza. Si iba a considerar este otro paso, necesitaba enfrentar la razón. Su corazón se estremeció con dolor y anhelo mientras se obligaba a enfrentar la situación.

Se preguntaba si al ser rica, al vivir en una casa elegante y tener vestidos elegantes, al ser más que una sirvienta o una sombrerera, ¿sería lo suficientemente buena para que Charles se casara con ella?

Cerró los ojos mientras pensaba en su nombre y lo vio de manera clara en su mente, tan guapo y elegante, con una sonrisa que hacía que su corazón latiera más rápido desde el primer día que la vio. El recuerdo de su rostro había sido preservado cuidadosamente los últimos cinco años. El amor verdadero lo había preservado, junto con la fe y su lealtad. Ese tipo de amor merecía vivir y florecer, ¿no? ¿Un futuro? Incluso los padres de él la aceptarían si fuera rica, y Charles… él nunca la había negado por decisión propia. Lo habían obligado y enviado lejos, justo cuando la sacaron de la casa de los Copley.

Revivió el último beso que le dio antes de que el carruaje lo llevara a la costa. Ella había regresado a la casa y esperado en las sombras de la calle para verlo alejarse. Pero él la vio y caminó hacia ella, sin importarle las miradas de sus padres y la orden de su nuevo tutor. La había tomado en brazos, la había besado y le había prometido que algún día estarían juntos.

No era una soñadora por naturaleza. Sabía que no podía depender de que ese día llegara. Después de todo, él era el hijo de un caballero y ella la hija de un granjero arrendador en Oxfordshire. Ese tipo de parejas no funcionaban. Con su situación no podía dedicarle mucho tiempo a esos pensamientos, aunque ella así lo quisiera. A pesar de eso, continuó amándolo y mantuvo viva la esperanza contra toda lógica. Y soñando.

Ahora, con esta herencia, existía la oportunidad de que su sueño se hiciera realidad.

Sus pensamientos no paraban. Comenzó a hacer una lista rápida y pensó seriamente en otras cosas. ¿Funcionaría? ¿Debería tomar ese riesgo? Como en el jardín, su sueño hacía que aparecieran retoños que buscaban crecer y florecer.

Unos golpecitos en la puerta la interrumpieron. Le dijo a la persona que entrara y Minerva abrió la puerta con la criada a su lado.

—Veo que está despierta. Mary trajo agua y la ayudará con su vestido.

—Es tarde, supongo. Demasiado tarde para iniciar mi día. Hay algunos lugares a los que me gustaría ir hoy.

Minerva entró y cerró la puerta, dejando afuera a la criada.

—Debo decirle algo. Su socio comercial está abajo, esperando para hablar con usted.

¿Socio? Ah, sí.

—Se refiere al otro señor Radnor. Kenneth.

—Kevin. Como le dije, es el primo de mi esposo.

—Entonces debo conocerlo, para que su esposo no se sienta insultado.

—Debe conocerlo porque están unidos por este negocio, no por mi esposo.

No había entendido nada sobre ese negocio cuando el amable señor Sanders se lo explicó. Aunque no había puesto mucha atención. Seguía tan sorprendida con el dinero que había heredado. Tampoco quería conocer a ese señor Radnor todavía. Hoy no. Quería caminar por las calles alrededor de la casa, buscar tiendas y casas que rentar. Quería imaginarse a sí misma en un carruaje con Charles…

—Me vestiré y bajaré enseguida.

Kevin caminó por la biblioteca media hora y luego eligió un libro de un estante y se dejó caer en el diván. Leyó por un momento y se dio cuenta de que no recordaba una sola de las palabras que había visto. Dejó el libro a un lado, descansó la cabeza contra una almohada y cerró los ojos.

Esto era un infierno. Había aprendido a hablar de negocios con hombres. Incluso había adoptado la actitud que los ingenieros usaban entre ellos, aunque no era algo que pudiera hacer de manera natural. Pero ¿una mujer? No era la primera vez que se preguntaba, después de la muerte de su tío, si ese hombre no se había vuelto loco al final.

Ese viejo sentimiento de traición comenzó a hervir dentro de él, pero lo apaciguó. Era la fortuna personal del tío Frederick y podía hacer lo que quisiera con ella. Si, en un extraño gesto de generosidad y una extrema excentricidad, había decidido darle la mitad de un prometedor negocio a una pequeña sombrerería con un pasado dudoso y que no sabía nada de máquinas ni de ingeniería, ese era su derecho.

También había pensado en esto tantas veces, y por tanto tiempo, que llegó a aceptar que esa decisión tal vez se había debido a una falta de fe de parte de su tío en el mismo Kevin. Por más que quisiera ignorar la idea, era difícil no hacerlo. Estaba presente en su mente en ese momento. Excepto que esta vez sí podía rechazarla. Si el tío Frederick no hubiera confiado en que Kevin pudiera llevar el negocio solo, le podría haber dejado la otra mitad a algún hombre exitoso de la industria. No a Rosamund Jameson. Tan solo encontrarla le había costado un año de progreso en una época en que los asuntos en la industria cambiaban de un día para el otro.

La puerta de la biblioteca se abrió. Se puso de pie al instante, mientras Minerva caminaba hacia él con unos ojos decididos. Tenía esa mirada muy seguido. Le parecía increíble que Chase no creyera que fuera malhumorada. Kevin sí lo creía.

—Bajará pronto. En unos minutos. Antes de que llegue, quiero dejar algo muy claro contigo. —Siguió caminando hasta que estuvo tan cerca que tuvo que inclinar la cabeza hacia atrás para mirarlo—. Es mi invitada y espero que se convierta en mi amiga. Me cae bien. Debes tratarla con el mismo respeto que a cualquier dama. No puedes intimidarla ni perder la paciencia o decirle que te parece insoportable aunque así sea. Si la insultas de cualquier manera, ya sea con palabras o acciones o algún suspiro malhumorado o tono maleducado, haré tu vida miserable.

—Nunca insulto a las mujeres.

—Oh, por todos los cielos, tu mera presencia a veces insulta a las mujeres. Pero eso es todo lo que te tenía que decir. Compórtate.

Con eso se dio la vuelta y salió de la biblioteca.

Kevin sacudió la cabeza con exasperación. ¿Insultar mujeres? Qué cosa tan ridícula. Él nunca insultaba mujeres. Apenas hablaba con ellas.

Un suave crujido llamó su atención. Se dio la vuelta al escucharlo. Una mujer estaba en la puerta de la biblioteca. La miró y ella lo miró de regreso.

Rosamund Jameson no era una pequeña sombrerera. No era pequeña para nada. Era más alta que la mayoría de las mujeres, el sencillo vestido gris que tenía puesto mostraba un cuerpo que prometía ser voluptuoso y estar muy bien formado. Esbelta no era una palabra que alguien pudiera usar para describirla.

El resto de su apariencia lo dejó atontado como si hubiera recibido muchos golpes en su asombrada conciencia. Ojos azules. Ondas rubias. Piel de porcelana. Labios carnosos.

La mujer era hermosa. Deliciosamente hermosa.

Se le quedó viendo como para encontrar imperfecciones. No dudaba que fuera a encontrar muchas si buscaba bien.

Ella también lo examinó, mientras él retrasaba el saludo. Al igual que su primo, Kevin Radnor era alto. Su cabello abundante y oscuro le caía hasta la mandíbula y la corbata. No sabía si era una nueva moda o si se había descuidado y no lo había arreglado recientemente.

A diferencia de su primo, tenía ojos oscuros. Muy oscuros y hundidos. Eso y el cabello le daban una apariencia un tanto dramática. No podía negar que era atractivo y que tenía nariz y labios refinados. Una mandíbula definida impedía que se viera demasiado delicado. Sus facciones no tenían nada de la rudeza de su primo, así que esa mandíbula lo salvaba de ser... hermoso. Minerva le había advertido que solía estar de mal humor, y Rosamund podía imaginárselo prefectamente, incluso llegando a verse muy poético.

No era competencia para Charles, por supuesto. No tenía esas sonrisas brillantes ni aquellos ojos resplandecientes. Kevin Radnor tenía más cosas en común con los estrictos y distraídos tutores que habían pasado por la casa Copley, hombres que todavía eran jóvenes pero que habían olvidado cómo divertirse. Rosamund no había sido capaz de imaginarse a una mujer deseando a alguno de ellos, y ahora opinaba lo mismo del hombre que estaba frente a ella.

Finalmente, incómoda por la manera en la que la estaba mirando, caminó hacia él.

—Soy Rosamund Jameson. Me dijeron que quiere hablar conmigo.

Él pareció revivir.

—Sí. Creí que era necesario conocernos, considerando que ahora es dueña de la mitad de mi negocio.

—Si he de ser dueña de la mitad, ¿no es *nuestro* negocio?

Lo que sea que lo había distraído, ya había desaparecido. Sonrió como un hombre orgulloso intentando ser paciente.

—¿Por qué no nos sentamos y hablamos de eso?

Ella se sentó en la orilla del diván. Él eligió una silla tapizada que tenía cerca y la giró para que pudieran hablar de frente.

—Asumo que heredar la mitad de un negocio la sorprendió —dijo.

—Simplemente el hecho de heredar me sorprendió. Pero sí, esa parte en especial fue impresionante.

—¿El procurador le explicó el negocio?

Ella mantuvo su rostro inexpresivo, resistiendo la intimidación.

—Tiene que ver con un invento para mejorar las máquinas —dijo confiada.

—Máquinas de vapor.

—Su explicación fue breve. Confieso que no entendí los detalles.

—No me sorprende. Incluso los hombres tienen problemas para entenderlo.

Sonaba muy arrogante diciendo eso.

—Tal vez si resulta muy complicado, *incluso para los hombres*, debería mostrarles cómo funciona. Creo que eso lo aclararía todo.

Él sonrió con indulgencia. A ella tampoco le gustó esa sonrisa.

—No puedo. Si lo hago, cualquiera podría robarse el diseño y duplicarlo.

—Señor Radnor, disculpe si mi siguiente pregunta es muy de mujer, pero, si no puede mostrárselo a nadie, ¿cómo espera ganar dinero en este negocio con su invento?

—Planeo fabricarlo yo.

Yo. Mi. Mío.

—Quiere decir que *nosotros* planeamos fabricarlo. ¿*Nosotros* tenemos una fábrica?

—Todavía no. Estoy esperando una mejora. Una vez que se logre eso, podrá ser fabricado.

Entonces el negocio estaba basado en una invención que nunca había sido construida y no tenía una fábrica y aún necesitaba una mejora final.

—Debería decirle que estoy pensando en vender mi parte.

Los ojos de Kevin se ensombrecieron. Se acercó a ella.

—No puede hacer eso.

—El procurador dijo que sí podía.

—Eso destruiría todo. Si lo vende, quien sea que lo compre puede vender sus acciones por partes. Cada uno exigiría ver el invento, lo que significaría que cualquiera de ellos podría robarlo. Este es un negocio que debe llevarse con cuidado para que valga algo.

—¿Le preocupa que alguien se robe esta idea?

—Por supuesto. Es tan valiosa que no me atrevo a patentarla por el riesgo de que alguien más vea los diseños.

—¿Le preocupa que yo me la robe?

Se reacomodó con sutileza en la silla.

—No tanto como robarla. No puede robarse lo que ya le pertenece.

—Me alegra que admita que sí soy la dueña de la mitad.

—Pero… —Pareció pensar dos veces lo que iba a decir. Ella se percató del momento exacto en el que el impulso conquistó cualquier otra idea sensata que lo hubiera hecho dudar—. Es una heredera. Habrá muchos hombres buscando su atención. Podría dejarse influenciar por alguno de ellos.

—Quiere decir que podría perder la cabeza.

—Sí.

—Estar tan embriagada de amor que podría hacer algo que me conviniera.

No hubo respuesta, pero sí un leve asentimiento de cabeza.

—Usted es un hombre que cree que las mujeres son tontas y que se dejan llevar por sus emociones, creo.

Kevin frunció el ceño, molesto.

—Los hombres también pierden la cabeza. No tiene nada que ver con que usted sea una mujer hermosa.

Rosamund se sorprendió con la palabra «hermosa». Él también, una vez que salió de su boca.

—Y podría casarse —agregó con rapidez—. Su esposo podría exigir saber todo lo que sabe. Incluso podría intimidarla para conocer los secretos del negocio.

«Charles no haría eso». Se regañó a sí misma por pensar en eso. Una cosa era darle un poco de espacio para dejar crecer un sueño, y otra era estar muy confundida por el amor, como el señor Radnor suponía que podría pasar.

—Señor Radnor, yo podría preocuparme por usted por las mismas razones. Podría quedar encantado con una mujer y ser influenciado por ella para compartir sus secretos. O tal vez podría usar dinero de la compañía para mantenerla feliz o para pagar sus deudas de juego.

Eso le pareció divertirlo a Kevin.

—Nunca he quedado encantado, así que no tiene nada de qué preocuparse.

—¿Nunca? ¿Ni una sola vez?

Él negó con la cabeza.

—Ni una sola vez. Este invento tiene el potencial de hacerla una mujer muy rica, señorita Jameson. Más rica de lo que podría imaginar. Cada máquina de vapor que se construya necesitará este invento. Ya las están empleando en los vehículos sobre vías. Dentro de veinte años estarán en todos lados. También hay máquinas en fábricas y otras aplicaciones. Pronto se usarán miles de máquinas de vapor. Sería una tontería vender ahora.

Sonaba como una mejor idea poner su dinero en uno de esos vehículos de vías que en ese invento. Por un lado, no tendría que ver a este hombre de manera regular. La desconcertaba cuando su miraba se ponía tan intensa como en ese momento. Tenía que esforzarse por mantenerse firme, así que ni hablar de responderle con la misma energía.

Él sonrió. Una linda sonrisa. Un poco seductora, a decir verdad.

—Yo me encargaré de todo. Usted puede ocuparse de sus otros negocios hasta que el dinero comience a entrar. Después puede preocuparse por cómo gastarlo todo —metió la mano a su abrigo y sacó un papel doblado—. Porque somos socios igualitarios, ambos necesitamos estar de acuerdo con decisiones sobre los fondos y el desarrollo. Sin embargo, puedo liberarla de esa obligación si usted firma esto.

Rosamund tomó el papel y lo leyó. Mientras lo hacía, él se puso de pie, fue al escritorio, regresó con una pluma y el tintero, y los puso en la mesa al lado del diván.

—¿Lo entiende? —preguntó.

En parte. Casi todo. Había algunas palabras largas que estorbaban, pero creía haber entendido los puntos más importantes.

—Este documento le daría control total del negocio y la autoridad para hacer contratos, gastar dinero y decidir el futuro y costo del invento sin mi firma —ella lo miró—. ¿Le parezco una mujer estúpida, señor Radnor? Si no vendo mi parte, y nada de lo que ha pasado aquí hoy me ha convencido de quedármela, estaré involucrada en futuras decisiones. No tengo intenciones de firmar esto.

Dejó que el papel se deslizara entre sus dedos y cayera al suelo.

Kevin se puso de pie abruptamente, se dio la vuelta y murmuró algo. Ella creyó haber escuchado las palabras "mujer imposible" entre unas coloridas maldiciones. Dejó que recuperara la compostura, lo cual le tomó un momento. Por fin se dio la vuelta para mirarla, su rostro mostrando su enojo.

—Cualquier cosa tardará tres veces más si insiste en participar. Tendré que pasar horas explicándole los detalles y enseñándole sobre mecánica y matemáticas —dijo molesto—. Incluso encontrarla a usted tomó mucho tiempo y dejó este asunto en un limbo que ha arruinado todo el plan.

Rosamund se puso de pie.

—Y aun así aquí estoy. Déjeme preguntarle algo, señor Radnor. ¿Alguna vez ha estado a cargo de un negocio lucrativo?

Kevin no respondió lo suficientemente rápido, así que obtuvo su respuesta.

—Bueno, yo sí. Ahora, tengo cosas que hacer esta tarde. Buen día.

Rosamund salió de la biblioteca con la cabeza en alto y esperó hasta estar de regreso en su habitación antes de sacar su frustración gritando en su almohada.

CAPÍTULO 3

—Bueno, yo sí —dijo Kevin, imitando las últimas palabras de Rosamund Jameson, mientras terminaba de describir la irritante reunión con esa molesta mujer. Aunque sabía que no había imitado bien el tono de su voz. El de ella era más suave, con un timbre más aterciopelado. Aun así, lo que importaba eran las palabras.

—Como si administrar una tienda de sombreros para mujeres se pudiera comparar con una compañía industrial.

Se sentía mejor después de sacarlo todo de su mente al contárselo a Chase y a Nicholas. Estaban sentados en el vestidor de Nicholas, en esas horrendas sillas tapizadas de azul que habían sido heredadas junto con el resto de la Casa Whiteford cuando Nicholas se convirtió en el nuevo duque. Nicholas acababa de regresar a la ciudad después de pasar un mes en sus propiedades. Su equipaje seguía regado por la habitación porque le había pedido a su lacayo que se retirara cuando Chase y Kevin entraron.

Ahora estaban compartiendo una botella de vino después de hablar sobre política y la felicidad del matrimonio de Chase, este le había preguntado a Kevin por su empresa.

—En otras palabras, la conversación fue un fracaso —dijo Nicholas.

Kevin observó cómo el fuego creaba unos fantasmas de llamas anaranjadas en el vino de su vaso.

—No escuchó mis razones.

Sus primos se quedaron en silencio un largo rato. Sabía lo que eso significaba. No estaban de acuerdo. Ahora tendría que escuchar cómo y por qué no estaban de acuerdo, como dos tías molestas.

—No la insulté de ninguna manera. —Se sintió obligado a decir, porque Chase podría contarle a Minerva lo que había sucedido en la reunión. No creía que Minerva pudiera hacer su vida miserable, pero sabía que el potencial estaba ahí si se decidía a hacerlo.

—Tampoco le dijiste nada favorecedor —dijo Chase.

—No es cierto.

La había llamado hermosa, ¿no? Aunque no le diría eso a estos tontos. Se le había escapado, sorprendiéndolos a ambos, lo cual demostraba cuán consciente estaba de su belleza mientras negociaba con ella. Eso lo había puesto en una injusta desventaja. Habría salido de ahí con ese documento firmado de no ser por la manera en que su apariencia y presencia interfirieron con la claridad de su pensamiento.

—De hecho, insinué que era una mujer muy serena e inteligente. —Estaba manipulando un poco la verdad con eso, pero como no le había dicho que era una necia, que se dejaba guiar por sus emociones o que era incluso estúpida, de hecho había querido decir lo opuesto.

—Es bueno saberlo —dijo Chase aliviado.

Demonios, Minerva sí le había pedido a Chase que averiguara lo que había pasado.

Nicholas estiró las piernas.

—Tal vez insinuarlo no haya sido suficiente. No suena a que haya terminado bien, y ella aparentemente se fue de manera abrupta y muy molesta. Deberías disculparte. No pongas esa cara. Estás atado a esta mujer a menos que puedas comprar su parte, y no tienes dinero para hacerlo. Necesitas encontrar la manera de seguir. Una amistad hará que el camino sea más sencillo, mientras que un odio mutuo hará que todo sea más difícil y tal vez imposible.

—Tiene razón —dijo Chase—. Si fuera cualquier otra persona, y si no estuviera en juego la empresa y tu resentimiento hacia la herencia que le dejó el tío a esta mujer, podrías ver que es verdad.

Kevin aceptó de mala gana que Nicholas tenía algo de razón.

—Supongo que puedo visitarla en Richmond y sugerir que intentemos acomodar los intereses de ambos.

—No es necesario que viajes —dijo Chase—. Será nuestra invitada por un tiempo y está buscando una casa en Londres.

Esas no eran buenas noticias. Había creído que al menos no estorbaría.

—Entonces la buscaré en tu casa.

Nicholas se giró para mirar a Chase.

—¿A qué se enfrenta? ¿Qué piensas de ella?

—Creo que no es tonta. También vale la pena mencionar que es atractiva. ¿Estás de acuerdo, Kevin?

Kevin asintió con indiferencia, como un hombre que no lo había notado, pero que ahora, al ser mencionado, tenía que aceptarlo.

—¿En serio? —preguntó Nicholas con interés—. ¿Qué tan atractiva? ¿Un atractivo regular o muy atractiva?

—Como hombre casado que soy no debería notarlo… —dijo Chase—. Sin embargo, la palabra que pasó por mi mente cuando la vi por primera vez, fue… exuberante.

Kevin mantuvo su expresión indiferente.

Nicholas sonrió.

—Bueno, eso debería facilitar mucho que fueras amigable, primo.

—Suficiente sobre mí —dijo Kevin, ansioso por cambiar de tema—. Me he estado preguntado algo, Nicholas. Como un duque soltero y lejos de la vejez, vas a ser un muy codiciado premio para las cazadoras de maridos esta temporada. Estar de luto te salvó el año pasado, pero este es un nuevo día. ¿Cómo planeas sobrevivir los próximos meses sin que la madre de alguien te cuelgue en su pared?

Rosamund revisó su larga lista de cosas por hacer. Había elegido la más importante para su salida de ese día. Necesitaba encontrar un lugar para vivir y tenía una reunión con un hombre por la tarde con ese propósito. No podía aprovecharse de la generosidad de sus anfitriones de manera indefinida.

Primero, sin embargo, necesitaba encontrar las mejores calles para hacer compras. Observó su gorro en el espejo, acomodó el corpiño de su pelliza carmesí y tomó sus guantes y bolsa. Aceptando que se veía tan bien como era posible, bajó al vestíbulo.

El sirviente en turno hizo una reverencia.

—¿Le gustaría que llame un carruaje? Recibí instrucciones de encargarme de que un lacayo la lleve en el cabriolé si sentía el deseo de salir.

—Creo que caminaré, gracias.

—Pero recibí instrucciones…

El pobre joven estaba preocupado por desobedecer una orden, una que ella no había pedido que se diera. No quería a un lacayo a su lado en un cabriolé, esperándola impacientemente cuando bajara del carruaje para hacer lo que necesitaba hacer. Sería más fácil cumplir con sus mandados a pie.

—Si tienen el cabriolé, yo puedo llevar a la dama.

Ella se giró hacia la voz.

—Oh. Es usted.

Kevin Radnor hizo una pequeña reverencia.

—¿Qué está haciendo aquí?

—Esperando a que usted bajara.

—Yo habría pensado que ya habíamos pasado suficiente tiempo juntos esta semana, ¿no cree?

—Acepto que no he sido amable ni amigable, si a eso se refiere.

Su confesión hizo que ella se detuviera. Los hombres no solían admitir haberse equivocado. El que lo hubiera hecho la desarmó.

—No haré nada que pueda interesarle. Y será más fácil a pie.

—Entonces la llevaré hasta donde tenga que caminar.

El mayordomo ya había pedido el carruaje. No se le ocurría cómo deshacerse del señor Radnor sin ser grosera o poco amigable. No se opuso a que la acompañara fuera de la casa.

—Ese es un gorro muy lindo —le dijo.

Solo la estaba halagando, pero ella tocó el gorro y no pudo evitar sonreír un poco.

—¿Es uno de los suyos?

—Siempre uso mis creaciones.

—Los colores quedan bien con su atuendo y con usted. ¿Diseña de la misma manera para sus clientes?

—Sí.

Comenzó a darle una explicación sobre cómo diferentes rostros necesitan bordes de distintas formas y cómo algunas mujeres se ven hermosas con cintas delgadas bajo la barbilla mientras que a otras se les ven mejor unas más anchas. Parecía estarle poniendo atención, pero mientras el carruaje se detenía frente a ellos ella se preguntó si de verdad la estaba escuchando.

—Tengo planeado ir a la calle Oxford —dijo Rosamund—. Para ver si hay tiendas en renta.

Kevin hizo que el caballo comenzara a moverse.

—¿Planea abrir una tienda en Londres?

—Es posible.

—¿Qué pasará con su tienda en Richmond?

—Puede que también me la quede. Todo depende de lo que aprenda en los siguientes días.

—Chase dijo que piensa vivir aquí.

—Eso también depende de lo que aprenda.

Tendría que recordar que esos dos eran primos y que lo más probable era que Chase le dijera a Kevin casi todo lo que quisiera saber.

—¿No debería estar buscando casas en renta en lugar de tiendas?

Se preguntó si tenía planeado darle consejos no deseados todo el día.

—Primero voy a ver algunas tiendas, si eso le parece aceptable.

Dio la vuelta en la calle Oxford y detuvo el carruaje. Ató las riendas, le dio una moneda a un niño para que cuidara el carruaje y la ayudó a bajar.

—Gracias, puedo sola desde aquí —dijo esperanzada—. Puedo alquilar un carruaje para regresar.

—La acompañaré para que no ande sola por la calle. La ciudad está inestable estos días y no es segura. Además, nunca he rentado una tienda.

No había ninguna tienda disponible a pie de calle en el área que quería, pero encontró algunas en calles cercanas. Se acercó al escaparate de una que estaba a unos pasos de la calle Gilbert para mirar el interior. Después dio la vuelta en la esquina de regreso hacia la calle Oxford y siguió caminando, mirando hacia arriba.

A su lado, Kevin Radnor hizo lo mismo.

—¿Qué estamos buscando?

—Un espacio que esté disponible, como aquí.

Se detuvo debajo de una ventana que tenía un letrero de «Se renta». La tienda estaba en el segundo piso.

—La mayoría de las tiendas de mujeres en Londres están arriba —dijo más para sí misma que para él—. Sería más barato, por supuesto. Sin embargo…

Dio un paso atrás y examinó la tienda de abajo, la que estaba a pie de calle. Vendía joyería.

—También sería más privado. Una mujer entra por una puerta y se vuelve invisible hasta que vuelve a salir. Nadie la ve desde afuera por el escaparate. La pregunta es…

Volvió a caminar hacia la esquina y cruzó la calle para ver qué llamaba la atención al caminar por la calle Oxford.

Kevin Radnor la siguió como una sombra.

—¿La pregunta es qué?

—¿Es una ventaja tener una tienda en la calle o una desventaja? En Richmond tengo mi tienda a pie de calle, y tener la mercancía a la vista atrae nuevas clientas. La sombrerería donde trabajaba en la ciudad era igual. Sin embargo, es posible que en Mayfair las modistas y sombreras estén ahí arriba por otras razones, además de la renta. Un establecimiento más público podría ser mal visto. ¿De casualidad sabe si las tiendas a pie de calle se consideran demasiado comunes aquí?

—No compro cosas de mujer, ¿cómo se supone que lo sepa?

—Muchos hombres compran cosas de mujer, señor Radnor. Me atrevo a decir que usted es un caballero inusual si nunca lo ha hecho.

—Oh. Se refiere a cosas para amantes. No compro ese tipo de regalos.

Rosamund tuvo que sonreír.

—Dice que nunca ha estado enamorado, y ahora afirma que nunca ha tenido una amante ni una novia a la que le haya comprado regalos. ¿Es usted un monje?

Kevin la miró directamente a los ojos.

—Ni de cerca.

Por un momento, mientras sus miradas se conectaban, vio a un Kevin Radnor diferente. Más atractivo que intimidante. Muy sensual, francamente. A Rosamund le sorprendió que se mostrara a sí mismo de esa manera, hasta que reconoció que lo que en verdad estaba viendo era un interés masculino. En ella.

No estaba preparada para eso con este hombre. Tampoco se esperaba su propia reacción. La mirada intensa y penetrante de ese hombre exigía su atención, muy a su pesar, y despertaba pequeños temblores de calor en su cuerpo.

Él hizo un gesto hacia la tienda.

—Sin importar lo que se haga por lo general, creo que una dama preferiría no subir dos pisos. Solo porque algo no sea común no significa que no pueda pasar.

—Le preguntaré a Minerva al respecto, pero puede que usted tenga razón. ¿Por qué las mujeres deberían subir escaleras para comprar un gorro o un vestido?

Rosamund comenzó a caminar de regreso al carruaje, consciente de que Kevin Radnor caminaba a su lado.

El hombre que representaba a los dueños de los edificios estaba esperando afuera cuando Kevin detuvo el carruaje frente a la casa en la calle Chapel. Kevin observó la fachada mientras ataba las riendas. No era una residencia modesta. Tres pisos se alzaban por encima de la entrada. En este vecindario sería una renta costosa.

Al parecer la señorita Jameson estaba ansiosa por gastar su herencia.

La ayudó a bajar del carruaje y se la presentó al agente después de que este recibio su tarjeta. El señor Maitland sonrió y abrió la puerta.

—Veremos la cocina y las habitaciones al final, si le parece bien, señor. La mayoría de las parejas están más interesadas en las habitaciones públicas. La biblioteca está por aquí.

—Ha entendido mal, señor Maitland —dijo la señorita Jameson—. El señor Radnor me acompaña hoy, pero solo yo viviré en la casa.

El señor Maitland no parecía sorprendido, pero le lanzó una brillante mirada a Kevin antes de seguir maravillándose con las proporciones y el luminoso espacio de la biblioteca.

La señorita Jameson paseó por el espacio, sin darse cuenta de que el agente de ventas había sacado sus conclusiones sobre ella. Kevin tampoco vio razón para alertarla o corregir al hombre. Cuando llegara el momento de firmar el contrato de arrendamiento, el señor Maitland descubriría la verdad.

Ella se paró frente a los libreros vacíos que cubrían una larga pared a un lado de la chimenea.

—Se ven muy tristes.

—No se verán así una vez que los llene —dijo el señor Maitland.

La señorita Jameson apenas asintió. Siguió al señor Maitland hacia el comedor y la sala matinal. Subieron para ver el salón, la galería y un enorme departamento. El siguiente nivel tenía más habitaciones y en el de hasta arriba estaban los cuartos de los sirvientes.

—Es una hermosa casa —dijo Kevin mientras bajaban las escaleras—. Grande.

¿Qué haría una sola mujer con todo este espacio?

La señorita Jameson aminoró el paso para quedar frente a él en la escalera.

—Esta es una buena calle, ¿no? —le preguntó en voz baja.

—Una excelente calle. Sin embargo, esta casa necesitará al menos tres sirvientes. Tal vez cinco o seis. Además de lacayos para los caballos o empleados para un carruaje, si decide tenerlo.

Ella se detuvo afuera de la biblioteca y dejó que el señor Maitland avanzara.

—Es el tipo de casa en la que viviría una dama, es lo que usted quiere decir.

—Cualquiera que quisiera y pudiera pagarla podría vivir en ella. Pero sí, una dama estaría cómoda aquí.

—Yo también lo creo. —Ella ladeó la cabeza—. ¿Dónde vive usted?

—En la residencia de mi familia cuando estoy en la ciudad.

—¿Sigue viviendo con su familia?

—Solo es mi padre y es una casa muy grande. Si no aceptara cenar con él en ciertas ocasiones, nunca nos veríamos.

—Qué interesante.

Caminó hacia el señor Maitland, que esperaba pacientemente junto a la puerta que daba a la calle.

Cuando todo terminó, el señor Maitland los dejó solos para que volvieran a dar una vuelta si lo deseaban o, como Kevin suponía, para discutir la conveniencia de esta casa para un hombre y su amante. La señorita Jameson regresó a la biblioteca y observó los libreros.

—Nunca pensé en una biblioteca. —Ella lo miró como si acabara de recordar que estaba ahí parado—. No tengo libros. Se verán muy extraños si están vacíos.

—Solo necesita comprar algunos libros. Compre lo que le guste. O, si prefiere, un vendedor puede elegir una selección para usted. —Se dio cuenta de que ahora estaba frunciendo el ceño—. ¿Sabe leer?

—Sé leer lo suficiente. Es probable que no lo suficiente para lo que seleccionaría un vendedor. —Pasó a su lado, camino a la salida—. Creo que intentaré mejorar para poder entender los detalles de cualquier documento formal que me pongan enfrente.

Se maldijo a sí mismo por la pregunta. La había visto leer el documento formal que él mismo había puesto frente a ella.

—Como muchas cosas, se vuelve más fácil al hacerlo constantemente. ¿Qué disfruta leer?

—Hace muchos años empecé a leer un libro que tenía imágenes de caballeros y de damas de la corte. No avancé mucho porque ya no lo podía tomar prestado, pero lo disfrutaba. Tal vez pregunte si algún vendedor tiene una copia de ese libro.

El señor Maitland cerró con llave y se fue. La señorita Jameson inclinó la cabeza hacia atrás y miró la altura de la casa, dándole a Kevin una vista de su elegante perfil. La palabra *lindo* se le vino a la mente. Su rostro era más elegante que bonito, más clásico que dulce. En cuanto a la descripción de Chase, al utilizar la palabra exuberante se refería más a su figura del cuello para abajo. Incluso en su abrigo podía notar la evidencia de unos pechos voluptuosos y una cintura delgada. Su imaginación había pasado demasiado tiempo en el último día desvistiéndola para descubrir exactamente qué tan exuberante podía ser.

Eso tendría que detenerse de inmediato, a menos que quisiera ser un idiota mientras intentaba llevarla en la dirección en la que tenía que ir la empresa. Había pasado por su mente la idea de que dejarlo relacionado con la señorita Jameson había sido un intento de broma por parte del duque. El sentido del humor del tío Frederick podía ser un poco peculiar a veces.

Ella dio la vuelta hacia el carruaje.

—Me parece bien.

—Es muy grande.

Lo último que quería era que rentara una casa que costara tanto que tuviera que buscar más dinero. Eso la llevaría a vender su mitad de la empresa.

—Eso dice usted. Dijo que necesitaría al menos tres sirvientes. Pero me gusta que sea el tipo de casa en el que viviría una dama.

—¿Es su intención vivir de ese modo?

Ella le permitió ayudarla a subir al carruaje.

—Creo que mi intención es vivir como la heredera que he de ser ahora. Lo decidiré después de hacer unas cosas.

Esa tarde después de la cena, Rosamund se sentó en la biblioteca con Minerva.

—La casa suena perfecta —dijo Minerva, continuando la conversación que habían iniciado en la mesa—. Esa calle está muy de moda.

Más a la moda que esta, eso insinuaba su tono. Al haber nacido en la aristocracia y estar casada con el nieto de un duque, Minerva no tenía mucho que probar. Su sangre, y la de su esposo, la hacían aceptable.

A Rosamund le había encantado la casa y estaba trabajando en organizarse para pagar el costo. Se había imaginado que Charles iba a visitarla y que se quedaba impresionado con la casa. En lugar de Kevin Radnor, se había imaginado que el hombre que caminaba a su lado era Charles, que observaba todo y que estaba feliz de que ya no fuera la hija de un granjero que trabajaba como sirvienta para su familia, quienes la rechazaban.

—El señor Radnor pensó que era demasiado grande para mí. Me parece que le sorprendió que siquiera estuviera considerando vivir en el vecindario. Supongo que personas como yo normalmente no viven ahí.

Minerva la miró.

—Si esas cosas le importan a usted, hay otros lugares en los que estaría más cómoda.

A Rosamund le gustaba lo honesta que era Minerva. Escuchó la advertencia de su nueva amiga. «No es para alguien como usted, y algunos vecinos fingirán que no está ahí. Si cree que eso la lastimará, mejor viva en otro lado».

Deseaba poder ser igual de franca y confiarle el porqué quería esa casa y por qué le pediría a Minerva que la ayudara con otras cosas que no eran para alguien como ella, pero no se atrevió a darle voz a su sueño secreto, un sueño que temía nunca sería realidad.

—Si me ignoran, no me molesta. Lo que esperaría es que cuando mi hermana tenga la edad para irse a vivir conmigo, a ella la acepten más si yo llevo un tiempo viviendo ahí.

—¿Cuándo la verá? No puedo esperar para conocerla.

—Planeo ir al norte en unos días y traerla a la escuela que usted me recomendó. Tal vez durante las próximas vacaciones de la escuela podamos venir a visitarla.

Minerva ya había sido de mucha ayuda. Había descubierto esa escuela e incluso había escrito la carta para la dueña, en nombre de Rosamund, para que la ortografía y las palabras fueran las correctas. Rosamund dudaba en pedir más ayuda, pero no sabía a dónde más ir.

—Me gustaría que cosieran algunos vestidos para Lily. Tengo sus medidas y los vestidos no tienen que ser elegantes. ¿Podría recomendarme alguna modista que pueda hacer ropa práctica y de buena calidad con rapidez?

Minerva sonrió con picardía.

—He estado esperando esta pregunta con impaciencia. Aunque tenía la esperanza de que la ropa fuera para usted, no para su hermana.

Rosamund se rio.

—Supongo que podría ordenar algunas cosas para mí también.

—Entonces debemos visitar a una buena modista para que lo que ordene no solo sea práctico, sino también a la moda. Para usted y para su hermana. Las otras niñas en la escuela tendrán que usar un gris sencillo en el salón de clases, pero llegarán y se irán en ropas mejores.

Le dio unos golpecitos a su mandíbula mientras pensaba.

—Creo que conozco el lugar perfecto. Iremos mañana.

—El señor Radnor dijo algo sobre venir mañana de nuevo, para llevarme a los almacenes. Tal vez si nos vamos antes de que llegue…

—No, no. Que venga con nosotras. Le enviaré una nota para que llegue temprano y tengamos suficiente tiempo. Usaremos nuestro carruaje, para poder ir juntos. —Se acercó y sonrió—. Vamos a aburrirlo por completo. Tal vez se lo piense dos veces antes de mantenerla tan vigilada después de sentarse durante varias horas en el salón de recepción de la modista.

¿Era eso lo que estaba haciendo? ¿Manteniéndola vigilada? Era muy tonto de su parte no haberlo pensado. Claro que Minerva tenía razón. Kevin Radnor no estaba siendo amigable porque sí. Quería asegurarse de que no se estuviera reuniendo con inversionistas que estuvieran intentando comprar su parte de la compañía. De la compañía *de los dos.*

Tal vez se había equivocado respecto al interés masculino que creyó haber visto en él. Sin duda solo había estado calculando cómo controlarla. Para él, ella no era nada más que un problema que complicaba sus planes. En ese caso, ¡qué alivio! Ya tenía suficientes problemas con los negocios que debía hacer con él, para que además tuviera que estar defendiéndose de sus insinuaciones.

Observó a Minerva, que se sentaba a su lado tan cómoda. Minerva nunca, ni una sola vez, había hecho o dicho algo que implicara que no eran iguales, incluso si no lo fueran.

—Nos conocimos porque usted y su esposo hacen investigaciones —se aventuró Rosamund—. ¿No le parece interesante?

—Cada persona es un enigma que resolver. Puede ser muy interesante, incluso emocionante.

—¿Las personas le cuentan secretos a cambio de sus servicios?

—A veces es necesario. Por eso nuestra profesión es de investigaciones «discretas». Otras veces la investigación es muy sencilla y solo pido que me avisen si puede ser peligrosa —Minerva miró a Rosamund con curiosidad—. ¿Tiene alguna investigación que le gustaría que llevara a cabo? Me parece que sí.

—Tal vez… Puede ser.

—Puede estar segura de que todo lo que me diga, e incluso la investigación misma, nunca será mencionada a nadie más.

Rosamund decidió confiar en Minerva.

—Sí quiero su ayuda. Usted sabrá cómo manejarlo, pues yo daría muchas vueltas. —Dio el paso más grande para alcanzar su sueño—. Me gustaría que encontrara a alguien, o al menos descubriera qué fue de él.

CAPÍTULO 4

A Kevin le parecía muy irritante que Minerva se hubiera insertado en sus planes de hacerse amigo de la señorita Jameson. Y aun así ahí estaba él, ayudándolas a bajar del carruaje en la calle New Bond después de escucharlas hablar incesantemente de moda y telas.

Alzó la vista hacia el primer piso, donde una modista tenía su negocio.

—Vamos, Kevin —dijo Minerva—. Puede que queramos la opinión de un hombre. Si es así, para eso estás aquí.

Con un rostro imperturbable subió las escaleras y entró al salón de la modista. Madame Tissot conocía a Minerva y, al saber que querían dos juegos de vestidos, se llevó a las damas a otro lado y dejó a Kevin solo en una habitación con muebles incómodos.

Mientras observaba la femenina habitación, con sus delicadas mesas y sillas, se le ocurrió que a eso se refería Minerva con hacerle la vida miserable. Bueno, ella tendría que hacer algo mejor que eso. No sabía con quién estaba tratando.

Probó una de las sillas tapizadas. No había sido construida para un hombre de su altura, pero después de estirarse para un lado y para el otro logró acomodarse. Cerró los ojos y se perdió en su mente. Su último pensamiento antes de rendirse a los cálculos de probabilidad fue curiosidad sobre para quién era el segundo juego de vestidos.

Un tiempo después salió de sus pensamientos y miró su reloj de bolsillo. Habían estado ahí más de una hora. Podía escuchar risas y conversaciones femeninas detrás de una de las puertas. Consideró dejar una nota e irse, pero estaba intentando ganarse la confianza y amistad de la señorita Jameson. Eso requería pasar tiempo con ella. Y es lo que estaría haciendo en ese momento si Minerva no hubiera arruinado sus planes.

Las voces se hicieron más fuertes y escuchó partes de la conversación.

—Debes hacerlo, Rosamund.

—¿No es demasiado?

Hubo muchas risas.

—Para nada —dijo madame Tissot—. El vestido será muy modesto y el color estará de moda este año.

—No estoy segura…

Sonaba a que se requería que se tomara una decisión en esa habitación. Tal vez él no sabía mucho de moda, pero sabía cuando una mujer se arreglaba para resaltar su belleza y también conocía la diferencia entre lo atrevido aceptable y lo escandaloso.

Era mejor que sentarse ahí por tanto tiempo. Además, ella estaba, por decirlo de alguna manera, gastándose el dinero *de él.* Con eso en mente, caminó hacia la puerta y la abrió.

Tres mujeres se giraron a verlo, sorprendidas. Madame Tissot se dio unos golpecitos en el pecho sobre el corazón. La sorpresa de Minerva se convirtió en diversión. La señorita Jameson… la señorita Jameson le quitó el aliento.

Estaba cubierta en tela de pies a cabeza. Una tela de color rojo oscuro con un tenue brillo. Dejaba al descubierto sus cremosos hombros, y, por la manera en la que sostenía la tela, sospechaba que también mostraba su espalda. Ella solo lo miró apretandola contra su cuerpo.

Se preguntó si estaba desnuda debajo de esa seda roja. Eso parecía. Sin embargo, era posible que no…

La modista hizo un sonido con la lengua.

—Señor, no se acostumbra que los hombres estén presentes durante las pruebas.

—En serio, Kevin. —Minerva suspiró dramáticamente—. Dije que podríamos necesitarte, pero yo te habría avisado si ese fuera el caso.

Qué tontería. Como si nunca hubiera visto a una mujer semidesnuda antes.

—Estaba claro que la señorita Jameson no se decidía, así que concluí que necesitaban la opinión de un hombre para apresurar la decisión. —Hizo un gesto hacia la tela roja—. Es una linda tela y debería usarla.

Se giró para mirar a madame Tissot.

—Debe tener cuidado con el vestido. Nada vulgar. El rojo puede ser arriesgado.

Madame Tissot miró a Minerva. Minerva a la señorita Jameson. La señorita Jameson se encogió de hombros y asintió.

—Entonces será la seda roja —dijo madame Tissot.

Kevin caminó hacia la mesa donde Minerva estaba sentada, con muestras de tela alineadas frente a ella. Examinó cada una e hizo una pausa.

—¿Para qué son estas tan simples? Incluso cuando van a una tienda las mujeres usan telas mejores.

—Esas son para mi hermana, para que las use en la escuela —dijo la señorita Jameson.

Él la miró. Madame Tissot ya la había envuelto en otra tela, una muselina gruesa que la cubría de manera tan completa que solo quedaba descubierta su linda cabeza.

—¿Su hermana?

No tenía idea de que tuviera una hermana. De hecho, hasta donde él sabía, tenía cuatro hermanas, tres hermanos y dos tías. Incluso podría tener padres en algún lugar del campo. Podría tener una muy buena razón para rentar una casa grande.

No sabía nada sobre su familia porque nunca le había preguntado al respecto. Ni tampoco nada sobre ella. Podía imaginarse a Nicholas y Chase negando con la cabeza. Chasqueando la lengua. «Mal hecho, Kevin. Mal hecho».

—Tal vez si te sales, Rosamund pueda vestirse y nos podremos ir pronto —sugirió Minerva.

—Por supuesto —abrió la puerta—. Prosigan.

—Después de dos horas en esos almacenes creo que les caería muy bien un poco de aire. —Kevin sugirió la idea mientras el carruaje regresaba a Mayfair—. ¿Por qué no paseamos por el parque un momento?

Minerva sacó un pequeño reloj de su bolsa.

—Yo no puedo. Tengo que ver a uno de nuestros agentes para hablar de una investigación. Solo dile al conductor que me deje en casa.

—Tal vez un paseo corto —dijo Rosamund. Los almacenes habían estado llenos de polvo, pero así era normalmente. Había examinado los nuevos productos para sombrereros y había comprado una figura de paja para exhibir sombreros, al igual que algunas otras cosas, las cuales le entregarían por la mañana. Lo más importante era que se había presentado con los dueños y con algunos de los hombres que atendían a los clientes.

El día estaba fresco, pero ella abrió la ventana del carruaje de todas maneras. La brisa se sentía bien contra su piel. Miró hacia fuera, pero podía ver a Kevin Radnor por el rabillo del ojo.

Para ser un hombre nacido en sociedad, no era muy observador cuando se trataba de la etiqueta. Su repentina aparición en el probador las había sorprendido a todas. Él debió de haberse dado cuenta, pero había actuado como si su intrusión fuera de lo más normal, incluso cuando madame Tissot le especificó que no lo era.

No había tenido nada más que seda encima de su ropa interior. Definitivamente la había visto, pero no lo había hecho de manera lasciva. Había reaccionado como si viera a mujeres sin ropa todo el tiempo. Tal vez lo hacía, pero no a amantes. Había sido muy claro con eso.

Lo cual significaba otra cosa si no era «ni de cerca» un monje. Rosamund agregó otra cosa a la lista de cosas que tenía que hacer en los próximos días.

Después de dejar a Minerva, el carruaje entró a Hyde Park y tomó su lugar en una larga línea de carruajes que se movían lentamente, mientras los caballeros y las damas disfrutaban el paseo.

—Si hay mucha gente, podemos ir a otro lado —dijo Kevin.

—No me molesta. Me gusta observar a las mujeres. Me robo ideas de sus gorros y envidio sus atuendos.

—¿Ha estado aquí antes?

—Las chicas de las tiendas venimos todo el tiempo. Ustedes nunca nos ven porque siempre están en carruajes o a caballo, y nosotras estamos abajo caminando a su lado.

—Estoy seguro de que la hubiera notado si hubiera pasado a su lado en mi caballo.

—Cuando se pierde en sus pensamientos, me parece que no ve nada.

No la contradijo. Abrió la otra ventana para que la brisa pudiera pasar.

—¿Cuántas hermanas tiene?

—Solo una. Lily tiene catorce años, es mucho más joven que yo. Tuve que dejarla en el campo mientras encontraba trabajo.

—Pero ahora irá a la escuela. Por eso encargó esos vestidos con esas telas simples.

—Minerva me ayudó a encontrar una escuela. Lily tendrá que ponerse al corriente en algunas cosas. Pero tendrá una educación. Espero que cuando sea más grande pueda conseguir un buen matrimonio. Aparté una parte de la herencia para ella, para ayudarla con eso.

Se dio cuenta de que estaba hablando mucho de nuevo, sobre cosas que a ese hombre no le interesaban.

—Como sea, ese es mi plan.

—Es muy generoso de su parte, el haber pensado en ella primero, incluso antes de gastar en usted.

Parecía sincero al decir eso.

—¿Cree que funcione? Si está educada y preparada y tiene dinero, ¿cree que se pueda casar bien? Me gustaría que fuera un caballero, para que no se tenga que preocupar por el dinero. Podría ser un caballero regular.

—Podría suceder. Usted se ha hecho amiga de Minerva. Cuando llegue el momento, ella podrá ayudar a conseguir la compañía de esos caballeros.

—Seguirá siendo la hija de un granjero. No puedo cambiar eso.

—Una fortuna puede lograr oscurecer los detalles del nacimiento de alguien.

Eso esperaba. No solo para Lily, sino para ella misma. Estaba contando con que una gran fortuna oscureciera muchas cosas, pero había otras que no podría esconder. Eso lo sabía. No tenía educación, primero que nada. No hablaba como las damas que había escuchado. Su lectura era solo aceptable y su caligrafía no era elegante.

«Haces sombreros», dijo su voz interior. «Ni el vestido más lindo ni la casa más grande cambiarán quién es. Charles nunca se casará contigo».

—Está pensando demasiado —dijo Kevin.

Alzó la vista y vio que él estaba sonriendo, como si supiera lo peculiar que era para él hacer esa acusación en lugar de recibirla. Ella tuvo que reírse.

—Déjeme intentar adivinar lo que le preocupa.

Él se inclinó hacia delante y la miró a los ojos de esa manera inquietante tan suya.

—Está pensando en que usted podría retenerla, sin importar lo que haga por ella.

Tuvo una sensación extraña cuando él adivinó. Que lo supiera. No podía aceptarlo y mantener la compostura, así que solo lo miró. Cuando se conectaron sus miradas y se sintió cercana a él, un zumbido recorrió su cuerpo.

—No es difícil imitar a una dama. Solo se necesita un poco de práctica. Y, aunque un cambio así no la convierte en una dama, sí evita que la gente note la diferencia hasta que conocen su historia. —Sonrió lentamente—. Incluso esto podría cambiarse.

Qué sugerencia tan sorprendente. Era demasiado tarde para crear una nueva historia para sí misma con Charles y su familia, pero tal vez su hermana…

—¿Chase? ¿Eres tú?

La voz de una mujer casi gritó en el oído de Rosamund. Se giró y vio un carruaje tan cerca que pudo haberle servido café a quienes estaban dentro de él.

—No, ese es Kevin —dijo una voz más joven—. Kevin, qué extraño verte aquí. Nunca vienes al parque a esta hora.

Los rostros de dos mujeres llenaron la ventana del otro carruaje. Una mujer mayor con cabello oscuro miraba a Kevin con los ojos entrecerrados. Una mujer más joven estaba mirando directamente a Rosamund. Ambas tenían puestos unos gorros que no les quedaban bien, en la opinión de Rosamund. Eran muy caros. Tomó nota de los complicados dobleces en la parte de debajo del visor de la mujer de cabello oscuro.

Frente a ella, Kevin, dirigiéndose a la ventana, contuvo un quejido.

—Tía Agnes, te ves bien.

—Seguramente te sorprende que esté viva. Y a ti no se te ocurre vistarnos cuando estás en la ciudad.

—He estado muy ocupado.

La mirada de Agnes iba de él a Rosamund.

—Puedo verlo. ¿No es este el carruaje de Chase?

—Lo es. Estoy acompañando a una de sus visitas esta tarde.

—¿Nos la vas a presentar? Ya es bastante malo que te hayas visto reducido a llevar un negocio, pero ¿también vas a adoptar el grotesco comportamiento de tus colegas?

Rosamund vio cómo la sonrisa de Kevin se convertía en una delgada línea. La miró con algo parecido a una disculpa.

—Tía Agnes, Felicity, ¿puedo presentarles a la señorita Jameson? Señorita Jameson, esta es mi tía, lady Agnes Radnor, y la esposa de mi primo, la señora de Walter Radnor.

Dos ceños fruncidos. Dos rostros pensativos. Y luego dos expresiones sorprendidas se miraron entre sí.

—¿Escuchaste, Felicity? Ella es Rosamund Jameson —dijo lady Agnes.

—Lo escuché. Oh, vaya. —La mujer más joven miró a Rosamund con intensidad—. Oh, vaya.

—¿Cómo se atreve Chase a no informarnos que ya la encontraron? —exclamó lady Agnes.

—Tendrás que preguntarle a él —dijo Kevin—. Ahora deberíamos regresar…

—Tonterías. Detén el carruaje para que pueda conocer a la señorita Jameson.

Lady Agnes le gritó a su conductor que hiciera el carruaje a un lado.

—Hemos esperado todo un año. Pensé que nunca la encontrarían. Dolores estará… bueno, muy sorprendida, por no decir más.

Kevin maldijo en voz baja.

—No hay nada más que hacer. Permítame disculparme de antemano, señorita Jameson.

Abrió una pequeña puerta del carruaje para darle instrucciones al conductor para que saliera de la fila en ese instante.

—¿Debemos hacer esto? —preguntó Rosamund, mientras el carruaje llegaba a un lugar para detenerse. ¿Por qué querrían hablar conmigo? Lady Agnes no se veía feliz de verme.

—Mi tía nunca pierde la oportunidad de alimentar su propia amargura.

Abrió la puerta y salió para después ofrecerle su mano.

Ella bajó y acomodó su falda.

—No entiendo.

Kevin se rascó un lado de la cabeza.

—Esto es lo que pasa. Si nunca la hubiéramos encontrado a usted, con el tiempo, su herencia se habría dividido entre nosotros.

En otras palabras, toda la familia había tenido la esperanza de que estuviera muerta.

Después de examinarla de pies a cabeza, lady Agnes se dignó hablar.

—Bueno, señorita Jameson, tomó mucho tiempo encontrarla.

—Si hubiera sabido que me esperaba una fortuna, me hubieran encontrado antes.

—Claro.

De nuevo esa larga inspección. Su expresión le decía que no estaba impresionada. Rosamund se dio cuenta de que sus ojos se entrecerraron y se detuvieron en su gorro. «Demasiado bueno para alguien como ella», decían sus ojos.

—Vive en Richmond —dijo Kevin—. Por eso el retraso. Nunca vio los anuncios en los periódicos de Londres.

—Los más reconocidos están por toda Inglaterra —dijo lady Agnes.

—Supongo que si alguien tuviera la esperanza de heredar una fortuna inesperada de un extraño, esa persona se las arreglaría para conseguir y leer todas las ediciones —comentó Kevin—. Tal parece que la señorita Jameson no es esa persona.

Su tía no era tonta y sabía que se estaba burlando de ella. Una horrible mirada apareció sobre su torcida sonrisa.

—Parece que no. Es un poco mayor para no estar casada, señorita Jameson. Considerando que no hay mucho de qué quejarse en su apariencia, me parece un poco extraño.

—Tía Agnes —la reprendió Kevin.

—Me he dedicado a otras cosas, lady Agnes —dijo Rosamund—. Tengo una sombrerería que requiere mi atención. Por lo tanto, el asunto de buscar un esposo ha quedado de lado.

—Una empleada. Vaya. ¿No le sorprendió descubrir la decisión del duque? A nosotros nos pareció muy peculiar.

—A mí también. Casi no lo conocía.

Una inspección más profunda y penetrante.

—Y si me permite preguntarle, ¿cómo es que casi no lo conocía?

—No, no puedes preguntar —interrumpió Kevin—. Demos un paseo antes de que la señorita Jameson decida que toda la familia Radnor es más extraña que la decisión de mi tío.

Giró con determinación y miró a su tía hasta que esta avanzó a su lado.

Eso dejó a Rosamund caminando al lado de la mujer más joven, llamada Felicity, la esposa de uno de los primos de Kevin. Era una mujer atractiva, con facciones frágiles. Le recordaba a esas esculturas de porcelana, las que siempre tenían narices pequeñas y puntiagudas y ojos azules y vacíos.

—Ese es un muy lindo sombrero —dijo Felicity.

Rosamund se sintió mal de inmediato por sus pensamientos tan poco amables.

—Gracias. Lo hice yo misma.

—¡Qué talentosa! Pero por supuesto… ya no tendrá que hacerlo, ¿verdad?

—Pero sí me gustaría. Es mi negocio.

Felicity se rio.

—Por favor. Con su fortuna puede comprar cualquier gorro o vestido que quiera y dejar el negocio a un lado por completo.

—No lo creo. Lo disfruto mucho.

Felicity parpadeó.

—Qué triste que aún no esté casada. Me parece que eso se remediará pronto.

—El procurador me advirtió de los cazadores de fortunas. Creo que lo mejor sería evitarlos, ¿no lo cree?

—Depende de sus fortunas. —Felicity aminoró el paso, haciendo que Rosamund se quedara atrás con ella—. Es probable que Kevin haya sido descortés. Me disculparía por él, pero he decidido dejar de hacerlo. Aunque esta vez quizá sea comprensible. No le importaba mucho el dinero, ¿sabe? Solo la invención y el hecho de que el duque le dejó la mitad a una extraña.

—Hemos llegado a un acuerdo justo al respecto, así que no ha sido demasiado descortés.

—¿Va a darle usted su mitad? No se me ocurre ningún otro acuerdo que le pueda parecer aceptable.

—No planeo hacer eso y él lo sabe. —Rosamund se dio cuenta de que seguían alejándose de Kevin y lady Agnes.

—Supongo que podría regresárselo al estado. No es obligatorio aceptar una herencia.

—¿Por qué haría yo eso?

—Para deshacerse de ella, por supuesto. Mi esposo me explicó que, aunque no vale nada, podría costarle mucho a una persona. Un socio es responsable de las deudas e inversiones adicionales. Sería una pena que eso le pasara a usted.

Felicity estaba demostrando ser una mujer astuta. Rosamund se preguntó por qué le estaba dando todos estos consejos.

—Si lo regreso, ¿quién lo recibiría en mi lugar?

—Supongo que se dividiría entre los primos, aunque es probable que los otros vendan y acepten lo que les ofrezcan. Kevin, por supuesto, se quedaría con su parte.

Que su parte se dividiera de esa manera era justo lo que Kevin no quería. Si en realidad valía tan poco, no podía imaginarse por qué a Felicity le preocupaba tanto lo que le pasara.

—Bueno, creo que me la quedaré por un tiempo, para ver primero qué pasa. Eso les ahorrará la preocupación a todos los primos.

Felicity parecía abrumada.

—Señorita Jameson, cuando dije que tal vez querría deshacerse de ella, lo hice por su beneficio.

Miró alrededor para asegurarse de que nadie estuviera cerca.

—De verdad no quiere ser socia de Kevin. Es probable que la lleve a la ruina. Y… —Bajó la voz—. Puede que no le hayan dicho esto, pero su último socio murió bajo consecuencias sospechosas.

Rosamund quedó tan sorprendida por la revelación que casi se tropezó con una rama caída en el camino. Felicity se veía satisfecha con esa reacción. Más adelante parecía que la conversación entre Kevin y su tía había tomado un giro conflictivo.

—¿A qué se refiere?

—Dijeron que fue un accidente, pero nadie en la familia cree que el duque se haya tropezado y se haya caído del parapeto. Tampoco creemos que haya saltado. Eso solo deja una opción para cómo terminó en el suelo.

Rosamund decidió que no le importaba mucho esta mujer.

—¿Está insinuando que Kevin Radnor es la razón por la que el duque se cayó? Por favor hable claramente. ¿Tiene alguna razón para creer eso o solo le desagrada Kevin?

Los párpados de Felicity se entrecerraron. Alzó la cabeza para poder verla sobre su nariz. Rosamund conocía muy bien esa expresión. La de una mujer que estaba intentando poner a alguien inferior en su lugar.

—Él es una persona muy desagradable, pero no sospecho sin causa. Pasó en la finca del duque, Melton Park. Nadie más estaba ahí. Kevin dijo que estaba en Francia, pero en realidad estaba en Inglaterra. Yo misma lo vi en la ciudad al día siguiente. Si descubrió el testamento y la disposición del duque respecto a la mitad de su compañía, tenía razón para estar lo suficientemente enojado para actuar sin pensar. ¿De esta manera sí lo entiende? —Comenzó a caminar con una determinación decepcionada—. Esperaba evitarle problemas. Ahora veo que fue un error.

Rosamund caminó al lado de Felicity hasta que volvieron a estar detrás de Kevin y lady Agnes. Llegaron justo a tiempo para escucharla decir:

—Solo te estoy aconsejando que la solución más sensata para ambos es vender lo que existe por lo que les paguen. Es poco probable que valga más en un futuro y esto les evitaría una desagradable asociación.

Su llegada sorprendió a lady Agnes. Sin saber que la habían escuchado, regresó a un tono más educado.

—Mira qué bien ha revivido la hiedra en el parque, Felicity. Le estaba diciendo a Kevin que mi jardinero comenzó a poner enredaderas en mi pared trasera.

CAPÍTULO 5

Rosamund nunca pensó que le pediría a Kevin Radnor que la fuera a visitar, pero a la mañana siguiente se sentó en la biblioteca y le escribió una carta pidiéndole que lo hiciera. Una larga noche de pelear con sus pensamientos la había llevado a concluir que le pediría su consejo a Kevin esta vez en lugar de a Minerva, ya que la había ayudado mucho.

Además, esta reunión también podría ayudarle a descubrir si había algo de verdad en las sospechas de Felicity. Era el tipo de mujer que disfrutaba crear problemas.

Trabajó en la carta, pero dejó demasiadas correcciones y manchas de tinta. Resultó ser un desastre cuando terminó. Minerva entró a la biblioteca justo cuando Rosamund estaba sacando otro pedazo de papel.

Al ver que estaba escribiendo una carta, Minerva se sentó con un libro y no interfirió. Rosamund lo intentó de nuevo, murmurando irritada cuando las cosas comenzaron a salir mal de nuevo. Dejó la pluma a un lado y se cubrió los ojos con las manos.

—¿Estás llorando?

Se descubrió los ojos y vio que Minerva estaba parada a su lado.

—No. Estoy intentando no gritar. —Hizo un gesto hacia el papel—. Mi letra es mala, mi ortografía es mala y no puedo usar una pluma sin regar tinta por todos lados.

Minerva examinó la carta.

—Si quieres, yo puedo escribir lo que me digas. O podemos enviar a uno de los sirvientes con un mensaje.

Rosamund volvió a tomar la pluma.

—Tú escribiste una a la escuela. No puedes escribir todas mis cartas. Tengo que aprender.

La mano de Minerva cubrió la mano que sostenía la pluma.

—Te ayudaré a practicar. Sin embargo, no puedes aprender en una hora. Enviemos un mensaje por ahora.

Y así fue como a las once en punto, Kevin Radnor llegó en un elegante carruaje, con todo y un lacayo parado en la parte de atrás, para acompañarla a la oficina del procurador.

—Es de mi padre —le explicó—. Nunca lo usa.

Se acomodó en su asiento mientras él se sentaba de frente a ella. Había nubes oscuras en el cielo. Esperaba que no lloviera.

—Me halaga que me haya llamado —le dijo—. Esperaba que fuéramos amigos y pidiera mi ayuda en cualquier cosa que pueda ayudarle.

—Creí que lo mejor sería que alguien me acompañara, ya que todo es un asunto legal.

También quería hablar de algo con su socio. Tendría que elegir el momento correcto y esperar que tuviera el valor de hacerlo.

Encontró la oportunidad para examinar a las mujeres que caminaban por la calle mientras pasaban por Mayfair. Por la ventana abierta vio un atractivo sombrero con un visor más grande de lo normal. Sacó un pequeño pedazo de papel y un lápiz de su bolsa y comenzó a hacer un bosquejo de él.

Kevin se acercó y observó el papel.

—¿Dónde le enseñaron a dibujar?

—¿Enseñar? No, solo intento que se parezca lo suficiente para recordarme a mi misma lo que he visto.

—Entonces me parece que tiene un talento natural.

Rosamund miró su pequeño dibujo. Había logrado capturar la forma del sombrero y el visor angulado bastante bien.

Llegaron a la oficina del señor Sanders en la ciudad antes de que lloviera. Le agradaba el procurador. Le recordaba a un tío amable en la manera en que se veía y actuaba. La primera vez que lo conoció y él le explicó lo de su herencia, se tomó la molestia de hacerlo lentamente, tal vez sabiendo que gracias a su sorpresa sería difícil para ella entenderlo todo.

Primero saludó al señor Radnor, pero después le dedicó a ella toda su atención.

—Tengo el contrato para la casa aquí. El dueño aceptó la mayoría de los cambios que pedí. —Le guiñó un ojo—. Lo primero que me dio era menos que adecuado, probablemente porque supuso que una mujer no tendría la experiencia para reconocer los errores.

—Por eso le pedí su ayuda.

Había sido una mujer sin experiencia cuando firmó el contrato en Richmond y se arrepentía de no haber sido más asertiva al conversar con el dueño.

—La felicito por haberlo hecho. Es mucho más fácil establecer estas cosas al inicio que intentar resolverlas después.

Le dio una carpeta con documentos.

—Podrá ver que la renta ha bajado hasta igualar a las de las otras casas de esa calle. También cambiaron algunos términos. Se eliminaron algunas disposiciones draconianas. Por ejemplo, no hay ningún pago adicional por los muebles. Ahora están incluidos, de acuerdo con la descripción de la casa.

Comenzó a leer, supuso que la palabra «draconianas» era una manera elegante de describir algo malo. La caligrafía utilizada en el documento la distraía. Era perfecta, con adornos elegantes, las letras parecían cantar las palabras. Un secretario había escrito eso, por supuesto, pero aun así envidiaba lo hermoso que se veía.

—¿Lo entiende? —La voz grave vino de su costado, donde Kevin estaba sentado. Ella lo miró. El señor Sanders sonrió un poco, entretenido.

—Sí, lo entiendo. Gracias por hacer esto por mí, señor Sanders. Veo que el dueño ya lo firmó.

—Ya firmó las tres copias. Una vez que usted ponga su nombre, estará listo.

Rosamund se quitó los guantes. Una a una firmó su nombre de la manera más clara que podía en cada copia, intentando no manchar de tinta. El señor Sanders secó y dobló una antes de dársela.

—Ahora es una residente de Londres, señorita Jameson.

Era un gran paso. Uno atrevido. No había vuelta atrás.

Su imaginación alzó el vuelo, reacomodando los muebles y comprando más. Se imaginó a Lily en la habitación del segundo piso. Vio a Charles subir la escalera de la entrada hacia la puerta.

El señor Sanders sacó más documentos.

—Este el contrato de la tienda. Eso fue mucho más sencillo. Eso incluye el primer piso, además de la tienda a pie de calle.

Puso la carpeta en la mesa.

Rosamund leyó los términos. Kevin intentó leer sobre su hombro.

—¿Va a tomar la tienda en la intersección? —preguntó.

Ella asintió.

—Alguien me dijo que no porque algo no se haga significa que no puede hacerse.

Tomó la pluma y firmó su nombre.

El señor Sanders también se encargó de esos papeles.

—Me atrevo a decir que será una mujer ocupada instalándose en ambos lugares.

Se despidió del señor Sanders. Una vez que estuvo en la recepción, le susurró al señor Radnor:

—¿Debería preguntarle al secretario por el pago?

—Le enviarán una carta.

La lluvia comenzó a caer en cuanto se volvieron a sentar en el carruaje. Miró con tristeza los caminos que iba dibujando en la ventana. Su plan para el resto del paseo no funcionaría.

—Tengo algo para usted.

Kevin tenía una caja forrada de tela. Se la dio.

No era una caja. Vio que era un libro. Lo abrió y descubrió que era una novela de Walter Scott.

—No sé si ese era el que estaba leyendo. Sin embargo, es muy popular y puede que lo disfrute. Hay caballeros en él.

Ella deslizó su palma sobre la portada de cuero café. Estaba tallada para seguir un patrón en las orillas.

—Lo leeré en seguida para poder devolvérselo pronto.

—No es de mi biblioteca. Es un regalo. Es suyo.

Bajó la vista a la hermosa portada. Era el primer libro de su propiedad.

—Le daré un lugar muy especial en mi librero. Muchas gracias.

Alzó la mirada y vio que le estaba sonriendo. Tenía una sonrisa muy atractiva. Suavizaba los aristocráticos ángulos de su rostro y sus ojos no se veían tan serios y pensativos.

Su generosidad le dio el valor.

—Ojalá no estuviera lloviendo. Tenía pensado pedirle que fuéramos al parque para poder hablarle de algo.

Él observó la lluvia afuera.

—Podemos ir a mi residencia. Mi padre ya me exigió conocerla. Podemos cumplir con eso, comer algo y luego escapar para hablar en privado. ¿Le parece bien?

Ella asintió, aunque la parte de conocer a su padre la hizo dudar un poco. Después de su tía Agnes y Felicity, no esperaba cosas buenas de sus parientes.

Kevin sopesó lo bueno y lo malo del día. No habría sido necesario que estuviera presente en la oficina del señor Chambers, eso era claro. Tal vez ella quería un acompañante porque los temas legales la intimidaban. Decidió aceptar eso, aunque no estaba muy convencido.

El que le hubiera pedido que tuvieran una conversación revelaba que tal vez había querido su compañía por razones diferentes a la renta de la casa y de la tienda. La solución que él propuso al problema ocasionado por el clima llegó sin duda alguna, aunque eso significara sufrir la interferencia de su padre. Él propuso la idea con rapidez porque le pareció la manera más sencilla de seguir pasando tiempo en compañía de la señorita Jameson.

Reconocer eso, admitirlo, hizo que se sumiera en un silencio pensativo el resto del camino. «El objetivo, idiota, es que sea más fácil de controlar, no quedar como un tonto».

Ella se puso a revolver su bolsa, después abrió el libro y pasó algunas páginas. No era un tomo costoso, pero lo tocaba como si fuera algo valioso. La sorpresa al recibirlo conmovió a Kevin. Supuso que no recibía regalos a menudo.

Intentó no observarla, pero ahí estaba, linda, serena, exuberante. Chase había elegido la palabra correcta. Podría usar un vestido tan deforme como los sacos de colegiala que había ordenado para su hermana y aun así volver loco a un hombre. Así como estaba, con su vestido amarillo y su pelliza verde, su figura se destacaba, a pesar de lo modesto de su atuendo. Lo cerca que estaba de él casi hacía que se sintiera en un estado de excitación total que sería difícil esconder. Comenzó a pensar en la Antigua Grecia para evitar esa vergonzosa situación.

Necesitaba conquistar su inconveniente atracción por ella, la cual prometía interferir de muchas maneras. Sin embargo, no debería ser algo complicado. Había cientos de mujeres hermosas en Londres y casi nunca les ponía atención. Se enorgullecía de no ser el tipo de hombre que desperdiciaba su tiempo ni dinero en amores sin sentido.

Se movían demasiado lento hacia la casa para su gusto. Salió del carruaje en cuanto el lacayo abrió la puerta y ayudó a la señorita Jameson a bajar en lugar de dejar que el mozo lo hiciera. Ella no se había vuelto a poner sus guantes, el calor de su mano atravesó el guante de Kevin, lo cual envió de nuevo pensamientos a donde no debían ir. Qué molesto.

Ella volvió a ponerse los guantes mientras caminaban hacia la puerta, admirando el tamaño de la casa.

—No entiendo cómo pudo pensar que mi nueva casa es grande cuando vive en algo así.

—Esta es demasiado grande, especialmente cuando suele ser solo para una persona.

Cuando la compraron habían pensado que sería habitada por muchas personas. Su padre había creído que tendrían una familia grande, pero su esposa había muerto mientras daba a luz a su primer hijo.

El mayordomo abrió la puerta para dejarlos entrar.

—Debo advertirle que mi padre es muy original. Excéntrico, en realidad.

Rosamund se veía sorprendida.

—¿En serio? No entiendo cómo eso es posible cuando usted es tan convencional.

Entró a la casa con una sonrisa orgullosa.

Kevin la siguió. Ya se lo había advertido. Si la señorita Jameson pensaba que él era excéntrico, estaba a punto de recibir una sorpresa.

La llevó a la biblioteca. Se asombró ante el tamaño. Observó los enormes libreros que llenaban las tres paredes. La cuarta estaba cubierta de pinturas… Y algo más.

Fue a pararse frente a diez marcos que contenían hileras de palomillas en tonos grises y cafés. Cada una tenía una etiqueta. Debió de haber tomado horas recolectarlas y acomodarlas todas. Aun así, al estar acomodadas así, podía ver las diferencias.

Sintió la presencia de Kevin a su lado.

—Palomillas, no mariposas —dijo Rosamund.

—Todos tienen mariposas.

Ella observó los marcos y luego a él. Se rio.

—¿Le parece divertido todo esto?

—¿Palomillas? Debe ser difícil para sus huéspedes decir algo educado al verlas.

Se imaginó a un joven Kevin Radnor, serio y atento, leyendo los nombres y explicando cómo una palomilla era diferente a la otra. Sin duda, él había disfrutado la incomodidad que eso ocasionaba.

—Todo es un chiste, ¿no?

Una sonrisa apareció en su rostro.

—No revele el secreto. Nadie más lo ha adivinado.

—Eso es porque su humor es demasiado astuto.

—No para todos, al parecer.

Rosamund se rio y se alejó. Palomillas.

Los libreros llamaron su atención. Su mirada se movió sobre ellos y los muchos libros que contenían.

—¿Todos estos son de su padre?

—Algunos son míos. Algunos los ha comprado. Otros fueron heredados. Mi abuelo era un bibliófilo y dejó instrucciones para que se dividiera su biblioteca entre sus hijos cuando él murió.

—La historia de su familia debe estar en esos estantes.

—Nunca lo había pensado de esa manera, aunque he descubierto algunas cosas extrañas que seguramente han sido de la familia por generaciones.

De un extremo al otro examinaron los volúmenes encuadernados en cuero. Aunque comprara un libro a la semana, nunca tendría tantos.

De repente se sobresaltó cuando sintió que algo tocaba su nalga.

—Señor Radnor, me sorprende. Por favor mueva su mano.

—¿Mi mano?

—La que tiene en mi nalga.

—Por muy agradable que me resulta esa idea, le aseguro que nunca soy tan burdo.

Levantó ambas manos para probar su inocencia.

Rosamund frunció el ceño.

—¿Qué...?

Se dio la vuelta de repente.

—Nunca he...

Dio unos pasos hacia atrás.

Kevin también se dio la vuelta y suspiró.

—Padre, no deberías hacer eso —dijo en voz alta, y apartó la mano para evitar que el mecanismo siguiera avanzando.

Ella se inclinó para observar el artilugio de metal que tenía una cara de metal pintada, ropa vieja, botas y un tricornio.

—Parece una muñeca gigante.

—Es un autómata. Uno raro, porque rueda.

Lo levantó para mostrarle las ruedas en su base.

—Una idea defectuosa, porque una vez que comienza a moverse sigue haciéndolo hasta que se queda sin cuerda o choca contra algo. Como su, eh... como usted.

Señaló la bandeja que el hombre mecánico tenía en una mano, y que sobresalía.

Mientras detenía al hombre mecánico, sus ojos se abrieron y se cerraron, y una sonrisa apareció y desapareció mientras un leve zumbido mecánico sonaba. Las ruedas seguían girando.

—¡Padre, déjate ver! ¡Ven a conocer a mi invitada!

—¿Ustedes construyeron esto? —preguntó Rosamund, examinando las ruedas e intentando ver adentro de la figura.

—Fue construido para mi tío, el difunto duque. Sin embargo, yo lo arreglé una vez que mi padre lo adquirió. Parte del mecanismo se había roto. Ah, ahí está el travieso.

Rosamund alzó la vista para ver a un hombre alto, delgado y con cabello blanco parado en la entrada. Tenía una enorme sonrisa en el rostro y era claro que estaba satisfecho con su chiste. Lo miró a él y luego a su hijo y luego a él de nuevo. Era como ver al mismo hombre en diferentes edades, por lo similares que eran.

Entró a la habitación y Kevin comenzó a presentarlos.

Él le quitó el hombrecito a Kevin.

—No se supone que la golpeara. La intención era que pasara a su lado.

—No estuvo ni cerca —murmuró Kevin en voz baja—. Tal vez necesitas practicar tu puntería, entonces. Siempre se mueve en una línea recta.

—Sí, bueno, tal vez debería hacerlo. Bienvenida, señorita Jameson. Mi hijo me dijo que al fin la encontraron. Él siente un gran alivio, como puede imaginarse. Al igual que yo. Parece fascinada con el mayordomo mecánico. Venga y le mostraré los otros.

Bajaron por un pasillo imponente. Subieron una enorme escalera con paredes de un azul pálido y molduras con detalles tallados. El señor Radnor mayor abrió dos puertas con un gran ademán para revelar una enorme habitación llena de mesas y pedestales, y sobre todas las superficies había autómatas.

—Este es su salón —murmuró Kevin mientras su padre seguía caminando y comenzaba a darle vuelta a llaves y palancas, haciendo que los artilugios cobraran vida.

—Debe tenerles mucho cariño —murmuró Rosamund en respuesta.

—Ah, sí.

—Adelante, adelante, señorita Jameson. No sea tímida —exclamó su padre—. A diferencia del pequeño mayordomo autómata, estos no se mueven por la habitación.

Rosamund entró y admiró la variada colección. Había casi cien autómatas. Grandes y pequeños, cada uno con movimientos específicos. Una pequeña ardilla esponjaba su cola y se comía una nuez. Un reloj sonaba al marcar una hora y un grupo de figuras emergía y comenzaba a cortar leña. Dos hombres sentados en una mesa parecían estar entretenidos en un juego de cartas.

Quedó particularmente fascinada con un cisne. Medía poco más de un metro y estaba hecho de cientos de pequeños pedazos de metal brillante y pintado, doblaba el cuello, lo ladeaba y se pavoneaba con plumas que se alzaban y volvían a caer. Después se daba la vuelta, agachaba la cabeza, y la alzaba con un diminuto pez de metal en el pico.

—Tengo la mejor colección en Inglaterra. La más grande también. Es probable que sea la más grande en el mundo, pero no me atrevo a afirmarlo en caso de que haya alguna colección secreta que no conozca. Este es de Baviera. Ese vino de Nápoles.

—¿Para qué son?

—¿Para qué? Vaya, pues traen felicidad. Divierten. Nos muestran el ingenio y la creatividad de sus creadores —la miró de reojo—. Ah. Se refiere a su utilidad. Ya veo que has encontrado una mente similar, Kevin. Alguien más que cree que algo no tiene valor si no produce algo o le da ganancias a alguien.

—Ella no dijo que no tuvieran valor ni que no le dieran ganancias a nadie. Después de todo, pagaste bastante por ellos. Y si en algún momento quisieras venderlos, su valor, que es considerable, será evidente.

Eso obtuvo un entrecejo fruncido como respuesta.

—Analizando mis palabras, como siempre.

—¿Ha visto suficiente, señorita Jameson? Me parece que la cocinera pronto tendrá la comida preparada.

—Estoy lista y también asombrada. Muchas gracias por compartir su rara colección, señor.

Kevin la acompañó al salir de la habitación. Su padre, a su pesar, fue con ellos.

La comida estaba deliciosa, pero fue un desafío. Rosamund intentó utilizar los utensilios correctos para cada plato y hablar apropiadamente. Pasó de manera tranquila, con el señor Radnor mayor llenando el tiempo con un discurso unilateral sobre la gentuza que estaba haciendo la ciudad inhabitable con sus demostraciones y quejas. La comida estuvo salpicada de momentos de desacuerdos un tanto agresivos cuando el padre y el hijo no estaban de acuerdo.

La pregunta inevitable llegó justo cuando un lacayo entraba con el pastel.

—Tengo curiosidad, señorita Jameson. ¿Cómo conocía a mi hermano, Hollinburgh?

Ella eligió sus palabras con cautela.

—Teníamos una amiga en común. Cuando se enfermó, yo la cuidé.

—¿Y por eso le dejó una fortuna?

Rosamund se encogió de hombros.

—No sé qué pensaba él. Como era su hermano, tal vez usted pueda saberlo.

La atravesó con una larga mirada antes de sonreír y reírse.

—¿Explicar su mente o sus intenciones? Como si alguien pudiera. Además, apenas lo vi en los últimos diez años, y para nada los últimos cinco.

—Pero vivían tan cerca. Seguro se habrían visto en el parque, al menos.

—Mi padre no ha salido de esta casa en cinco años —dijo Kevin, como si fuera algo normal.

Su padre notó la sorpresa de Rosamund.

—Hay demasiada gente en la ciudad. Está muy sucia. Mis amigos me visitan aquí. Mi familia ha elegido no hacerlo.

—Tus hermanas creen que tú deberías visitarlas a ellas —dijo Kevin.

—Niñas consentidas, las dos. Ahora, señorita Jameson, tiene una fortuna y la mitad de la empresa de mi hijo. Es una pena que no esté casada. ¿Me atrevo a confiar en que lo estará pronto?

—Tu aislamiento ha hecho que olvides los modales básicos, padre. Eso no se les pregunta a las mujeres.

—Estoy seguro de que a la señorita Jameson no le molesta.

—De hecho, sí, señor.

Esa respuesta lo sorprendió.

—Bueno, entonces debo disculparme. Sin embargo, déjeme

decirle por qué pregunté. Verá, si estuviera casada podría tener un esposo que comprendiera bien los negocios o la mecánica, que pudiera tomar la invención de mi hijo y hacer algo con ella, y así podría aliviarlo de la obligación de desperdiciar todo su tiempo en asuntos vanales.

Kevin apretó la mandíbula.

Su padre le regresó la mirada, imperturbable y con la misma agresividad.

Rosamund los observó. El aire casi chispeaba con la tormenta que se avecinaba.

Kevin fue quien decidió ceder.

—Se terminó la comida —le dijo a Rosamund—. Es hora de irnos y encontrar un lugar para hablar de ciertas cosas lejos del oído de mi padre. Ya dejó de llover, así que el jardín está disponible.

Ella se puso de pie con prisa y logró hace una torpe reverencia en dirección de su anfitrión. Kevin la acompañó para salir de la habitación.

—Me disculpo por el terrible comportamiento de mi padre —dijo Kevin tan pronto estuvieron solos.

—Salió mejor de lo que esperaba. Creí que me insultaría de manera directa. No me esperaba que usara eso contra usted.

—Nada le gusta más que instigar una buena pelea. Estoy seguro de que está decepcionado de que no haya mordido la carnada.

—Debe ser cansado pasar así todos los días.

—Le aseguro que logro no verlo muy seguido.

—¿Por qué seguir viviendo aquí si él disfruta hostigándolo?

La llevó a la sala matinal y abrió una puerta hacia el jardín.

—La familia nunca lo visita y sus amigos dejaron de hacerlo hace años. Si no viviera yo aquí, se quedaría completamente solo.

Había sido una lluvia corta, y la brisa ya había secado el pasto y el camino mientras Kevin paseaba al lado de la señorita Jameson.

La miró de reojo. Aunque estaba observando los nuevos retoños en las plantas, su expresión mostraba que estaba preocupada por algo. También había un poco de temor, como si estuviera dudando.

—Dijo que quería hablar sobre algo.

—Dos algos. El primero es incómodo... Cuando estábamos en el parque, la señora Radnor me dijo algo sobre que la muerte del difunto duque había sido misteriosa. Dijo que... tal vez no había sido un accidente.

Felicity era una tonta entrometida.

—Nadie sabe realmente qué pasó.

—Ella dijo... dijo que la familia creía que lo habían empujado.

—La Oficina de Asuntos Interiores lo investigó y determinó que había sido un accidente.

—¿Usted cree que lo haya sido?

Maldita sea.

—Eso se lo dejo a quienes saben más de estas cosas. Chase hizo una investigación, eso lo sé, y no lo ha declarado como algo más que un accidente, así que parece que eso es todo. ¿De qué otro asunto quería hablar? —le preguntó con gentileza, esperando que cambiara el tema. Después de una cuidadosa pausa, ella lo hizo.

—Necesito ayuda. No quiero molestar a Minerva. —Dejó de caminar y se giró para mirarlo—. Quiero que alguien me enseñe a ser una dama. Usted dijo que podía lograrse. Minerva me va a ayudar con la caligrafía, y usted dijo que hacer eso mejoraría mi lectura, pero el resto... No puedo hacerlo hasta que sepa qué es lo que debo hacer. El modo de hablar, de caminar, la manera de hacer las cosas.

Rosamund se sonrojó. Su expresión tan honesta lo cautivó.

—Se me ocurrió que tal vez usted conociera a alguien que se pudiera hacer eso. Que arregle a gente como yo.

—Usted no necesita que la arreglen.

—Sí lo necesito. Incluso para mi tienda lo necesito. Lo he intentado. Tenía unas amigas, intenté copiarlas y mejoré, pero sé que aún cometo errores, en especial cuando me pongo nerviosa o me emociono. ¿Conoce a alguien así? ¿Alguien que pueda darme clases?

—Puedo investigar. Y si no hay una persona específica, hay varias que podrían funcionar. Una para el habla, por ejemplo. Otras para otras cosas.

Se la imaginó cumpliendo con sus tareas, dominándolas, convirtiéndose en una dama como quería. La idea lo puso un poco triste.

—Espero que no deje que ese tipo de programas para mejorar la arruine.

—¿Arruinarme?

Buscó la mejor manera de decirlo.

—Cuando se pone un gorro caro, ¿eso cambia quien es? No lo creo. Deje que todas estas mejoras que busca sean como un sombrero nuevo.

—Se refiere a que no finja.

—Me refiero a que no debe olvidar el valor de quien es usted sin importar qué tipo de sombrero esté usando.

La expresión de Rosamund se aclaró. Intentó no sentirse afectado por la gratitud que podía ver en sus ojos mientras ella lo observaba.

—Creo que entiendo —le respondió—. Debo recordar que valgo lo mismo ahora que cuando termine.

Ella le sonrió en ese momento y había tanta dulzura en esa sonrisa que algo en su pecho le dolió.

—Exactamente —dijo, en un tono un poco duro—. Ahora, ¿está segura de que quiere hacer esto? Porque será una crítica tras otra una vez que comience.

—Estoy segura.

Lo mejor sería que descubrieran de una vez si podría soportarlo.

—Bueno, por ejemplo, aunque es probable que su manera de hablar sea muy diferente a cuando era una niña y ya no tiene un acento muy fuerte, sigue cometiendo algunos errores. «He de ser», por ejemplo. «He de ser yo». Se dice «soy». Nunca «he de ser».

Notó el impacto de sus palabras en su rostro.

Mientras absorbía lo que él estaba diciendo, para su sorpresa, ella no mostró ningún tipo de pena ni vergüenza.

—«Yo soy» —repitió—. Soy yo. No «he de ser».

Kevin asintió.

Ella le sonrió.

—Sí. Así. Justo así. Usted debe corregirme de nuevo cuando me equivoque. En ese instante.

Para su sorpresa, Rosamund se puso de puntillas y le dio un beso en la mejilla.

Su rostro estaba tan cerca. Peligrosamente cerca.

El beso de él llegó en ese instante, sin pensarlo. Solo rozó sus labios contra los de ella, pero en ese momento sintió la calidez y la sedosa suavidad e inhaló su olor.

Las manos de Rosamund cubrieron sus labios mientras daba un paso atrás. Kevin también se alejó.

Ella desvió la mirada después de lo que pareció una eternidad, pero probablemente solo fue un segundo tras otro.

Comenzó a caminar de regreso a la casa y él caminó a su lado.

Después de un momento, ella habló.

—¿Cree que tomen mucho tiempo, las clases?

Como si nada hubiera pasado.

Él siguió su ejemplo.

—Tomará un tiempo encontrar a los tutores.

—He de irme… Me voy de la ciudad unos días, para llevar a mi hermana a la escuela. Espero iniciar cuando regrese.

Él abrió la puerta a la sala matinal. Cuando pasaba a su lado, lo miró con unos ojos que decían «Será mejor que olvidemos lo que acaba de pasar entre nosotros».

Tenía toda la razón. En lo que a él concernía, nada había pasado. Nunca había creído que se encapricharía con alguien, y no iba a empezar en ese momento.

CAPÍTULO 6

Rosamund no pudo evitar escuchar la discusión que estaba teniendo lugar en la terraza. La ventana de la sala matinal se había quedado abierta, y Minerva, Chase y cuatro de sus agentes estaban sentados a menos de seis metros de distancia.

Un hombre joven con una elegante levita y cabello rubio parecía estar recibiendo sus instrucciones en ese momento.

—No aceptes ninguna situación a menos que te lleve a sus oficinas, Jeremy. No quieres trabajar en la calle ni nada de eso. Te necesitamos cerca de él —dijo Chase.

—Me negaré a cualquier otra cosa.

—Muy bien —respondió Minerva—. Tú, Elise, vas a solicitar empleo en su casa. Ser una doncella sería ideal. Podrías moverte libremente.

La joven llamada Elise asintió con la cabeza.

Un delgado y casi calvo hombre con la boca torcida levantó la mano.

—¿Y yo?

—Ah, Brigsby —le respondió Chase—. Tú no estás aquí para la investigación, es para otra cosa.

—No lo entiendo. Usted dijo que la vez anterior yo no había tenido fallas.

—Es verdad, pero este caso no requiere tus talentos.

Brigsby se veía decepcionado.

—Creo que sé de lo que quiere hablar. He estado esperando el momento. Está pensando en deshacerse del departamento, ahora que está aquí y que tiene a su ayudante y a todos estos sirvientes.

Enderezó la espalda y adoptó una expresión valiente.

—Espero que me dé una buena referencia.

—No va a deshacerse de ti —le dijo Minerva—. ¿Podrías ser paciente hasta que terminemos con esto y te podamos explicar todo?

Brigsby se hizo a un lado, alejándose para que los demás se pudieran acercar.

—¿Y yo? —preguntó una mujer regordeta. Era de cabello oscuro y voluptuosa, y llevaba puesto una gorra con orillas de encaje debajo de un sombrero enorme. El resultado enmarcaba su suave y arrugado rostro dos veces. A Rosamund le hubiera gustado sentar a la mujer y mostrarle cómo vestimentas más apretadas para la cabeza podrían hacer que se viera mejor a cualquier edad.

—Te requerimos para otra investigación, Beth —respondió Minerva—. El señor Falkner vive de manera más modesta que el señor Chillingsworth. Él no está lejos de la calle Rupert y, de acuerdo con la señora Drable, necesita una cocinera. Ella propondrá tu nombre.

—Es difícil investigar desde la cocina.

—Tienes muchos trucos y es la única manera por el momento.

Miró a Chase y luego a todos los demás.

—¿Preguntas? ¿Todos entendemos lo que se necesita?

Las cabezas asintieron. Las sillas rasparon contra el suelo. Chase y Brigsby salieron a caminar al jardín. El joven rubio le dio la vuelta a la casa. La mujer y la joven cruzaron la sala matinal seguidas de Minerva. Ellas se fueron, pero Minerva se sentó en la mesa donde Rosamund seguía desayunando.

—¿Ya tienes todo empacado? —preguntó después de pedir café.

—Ya está abajo. El carruaje llega en una hora.

—Come bien. Tendrá que durarte horas y es posible que no te agrade la comida de las posadas.

Rosamund miró el desayuno que apenas había tocado. Había pasado la última hora pensando en qué le diría a su hermana, y en Kevin.

Revivía el beso, aunque intentaba no hacerlo. El recuerdo la había invadido muchas veces desde que salió de la enorme casa. Aún podía sentir la cálida y suave caricia sobre sus labios, lenta y sensual. Sus labios habían palpitado en respuesta, sus mejillas se sonrojaron. Por un instante no pudo moverse.

Dos segundos, tal vez tres. Máximo cinco o seis. No duró más que eso. Aun así, era difícil sacarlo de su mente.

—Quiero hablar contigo antes de que te vayas —dijo Minerva. Hizo un gesto para que el sirviente se fuera.

Rosamund concentró toda su atención en su amiga.

—Hice la investigación que me pediste. Tengo algo de información.

Charles. De inmediato se sintió culpable por ese momento en el jardín con Kevin y cómo seguía reviviéndolo.

—No está en Londres —dijo Minerva—. No creo que venga esta temporada. Está en París. Ha estado viviendo ahí desde hace unos años.

Su corazón se hundió. Había rentado una casa enorme para impresionar a un hombre que no la vería. Iba a tener tutores para mejorar su habla y su comportamiento por un hombre que ni siquiera vivía en el mismo país. «Qué niña tan lista».

—¿Su familia sigue aquí?

—Ah, sí. Los Copley siguen en la misma dirección que me diste. Están ahí en este momento.

Se preguntó si se los encontraría en el parque algún día, cuando estuviera en un elegante carruaje y tuviera puesto uno de los vestidos de madame Tissot. Los saludaría y ellos fingirían que no habían sido crueles con ella. ¿Cómo reaccionaría ella? Imaginó que con sorpresa, incluso confusión. Eso valdría un poco la pena, aunque no sería lo suficiente para justificar el dinero que estaba gastando.

—No está casado.

Minerva lo mencionó con calma, como si fuera otro pedazo de información como resultado de su investigación. Nada en su tono indicaba que pensara que era algo significante.

Rosamund sabía que Minerva había adivinado que era un detalle importante para su clienta. Lo sabía por la estudiada indiferencia en la expresión de Minerva y la manera en la que eligió ese momento para darle un trago a su café.

¿Cuánto sabía su nueva amiga? La mujer se dedicaba a hacer investigaciones. ¿Había hecho alguna sobre Rosamund recientemente?

Un sirviente entró con el correo matutino. Puso una pequeña pila frente a Minerva y otra en el lugar que Chase ocupaba. Luego, para sorpresa de Rosamund, dejó una carta grande frente a ella, junto con una mucho más pequeña.

La pequeña era de Beatrice, eso lo sabía. Le había escrito a su amiga con una pregunta y ahí estaba la respuesta. La dejó a un lado para leerla en el carruaje. Miró la carta grande. La caligrafía que formaba su nombre formaba letras elegantes.

—Oh, vaya — murmuró Minerva.

Rosamund volteó y vio a Minerva sacando una carta idéntica de su pila.

—Oh, vaya —dijo de nuevo. Esta vez con más firmeza. Casi como si estuviera maldiciendo. Abrió la carta y la leyó antes de observar atentamente la que estaba frente a Rosamund.

Rosamund levantó la suya y la abrió. Una hermosa caligrafía. Femenina. Igual de impresionante que la de una secretaria, pero era claro que no era el estilo de un escribano.

—Es una invitación para una cena, en una semana.

—Lo es —respondió Minerva—. Puedes rechazarla.

—Lady Agnes Radnor. Ah, la conocí. En el parque.

—¿En serio? Qué desagradable. En serio, deberías rechazar la invitación. Estarás recién llegada de tu viaje y no pueden esperar que conozcas a todas esas personas tan pronto.

—¿Todas esas personas?

—La familia. Estoy segura de que todos estarán ahí para examinarte. No se lo desearía a un enemigo y no quiero pensar en que tendrás que aguantarlos, mucho menos a todos al mismo tiempo.

—Supongo que tienen curiosidad.

—Eres demasiado amable. En serio.

La conmovió que Minerva quisiera protegerla, pero ¿de qué? Conocería a todos los parientes de Kevin en algún momento. Después de Agnes, Felicity y el padre de Kevin, ¿qué tan malos podrían ser? Rechazar la invitación solo retrasaría el momento.

—Creo que iré a esta fiesta. Una vez que termine es posible que pierdan el interés.

—Es poco probable.

Se rio.

—Debo subir y prepararme para irme. Gracias por el informe. Tu investigación fue rápida y exhaustiva. Por favor dime cuánto te debo. —Se puso de pie—. También quiero agradecerte por tu hospitalidad con todo mi corazón.

—Me pregunto por qué decimos «soy» en lugar de «he de ser». Después de todo, también funciona. Y al conjugarlo en presente hay una sensación de deber. —Kevin se encogió de hombros—. Aunque supongo que algo parecido sucede en la mayoría de los idiomas. Aun así, me parece que necesita una explicación.

—¿Eso es lo que te ha tenido tan preocupado todo el camino? —preguntó Nicholas—. Creí que estabas pensando en algo importante. Tendré que recordar que si a veces te ves muy pensativo tu mente está paseando por los mismos caminos simples que la mía.

Siguieron moviéndose a trote por los campos de Middlesex en las afueras de la ciudad, pasando al lado de paisajes que mostraban retoños y árboles llenos de flores. El aire olía a primavera como solo el aire de abril podía oler.

—¿Me insististe en que diéramos este paseo para hablar de lingüística? —preguntó Nicholas.

—Para nada.

—¿Entonces para qué?

—Tal vez solo quería estar acompañado y se me ocurrió que tú también.

—Kevin, tú nunca quieres compañía. Nunca he conocido a otro hombre tan cómodo lejos de sociedad.

—Tú, por otro lado, la deseas. Solo estoy pensando en ti y siendo generoso.

—No estás siendo generoso. Quieres algo. Pero soy un hombre paciente y puedo esperar.

Tuvo que esperar diez minutos. Para ese momento ya habían encontrado una encrucijada con una buena taberna y habían desmontado para refrescarse.

—Necesito un consejo —dijo Kevin, una vez que hubo cerveza en la mesa frente a ellos.

—Primero compañía y ahora un consejo. Estás lleno de sorpresas hoy. No se me ocurre ningún consejo que necesites de mí, a menos que tengas una finca que no puedas mantener por falta de fondos. Me he vuelto un experto en eso.

Nicholas no sonaba amargado, no exactamente. Sin embargo, así como el tío Frederick había decepcionado a Kevin con ese testamento, también había dejado a su heredero en una incomodidad financiera. Nicholas había heredado un título y las propiedades, pero no el dinero suficiente. Los últimos meses los había dedicado a resolver el problema.

—Acepté ayudar a la señorita Jameson, pero no sé cómo hacerlo. La peor parte es que tengo una semana para hacerlo.

—¿Qué quiere que hagas?

—Encontrar instructores y tutores que puedan ayudarla con un programa para mejorarse a sí misma. Además quiere terminar esa transformación con rapidez.

—¿Hay muchas cosas que mejorar?

Kevin casi iba a insistir en que no había, pero lo pensó mejor. Su interés en la señorita Jameson podría estar afectando la manera en que veía las cosas. A él le gustaba tal y como era, excepto cuando era terca con el asunto de la empresa.

—Me parece que lo ha intentado sola por un tiempo y ha imitado la manera en la que otras personas hablan y se visten. Como Chase mencionó, no tiene una presencia tan rústica. Sin embargo, hay momentos en los que vuelve a hacerlo.

Momentos encantadores. Momentos vulnerables de una mujer que tuvo que hacer las cosas sola por un tiempo y que ahora utilizaba una armadura de confianza. «Sigues olvidando que ella es el enemigo, tonto».

—Me parece que eso le dará a las tías algo de qué hablar la próxima semana.

—¿Las tías?

Nicholas pidió más cerveza.

—La cena. De la tía Agnes. Todos estamos invitados, incluida la señorita Jameson. Será una buena oportunidad para que todos la veamos.

Esperó a que el tabernero dejara la cerveza.

—Pareces sorprendido. ¿No te invitaron?

—No.

—Un error, tal vez.

—Lo dudo.

—Tal vez la tía Agnes temía que iniciaras una pelea con ella, ya que se quedó con la mitad del negocio. Imagina a las tías discutiéndolo, pensando en tu humor y en la expresión en tu rostro toda la noche, mirando mal a tu enemiga desde las esquinas del salón de dibujo. Yo tampoco te hubiera invitado, ahora que lo pienso.

—Esa no es la razón por la que no me invitaron. Quiere a la pobre señorita Jameson ahí sola e indefensa cuando su descortesía descienda sobre ella.

—¿La pobre señorita Jameson? ¿*Pobre*? Es probable que tenga más dinero que yo.

—No me refería a eso.

—¿Entonces a qué? ¿A que es delicada? ¿Fácil de intimidar? No he escuchado que la describan de esa manera. Se comportará tan bien como todos, y es probable que mucho mejor que la mayoría. Después de todo, tal vez no le importe para nada lo que nuestra familia piense de ella.

Kevin frunció el ceño al escuchar la verdad en esas palabras, y sus implicaciones. Era muy probable que no le importara todo eso a ella, aunque quisiera ser aceptada de una manera más general.

—Hubiera sido mejor si esta invitación hubiera llegado después del programa para mejorar su persona, eso es todo. ¿Con quién crees que debería hacer el arreglo?

—¿Cómo se supone que yo sepa?

—Vas mucho a la ciudad. Seguramente has escuchado de alguien que haga este tipo de cosas. Tal vez incluso hayas conocido a alguien que haya completado un programa de este tipo y pueda dirigirme en la dirección correcta.

—No sé por qué te pidió esto a ti. Si yo tuviera que encontrar instructores de este tipo, le preguntaría a Minerva. ¿Qué su negocio no se encarga de encontrar personas? Con algunas cartas podría conseguir los nombres que necesitas.

Así surgió la pregunta de por qué la señorita Jameson no se lo había pedido a Minerva. Tal vez sintió que le estaba pidiendo demasiado. Minerva iba a ayudarla con su caligrafía, según él recordaba. Tal vez la señorita Jameson había pensado que sería de mala educación pedir más generosidad en esa área.

Eso tenía sentido. A la señorita Jameson no le gustaría aprovecharse de esa amistad.

Él, por otro lado, no tenía inconveniente en hacerlo.

La Escuela Parker para Niñas ocupaba una vieja mansión en Essex, al final de la calle principal que llevaba a Londres. En realidad, pudo haber sido una mansión solariega con cientos de años de historia, pero solo su tamaño sugería eso ahora. Parecía más una cabaña muy grande, y Rosamund pensó al verla que necesitaba mantenimiento esta temporada.

Lily se quedó en silencio cuando la vio y así permaneció mientras ocurrió la presentación con la directora, la señora Parker, y el recorrido por las habitaciones de la escuela y el comedor. Las niñas estaban sentándose para comer cuando llegaron, y Rosamund vio por primera vez a las otras estudiantes. Finalmente, una criada las llevó a la habitación que Lily usaría.

Rosamund comenzó a desempacar la ropa de Lily mientras su hermana se quedó sentada en la cama y la observaba. Rosamund seguía mirándola de reojo, asombrada con lo mucho que Lily había cambiado en el último año.

Ahora era más alta. Lo que antes habían sido facciones toscas y un poco grandes, de pronto habían encontrado armonía en el rostro de Lily. Rosamund examinó su rostro, aún joven, pero ahora más bello y fresco. Se imaginó a su hermana dentro de unos años, con el cabello rubio recogido y peinado, y su delgado cuerpo encerrado en una columna blanca.

—Pondré tus camisones en este cajón —dijo Rosamund. Cerró el cajón y caminó hacia la ventana.

—Tienes una linda vista. —Se volteó para mirar a su hermana—. Las otras niñas se veían muy amables.

—Se veían orgullosas. Seguro hablarán de mí pronto, si no es que ya lo están haciendo. —Le lanzó una mirada molesta a Rosamund—. Dije que quería quedarme. No necesito ninguna escuela. Al menos no aquí. Este lugar no es para alguien como yo.

—Es para cualquiera que pueda pagar, Lily. La señora Parker sabe que no has tenido educación formal. Está dispuesta a ayudarte a ponerte al corriente.

—Estaré con las más pequeñas, es lo que quieres decir. En esa habitación con mesas diminutas. No podré sentarme.

—Te darán una de tu tamaño. —Se arrodilló frente a Lily y tomó sus manos—. Si lo intentas, en un año podrás estar en la habitación con las niñas de tu edad. Eres inteligente y aprenderás rápido. Lo sé.

Lily la soltó y bajó la mirada.

—Me parece que debería poder participar en esta decisión. Es mi vida, después de todo.

—Bueno, no puedes. Quiero que aprendas a hablar y escribir bien y que puedas leer mejor que yo.

—¿Para que pueda fingir ser alguien que no soy, igual que tú?

Soltó un resoplido burlón.

—Fingir me permite vender un sombrero por quince chelines, y si no fingiera no podía vender uno por más de tres.

—Seré la granjera mejor educada de Inglaterra, entonces.

—Serás mucho más que una granjera si todo resulta según mis planes.

—¿Ser una granjera no es suficiente para ti?

Rosamund se puso de pie.

—No es suficiente para ti, Lily.

Se movió a un lado de la maleta que había empacado y sacó otra. La dejó en la cama.

—Mira lo que tengo para ti. Cuando vayas a visitarme puedes usarlo en el carruaje.

Abrió la maleta. Lily miró hacia dentro. Su ceño fruncido se suavizó para dar paso a una expresión de asombro. Rosamund tomó la prenda que descansaba sobre el contenido de la maleta y la levantó.

—¿Qué tenemos aquí?

Rosamund lo alzó y dejó que se desdoblara para que Lily lo pudiera apreciar.

—Ponte de pie para que pueda ver si el largo está bien.

Lily se puso de pie. Rosamund puso el vestido sobre Lily. Ella bajó la mirada hacia la hermosa y suave muselina. Color crema con flores azules, tenía una delgada línea de encaje en el escote y las mangas.

—Ha de haber… hay una pelliza azul que hace juego —dijo Rosamund, satisfecha con la reacción de su hermana—. Ordenaremos más cuando me visites en Londres.

Lily recorrió la tela con la mano.

—Es hermoso. Es mejor que lo que tú llevas puesto.

—Ordené algunos para mí, pero pedí que terminaran este primero para poder traerlo. Junto con estos.

Sacó los vestidos para la escuela y los dejó en la cama.

—Hay otro hermoso vestido que te enviaré en cuanto esté terminado.

Lily examinó los vestidos para la escuela y luego sus ojos regresaron al vestido de muselina.

—¿De dónde sacaste el dinero para esto, Rose? La señora Farley dijo…

Se detuvo abruptamente.

—¿Qué dijo?

Lily se encogió de hombros.

—Cuando te vio llegar en ese carruaje surgió una expresión extraña en su rostro. «La última vez era una carreta de madera y ahora un carruaje cerrado», dijo. «Tu hermana hizo un trato con el mismo diablo». Y además esta escuela elegante, y este vestido.

Rosamund había notado la expresión en el rostro de la señora Farley. Así permaneció durante toda su visita e incluso empeoró cuando explicó que ya no iba a estar Lily bajo el cuidado de los Farley, pues la llevaría a una escuela.

Tomó el vestido de las manos de Lily y lo puso a un lado. Después hizo que Lily se sentara a su lado en la cama.

—No hice ningún trato con el diablo— se preguntó si Lily sabía lo que eso significaba—. Heredé mucho dinero, Lily. Fue una sorpresa. Un regalo inesperado. Y cambia todo para ti y para mí. Todo.

Le platicó todo en ese momento. Habló sobre la herencia, la nueva casa y sus planes para las tiendas.

—Te hubiera escrito para contártelo, pero preferí esperar para poder explicártelo de una sola vez.

Lily se veía escéptica.

—Un trato con el diablo es más probable que toda esa historia.

—Supongo que sí, pero es la verdad. Cuando me visites te mostraré los documentos.

—¿Por qué ese duque te dejaría tanto dinero después de una conversación?

Miró a Rosamund de una manera muy madura.

—Puedes decirme si eras su mujer. No te haré sentir mal ni actuaré como si estuvieras maldita.

—Si lo hubiera sido, me gustaría pensar que hubiera llegado a la granja de los Farley el verano pasado en algo mejor que una carreta sucia cuando te visité. Si hubiera llegado a un acuerdo así, no hubiera sido tan tonta como para esperar obtener algo cuando el hombre muriera.

Lily pareció aceptar esa lógica.

—Así que soy la hermana de una heredera. Es posible que eso haga más fácil estar aquí con las niñas que vimos.

Se puso de pie y levantó el vestido de muselina.

—Me lo quiero probar.

CAPÍTULO 7

Rosamund salió de la tienda del ebanista. Beatrice la siguió.

—Acabas de comprar una elegante mesa.

Beatrice caminó a su lado, los listones de su sombrero volaban con la brisa.

—Tan grande como para un banquete.

—No creo que haya… que la necesite para eso, pero la habitación en la que va a quedar es muy grande, y cualquiera que fuera más pequeña habría parecido algo estúpido.

Se había estado esforzando por controlar esa pequeña parte de hablar apropiadamente. Incluso después de una semana entera, aún cometía errores.

—También necesitarás un gabinete.

—El señor Radnor tiene uno antiguo con una hermosa decoración y espero encontrar uno parecido.

Beatrice cruzó su brazo con el de Rosamund.

—¿Quieres ir a los almacenes? Tengo una lista que me hicieron las chicas.

Pasaron la siguiente hora comprando. Rosamund encontró algunos materiales para hacer sombreros mientras Beatrice llenaba su canasta de fragancias, encajes y algunas prendas. Rosamund la vio admirando un camisón y fue a donde estaba ella.

—Esta tela —dijo Beatrice, tocando la suave y finamente tejida tela—. Es muy buena para verano. Mucho más fresca que el lino.

Rosamund tomó el camisón y lo dobló.

—Lo compraré para ti. Como un regalo.

—Es demasiado generoso de tu parte.

—Tendrá un costo para ti. Quiero preguntarte algo.

Se acercó.

—¿Kevin Radnor es un cliente de la casa?

Beatrice apretó los labios.

—Sabes que no…

—Lo sé. Sin embargo, de verdad quiero saber y estoy dispuesta a sobornarte con este camisón.

Beatrice empezó a caminar. Rosamund se le acercó de nuevo.

—Supongo que no es un problema contarte. Sí es un cliente. De hecho, es uno de mis caballeros.

Beatrice se concentró en unas flores de seda.

—¿Desde hace cuánto tiempo?

—Comenzó a visitarnos después de la muerte del duque. Hollinburgh iba mucho a la casa, pero eso ya lo sabías. Kevin Radnor le dijo a la señora Darling que quería a la misma mujer de su tío, pero ella se negó. Marie ya se había dio, así que cualquier otra petición de ese tipo no obtendría resultados. Sin embargo, Kevin sí preguntó por él. Después. Cuando fue posible que yo fuera indiscreta. Quería saber a qué mujeres prefería. Tuve que concentrarme.

Alzó una de las flores, una rosa amarilla.

—Preguntó por ti, de hecho. Quería saber si una mujer llamada Jameson trabajaba ahí.

—¿Qué le dijiste?

—Le dije que no. Porque no trabajabas ahí en ese momento. Y nunca de la manera en la que él se refería. No estoy segura de que me haya creído. En cierto modo lo dejé pensar que había algo más, pero la discreción es una regla de la casa.

—¿Por qué harías eso?

Beatrice le mostró una sonrisa pícara.

—Creí que si se convencía de que nunca habías estado ahí, dejaría de ir. Ah, sí disfrutó cuando estuvo ahí, pero si me lo preguntas, esa no fue la verdadera razón por la que fue. Te estaba buscando a ti. ¡Ahora sabemos por qué! Si hubiera sabido que había dinero esperándote, se lo habría dicho de inmediato, incluso si hubiera significado…

Se alejó caminando.

Rosamund se apresuró para alcanzarla.

—¿Incluso si hubiera significado qué?

Beatrice miró a la derecha y a la izquierda para asegurarse de que nadie estuviera escuchando.

—Incluso si hubiera significado que no regresara. De lo cual me habría arrepentido. Es mi favorito, Rose.

—Oh, vaya. ¿Te enamoraste de él, Be? Nunca pensé que tú…

—No estoy enamorada. Uno puede tener sus caprichos a veces. A tal punto que no estoy segura de que puedas entenderlo.

—Sí entiendo. No soy una ignorante. ¿Cómo podría serlo?

—Está bien. Él sabe cómo comportarse. ¿Entiendes eso?

—Por supuesto.

—Tampoco me trata como a una cualquiera. Ah, es talentoso e incluso exigente, pero siempre hay un momento para mí, si me comprendes. Mi momento llega. Y sabe cosas que yo nunca había conocido.

Se rio.

—Estoy divagando, ¿no es cierto? Nunca hablo sobre esto con las otras mujeres, así que es un alivio hacerlo ahora. Es porque no quiero que las otras me lo roben. Y lo harían, si supieran.

Rosamund se preguntó qué cosas sabía hacer Kevin que Beatrice no hubiera conocido antes. Por lo que sabía de Beatrice, se necesitaba mucho para superar su experiencia.

—¿Y no estás enamorada de él? ¿Estás segura?

—Rose, en algunas casas hay pequeñas novatas que cometen ese error, nosotras no. ¿Alguna vez has visto a una de nosotras perseguir a algún cliente? Si alguna comienza a hacerlo le recordamos cómo son las cosas. Ya lo sabes.

Rosamund había trabajado como mucama en el burdel de la señora Darling casi dos años después de que los Copley la echaran. Nunca había visto a ninguna de las mujeres actuar como si estuviera enamorada. Sin embargo, sí las había escuchado compartir información carnal. Cómo sacarle placer a un acuerdo financiero.

—Si no le hablaste a Kevin Radnor sobre mí, me pregunto cómo me encontró.

—Supongo que fue el sombrero. No pensé mucho al respecto, pero él estaba aquí cuando llegó y se fue apresurado cuando lo vio. Tal vez vio la etiqueta en la caja.

—No creo que haya sido eso. Hay muchas personas llamadas Jameson.

Beatrice lo consideró.

—Es posible que hayamos mencionado tu primer nombre. No estoy segura. Él solo le dio una mirada rápida e interrumpió lo que hubiera sido una noche muy placentera. Pero se fue tan rápido… sí, creo que mencionamos tu nombre, así que ya lo conocía.

Llevaron sus compras al mostrador. Rosamund pagó por el camisón y pidió que lo guardaran con los artículos de Beatrice. Con los brazos entrelazados, regresaron a la calle.

—¿Te ha visitado desde entonces y ha preguntado por eso? —preguntó Rosamund—. ¿Por el sombrero? ¿Por cómo me conoces?

Beatrice negó con la cabeza.

—Lamento decir que no lo he visto desde entonces.

—Si pregunta…

—Le diré que haces unos sombreros que nos encantan. No recibirá ninguna otra respuesta de mi parte.

Rosamund ya no se molestó en hacer la otra pregunta que tenía para Beatrice. Si Kevin Radnor solo había visitado la casa de la señora Darling hasta después de la muerte del duque, no era posible que hubiera estado ahí en esa trágica noche del año pasado. Era una pena. Esperaba que Beatrice pudiera tranquilizar su mente sobre dónde estaba él cuando su tío murió.

A Kevin no le gustaba estar en deuda con nadie, mucho menos con Minerva, pero ahora estaba en deuda con ella. No estaba cómodo con eso. Era una manera más en la que la llegada de Rosamund Jameson a su vida había complicado las cosas. Y ni siquiera habían comenzado a hablar acerca de la empresa.

Después de pasar tres días intentando localizar a los instructores necesarios para la señorita Jameson, sin éxito, se tragó su orgullo y expuso sus problemas a los pies de Minerva. Dos días después, *solo dos días*, ella le proporcionó una lista de candidatos apropiados. Ahora Kevin estaba esperando en la nueva biblioteca de la casa nueva en la calle Chapel, con los tutores en cuestión, para poder presentarlos.

Se dio cuenta de que los libreros seguían vacíos, con la excepción de un estante. Había una biblia, flanqueada por la novela de Walter Scott que le había dado, y un delgado manual sobre caligrafía. A juzgar por la evidencia del papel secante bien usado en la mesa de escribir, había estado practicando.

El señor Davis, el maestro de baile, seguía revisando su reloj de bolsillo mientras paseaba de un lado al otro; tenía el cabello oscuro y vestía a la última moda, caminaba como si cada paso fuera parte de uno de sus bailes.

La señora Markland, la institutriz de élite, se puso a leer un periódico que había encontrado en la mesa. Con su cabello gris debajo de su enorme sombrero y una figura muy delgada, se veía amigable y estricta al mismo tiempo.

El señor Fitzgibbons, el corpulento tutor de oratoria, con gafas y poco cabello, le sonrió de manera amigable a Kevin antes de ponerse de pie y acercarse a él.

—Me dijeron que la joven necesita ayuda con gramática y dicción, además de la forma —dijo enunciando con precisión firme—. ¿Sabe de qué condado proviene?

—Me parece que de Oxford.

—Gracias a los cielos por eso. Si viniera de Cornwall sería casi imposible mejorar su acento de manera adecuada.

—Notará que ya ha avanzado bastante por su cuenta por medio de la imitación.

—Para sus oídos, tal vez. —Le dio unos golpecitos a su propia oreja—. Mi habilidad para identificar el origen de una persona por medio de su habla nunca ha sido engañada por eso.

—Por fortuna, solo oídos imperfectos como los míos son los que deben ser convencidos.

La expresión de Fitzgibbons cambió, pero su sonrisa regresó.

—Le aseguro que en unas semanas estará presentable, y en diez podrá pasar cualquier prueba que usted necesite.

Al igual que el agente de la casa, este hombre había llegado a sus propias conclusiones.

—No necesito nada. Este plan de acción es idea de la propia señorita Jameson. Ah. Ahí está.

La señorita Jameson acababa de entrar a la biblioteca. El ánimo de Kevin se alegró al verla. No se había ido por mucho tiempo, pero sí notó su ausencia aunque pudo pasar unos días de manera más usual. El día anterior había admitido de mala gana para sí mismo que deseaba su regreso. Le molestaba eso porque no tenía sentido y no encajaba en sus planes.

Tenía puesta una pelliza de un gris tenue sobre un vestido de muselina color crema. Ambos estaban en extremo modestos, pero aun así se veía encantadora. Los colores tranquilos permitían que su belleza brillara. De reojo pudo ver la reacción de Fitzgibbons. Por un momento, el hombre se quedó pasmado como si le hubiera quitado todos los sentidos de un golpe.

Kevin le presentó a sus tutores.

—Gracias a todos por venir.

Caminó hacia la mesa de dibujo, se sentó y sacó una hoja limpia del cajón.

—Me gustaría hacer los arreglos necesarios sobre cuándo podríamos reunirnos. ¿Les parece bien por las mañanas a las nueve en punto? Una mañana a la semana con cada uno de ustedes.

El señor Fitzgibbons había ladeado la cabeza en cuanto ella comenzó a hablar. Ahora la sacudía.

—Necesitaré al menos dos mañanas, me parece. —No escondió el hecho de que había formado ese juicio después de escucharla hablar—. Lunes y miércoles se acomodan a mi horario. Dos horas cada día. Una para elocución y otra para gramática y sintaxis.

—No me es posible estar aquí a las nueve en punto —dijo la señora Markland—. A las once es lo más temprano que estoy disponible, y es un sacrificio. Yo tomaré el martes, porque rara vez hay fiestas los lunes que requieran que necesite dormir todo el día siguiente.

—Ella puede tomar los martes si yo tengo los jueves. Por las tardes sería mucho mejor —dijo el señor Davis—. Habrá más oportunidades de traer parejas a esa hora. Con los músicos será más complicado, pero las parejas de baile…

Sacudió la cabeza.

El señor Fitzgibbons miró al señor Davis.

—¿Newcastle?

—¿Disculpe?

—Es muy sutil, pero escuché un acento de Newcastle en su voz.

El señor Davis solo lo miró furioso.

La señorita Jameson los miró a todos, uno por uno.

—Disculpen. Cometí el error de pensar que, al ser yo la clienta, tendría la opción de elegir el color del sombrero mío.

El señor Fitzgibbons se aclaró la garganta.

—*De mi* sombrero.

Ella solo lo miró. Kevin suprimió el impulso de golpear al hombre.

El señor Fitzgibbons sonrió con indulgencia.

—No hay momento como el presente para comenzar.

—Lunes y miércoles a las nueve en punto, entonces.

La señorita Jameson remojó la pluma en tinta y escribió en el papel.

—Señora Markland, ¿martes a las once para usted? —Miró a la mujer—. ¿Sí? Bien.

Escribió de nuevo, luego dejó la pluma en la mesa y miró al señor Davis.

—Me temo que las tardes no me acomodan en lo absoluto. Tengo muchas cosas que hacer por las tardes. Espero que pueda encontrar parejas de baile que puedan venir por la mañana.

—Es muy difícil encontrar a alguien que pueda hacerlo, en particular durante la temporada, y menos a las nueve en punto.

Se rio al mencionar la hora, como si hubiera sido un chiste.

—Pero puede intentarlo. Estoy dispuesta a retrasar la clase hasta las diez en punto.

Inhaló ofendido.

—La hora me parece muy poco civilizada.

—Qué desgracia —dijo la señorita Jameson—. Esperaba poder llegar a un acuerdo gracias a que venía con tan buenas recomendaciones. Sin embargo, si mis expectaciones son demasiado inconvenientes, tendré que buscar a alguien más.

—Mis *expectativas* —murmuró el señor Fitzgibbons.

—Supongo que, por esta vez, podría hacer una excepción y dar las clases por la mañana —dijo el señor Davis con una expresión paciente.

—Muy amable de su parte. —La señorita Jameson sonrió y se puso de pie—. Entonces está decidido. Qué suerte que mañana comienzo con usted, señora Markland.

Abrió la puerta. Los tutores salieron en fila.

Cerró la puerta y se giró para mirar a Kevin.

—¿Cree que la señora Markland pueda enseñarme lo suficiente en un día para prepararme para la fiesta de su tía?

—Es poco probable, porque ninguna cantidad de clases podrá complacer a mi tía ni a los demás.

—Minerva me sugirió rechazar la invitación.

—Minerva puede ser muy sabia a veces.

Rosamund caminó hacia la ventana dejando que la luz bañara su rostro. Sus labios se veían muy oscuros bajo esa luz. Mucho más oscuros que los que Kevin había besado tantas veces en su imaginación.

—No me emociona, pero aplazarlo no será de ayuda. En algún momento, todos ellos exigirán verme y conocerme, especialmente porque la herencia… la herencia, mi herencia, los hizo más pobres. Es mejor hacerlo ahora, que estoy bien protegida, que conocerlos cuando no me lo espere.

—Es una manera de verlo.

—Minerva y Chase me llevarán, para no estar sola cuando entre. —Ladeó la cabeza—. ¿Usted estará ahí?

—Por supuesto. Tendrá tres guardias.

—Minerva dijo que el duque asistirá. Dijo que él no los dejaría tratarme mal. ¿Eso ayudará?

—Puede que sea más joven que mis tías y un primo, pero es Hollinburgh. Eso tiene mucha influencia, incluso en la familia. Ahora, cuénteme sobre su viaje.

Ella se sentó en el diván y él hizo lo mismo.

—Lily no estaba segura de que le gustara mi plan. No quería abandonar lo que conocía como su hogar. No le gustó la escuela y le preocupaba que las otras niñas se rieran de ella. Sin embargo, creo que se sintió mucho mejor una vez que me fui.

Se encogió de hombros, como si no estuviera segura.

—Ha crecido. Ha cambiado desde la última vez que la vi hace seis meses. Es muy hermosa, también. Eso me dio un poco de envidia. —Soltó una risa ligera—. El vestido ayudó a convencerla. Se lo probó y estaba tan feliz como una debutante que se presenta este año, estoy segura.

«No más hermosa que tú». Tuvo que tragarse las palabras con mucho esfuerzo y resistir el impulso de estirar la mano y acariciar su rostro. Demonios, estaba siendo un tonto.

—¿Y usted? —preguntó—. ¿Estuvo ocupado con nuestra empresa los últimos días?

—Por supuesto.

Eso era mentira. No estaba seguro de lo que había hecho los últimos días, además de pensar demasiado en ella.

—Se lo contaré después de la fiesta.

—Me alegrará escuchar sobre cualquier avance. ¿Le parece bien el viernes? También me gustaría que me mostrara la invención.

Eso lo sacó de golpe de sus pensamientos estúpidos y poéticos. La miró. Igual de hermosa. Igual de atractiva. Ahora también era un problema. Había sido un tonto al dejar que esa amistad lo distrajera de por qué estaba intentando ser amigable.

—Oh, vaya. Se ve preocupado. Seguro usted sabía que querría verlo en algún momento.

—Por supuesto. El viernes.

—El viernes por la mañana. A menos que necesite dormir después de una fiesta, como al parecer hace todo Mayfair excepto yo.

—Dudo que la fiesta de mi tía Agnes dure tanto.

—¿No irá a otra después? Creí que alguien como usted iría a tres o cuatro en una noche.

—Muchas personas lo hacen, pero yo no. ¿Le parece bien a las diez en punto? Usted parece preferir horas poco civilizadas y no me molesta.

—Me parece bien. Ahora debo visitar a un ebanista para hablar de más muebles para la casa y algunas piezas para la tienda.

Lo acompañó a la entrada principal.

—Lo veré en la fiesta. No olvide su espada —le dijo.

Kevin se preparó antes de seguir al mayordomo hacia el salón. Dos mujeres estaban esperando, sentadas al final de un largo diván. Era probable que las prendas y joyas que llevaban puestas para recibir visitas costaran lo suficiente para proporcionarle un buen inicio de lo que necesitaba para hacer la mejora.

—Vaya, esto es una sorpresa —dijo la tía Agnes. Inclinó su sustanciosa figura y su exuberante pecho hacia la otra mujer, que se parecía a ella lo suficiente para probar que eran hermanas, pero cuyo pecho apenas se mostraba gracias a su extrema delgadez.

—¿Acaso no es una sorpresa, Dolores?

—Una gran sorpresa.

La voz gutural de Dolores contrastaba con la agudeza de la de Agnes. A pesar de sus obvias diferencias, en la mente de Kevin eran dos lados de un arma de doble filo. Las dos altas, con cabello y ojos oscuros, ambas solteras y muy irritantes.

—Debe de haber pasado… ¿cuánto tiempo, Agnes? Nunca creí que él fuera a visitarme en mi pequeña cabaña, pero a ti…

Una pequeña cabaña, por supuesto. Estas dos habían abusado del dinero del tío Frederick por años, fortaleciendo sus nidos con subsidios y exigencias. Como decidían que se lo merecían, le enviaban las cuentas a su hermano para que se cobraran de las cuentas del duque.

—Años. Vaya, no recuerdo cuántos —Agnes clavó su intensa mirada en Kevin—. ¿Por qué no te sientas, Kevin? Pediré unos bocadillos para poder celebrar este extraño honor.

Él aguantó mientras ella llamaba a un sirviente y conversaban ellas sobre un baile al que pensaban asistir. Por fin llegaron el café y los pastelillos.

—¿Has venido a la ciudad por la temporada? —le preguntó a Dolores.

—Trajo suficientes maletas para decir que sí, pero sigue diciendo que es una visita corta —dijo Agnes—. Le dije que estaría más cómoda si rentara su propia casa para la temporada. ¿No estás de acuerdo, Kevin?

—Es un desperdicio rentar una casa por dos semanas, hermana. Frederick no me dejó los fondos para gastar de esa manera.

—Me sorprendería que te fueras después de unas semanas. Vienes por un largo tiempo. No puedes engañarme, hermana. La última vez que viniste no podía hacer que te fueras y conozco tu plan. Yo creo que debería quedarse con Hollinburgh en la Casa Whiteford, Kevin. ¿No estás de acuerdo? Ahí es donde solía quedarse cuando Frederick estaba vivo.

—No estoy seguro…

—Estaría imponiendo mi presencia, Agnes. Nicholas necesita concentrarse en sus propios asuntos esta temporada. Es hora de que conquiste y se gane una esposa.

—Podrías aconsejarlo si estuvieras ahí —dijo Agnes con seriedad—. Necesitará tu ayuda. ¿Acaso no sería mucho mejor si estuvieras en la casa para que pudiera consultarte sobre estas niñas cada vez que quiera? En realidad, hermana, es tu deber ir con él.

Kevin se puso de pie al ver la dirección en la que eso iba. Nicholas se volvería loco.

—Creo que él preferiría discutir ese tipo de cosas con ambas —dijo Kevin—. Las dos tienen puntos de vista especiales cuando se trata de la sociedad y las familias en cuestión. Es mejor que Nicholas pueda visitar a ambas aquí.

—Estoy de acuerdo —dijo Dolores—. No es justo esperar que nos busque por separado, como si no tuviera nada más que hacer.

La tía Agnes apretó la boca.

—¿Hay alguna razón especial para tu visita, querido? Tú también tienes muchas cosas que te mantienen ocupado, como tu negocio y ese tipo de asuntos.

«Tu negocio». Agnes y Dolores, al igual que toda su familia, siempre se referían a su empresa de esa manera. Era su idea de un insulto sutil.

—Aunque creí que era momento un poco inadecuado para una visita social, ya que estoy aquí sí hay algo de lo que me gustaría hablar. Es curioso que sea yo el único miembro de la familia que no ha recibido una invitación para su cena. Creí que era por mi negocio, como ustedes lo llaman, pero debido a que la invitada de honor es mi socia en ese negocio, no puede ser por eso.

Agnes reacomodó su robusto cuerpo en el diván. Su expresión también cambió, de disgusto a petulancia.

—No creí que quisieras asistir, Kevin. Sé que es tu socia, pero pensé que también es tu enemiga. Después de todo, esta mujer es dueña de la mitad de la invención ahora, ¿no es cierto? Debes estar molesto con ella. Odiarla. Quise evitar alguna escena durante la cena.

—Nunca haría una escena.

Agnes se rio. Dolores se le unió.

—Ah, esto es demasiado divertido —dijo Dolores—. En el mejor de los casos, te quedarías sentado y pensativo, arruinando la diversión de todos. En el peor, usarías ese afilado ingenio tuyo para crear una incomodidad insoportable. Todos tendríamos que cubrirlo con plática para evitar que empeorara.

Solo les faltó decir que era una persona demasiado grosera para su fina compañía. Qué insultante.

—Nunca haría eso. Si lo dudan, déjenme informarles que la señorita Jameson y yo somos buenos amigos, no enemigos. He pasado mucho tiempo con ella desde que llegó a la ciudad.

—¿Buenos amigos? —Agnes repitió las palabras, incrédula—. Querido niño, tú no tienes buenos amigos, al menos ninguno que nosotras conozcamos. Eres demasiado… demasiado tú para tener buenos amigos.

—Eso no es cierto.

—¿En serio? ¿Qué buenos amigos tienes entre los caballeros que conozco?

Era muy de su estilo exigir que le diera un nombre.

—Stratton.

Las dos se apartaron hacia atrás, sorprendidas.

—¿Stratton? ¿El duque de Stratton?

Dolores le lanzó una larga mirada a su hermana.

—Me cuesta creer eso.

—Él y yo somos muy buenos amigos.

Hablaba con Stratton en ciertas ocasiones, pero estaba manipulando la verdad. Sin embargo, el hombre era tan formidable y tenía una presencia tan dominante, que no le preocupaba que lo descubrieran. Por más directas que pudieran ser sus tías, ninguna de las dos se atrevería a cuestionar las amistades de Stratton.

—Está bien.

Dolores se veía un poco intimidada.

—Cierto —murmuró Agnes.

—Dará una fiesta al aire libre esta temporada —dijo Dolores—. ¿Tienes alguna influencia ahí? Me gustaría ser invitada, si puedes lograr eso. Es muy raro que tenga invitados.

Estaba involucrándose demasiado.

—Veré qué puede hacerse, pero no puedo prometer nada, por supuesto.

—Por supuesto.

—Yo también —dijo Agnes con un tono petulante.

Kevin solo la miró. Salvo dos posibles excepciones, ningún miembro de la familia era estúpido, mucho menos este pariente. Agnes vio el problema de inmediato.

—Y por supuesto que te enviaré una invitación para la cena —dijo—. Solo quería evitarte un disgusto. No tenía idea de que te sentirías decepcionado.

—Gracias.

Se puso de pie para retirarse.

—¿Te acordarás de decirle de la fiesta al aire libre? —preguntó Agnes.

—Por supuesto.

CAPÍTULO 8

Rosamund se puso de pie. Su nueva criada sostuvo el vestido para que pudiera ponérselo. La seda cruda se deslizó por su cuerpo y Jenny la acomodó en sus hombros. Rosamund se quedó quieta mientras la criada ataba la parte de atrás del vestido.

Nunca la habían vestido antes. Se preguntó si lo estaba haciendo bien. Quién hubiera creído que además de los tutores con los que se había reunido ese día, necesitaría uno para aprender la manera correcta de tener sirvientes.

Jenny era nueva, al igual que el ama de llaves, la cocinera, el lacayo y la doncella. Todo había comenzado al regresar de su visita con Lily, pero los había entrevistado antes de irse. Minerva tenía una amiga que asignaba sirvientes a casas, y la amable señora Drable le había enviado excelentes candidatos. En una tarde había contratado a las personas que necesitaba en esa gran casa.

Eso la hacía hizo sentirse importante, pero también derrochadora. Podía hacer todo eso ella misma, especialmente vestirse. Sin embargo, tenía que admitir que Jenny tenía una mano de artista con el cabello y que sabía cómo doblar o colgar de una manera especial las prendas que llegaban de la modista.

Deslizó las manos sobre el vestido. Madame Tissot se había asegurado de que estuviera listo después de que Minerva le dijo que se acercaba un evento.

—Quiero que te veas lo mejor posible cuando entres a la guarida de los leones —le había explicado—. Puede que retrase el ataque al menos diez minutos.

Minerva no quería a muchos de los parientes de Chase, eso era obvio.

¿Qué tan malo podía ser? Había sobrevivido al padre de Kevin. Y a la horrible esposa de Walter Radnor. Dudaba que cualquiera pudiera ser más grosero que ellos. Además, tenía un plan. Iba a mantenerse cerca de Minerva, usarla como un escudo, y no decir nada a menos que le hablaran directamente. Si se veía obligada a hablar, lo haría con mucho cuidado y con la esperanza de evitar esos errores gramaticales que la atormentaban.

—Listo.

Jenny se paró frente a Rosamund y la inspeccionó con sus pálidos ojos azules.

—¿Tiene alguna joya con la que necesite ayuda?

Rosamund negó con la cabeza.

—No importa. Se ve preciosa sin ellas. Serían una distracción.

Jenny levantó un chal y una bolsa diminuta.

—¿Le gustaría bajar?

—Sí. No necesitas acompañarme. He de ir sola.

Tomó el chal y la bolsa mientras se amonestaba a sí misma. «Me voy sola». Repitió la corrección en su mente mientras bajaba las escaleras.

Minerva había insistido en que ella y Chase la llevarían en su carruaje, y no tardó en llegar. Chase caminó hacia la puerta y la acompañó antes de dejar que el lacayo la ayudara a subir al carruaje.

Había otro hombre adentro. Un hombre muy atractivo que se parecía mucho a Chase, pero cuyas facciones poseían menos huesos tan fuertes como los de Chase. Otro pariente, al parecer.

Minerva lo presentó. No era cualquier pariente. Este era Nicholas, el duque de Hollinburgh.

Él sonrió de manera amigable mientras Chase se les volvía a unir.

—Es posible que Hollinburgh te salve de otros cinco minutos de batalla si entras con él —dijo Minerva—. Así que ya tenemos quince minutos cubiertos.

—Debería sentirme insultado, pero ella está en lo correcto. Mi influencia en la familia solo funciona por ese tiempo, en el mejor de los casos —comentó el duque.

—Estaré muy agradecida incluso si es solo eso —respondió Rosamund con cuidado—. Aunque espero que la situación no sea tan mala como me han advertido.

—Le sugerí que rechazara la invitación —dijo Minerva—. Sigo pensando lo mismo. Podemos llevarla a casa ahora y anunciar que está enferma cuando lleguemos.

—Tendrá aliados ahí, querida —comentó Chase—. Nosotros tres y, con suerte, Kevin.

—¿Va a estar ahí? —Minerva parecía sorprendida—. Creí que...

—Recibió la invitación ayer —interrumpió Chase—. Lo mencionó en un mensaje. Lo recibí antes de que bajaras. Pero, como es Kevin, no mencionó si la había aceptado.

—¿Las cosas van bien entre ustedes dos, señorita Jameson? —preguntó el duque—. Solo pregunto porque a los otros será fácil tranquilizarlos, pero Kevin puede ser demasiado franco a veces.

—Está diciendo que puede ser descortés —aclaró Minerva—. Pero eso ya lo sabes.

—Me parece que tenemos cierta amistad. Me ha ayudado mientras me establezco en la ciudad.

Eso tranquilizó al duque.

—Me parece, Chase, que, si Kevin estará ahí como amigo de la señorita Jameson, es posible que tengamos que proteger a nuestros parientes de él, en lugar de a ella de la familia.

—Sería típico de él iniciar una pelea —respondió Chase.

—Qué interesante desarrollo —comentó Minerva—. Puede que esta sea una placentera tarde en lugar del completo desastre que yo anticipaba.

Kevin entró al salón. Por un momento, todo quedó en silencio mientras ojos curiosos veían quién había llegado. La conversación siguió. Dos de las esposas de sus primos se veían decepcionadas. «Ah, solo eres tú,» decían sus expresiones.

Todos habían llegado, al menos todos lo que solían ir a los eventos familiares. Su propio padre no se había molestado en ir, tampoco los hermanos de su padre, los cuales vivían en el campo y rara vez visitaban la ciudad, pero sus primos habían honrado a la tía Agnes con su presencia, todos ellos desplegando su privilegio y posición, como siempre.

Los miembros de la familia que creían merecer el dinero que la señorita Jameson había heredado estaban ahí para ver bien a la ladrona que les había quitado lo que llevaban esperando tanto tiempo.

La tía Agnes y la tía Dolores estaban hablando de manera animada en el diván. Agnes vio a Kevin e hizo un gesto para que se les uniera.

—Tenemos un desacuerdo.

Suspiró, como si pelear con su hermana fuera algo inusual.

—Cuando nos formemos para bajar a cenar, no sabemos dónde deberíamos poner a la señorita Jameson.

—Yo digo que es la invitada de honor y merece ser considerada así —dijo Dolores—. Agnes insiste en que debe estar al final de la fila de mujeres.

—No tiene una posición en sociedad y las circunstancias de su nacimiento no le aseguran un lugar —respondió Agnes.

—¿Le indicaron de alguna manera que es la invitada de honor? —preguntó Kevin—. Todos sabemos por qué organizaron esta fiesta, y todos sabemos que es la víctima del momento, pero eso no es lo mismo..

—No le escribí que era la invitada de honor.

—Se lo escribiste a los demás —dijo Dolores—. Puede ser que no hayas usado esa frase, pero dejaste claro que esta cena era una oportunidad para conocer a la señorita Jameson.

—Hermana, de verdad puedes llegar a ser un problema. Creo que no estás de acuerdo porque te da un placer perverso. Como Kevin dijo, no es lo mismo. Será la última, como es lo apropiado.

Dolores se encogió de hombros.

—Estoy segura de que ni notará la diferencia, así que no pienso explicarme. Además, ¿qué sabría esa mujer sobre el orden de precedencia?

Nada, pensó Kevin. Todavía no. Algún día, sin embargo, la señora Markland le explicaría todo eso. Esta noche, sin embargo, Rosamund no reconocería ninguna ofensa. Él caminaría a su lado con Chase y Minerva frente a ellos. Protección por todos lados, excepto detrás de ellos, donde el primo Philip estaría haciendo el ridículo.

Como si lo hubiera llamado con sus pensamientos, Philip se acercó. El primo más joven y, todos estaban de acuerdo, el menos prometedor de todos ellos, tenía puesto un chaleco nuevo con botones dorados y unas atrevidas líneas verdes y amarillas. Su levita también parecía nueva y a la última moda, una que a Kevin le desagradaba, porque las mangas más apretadas limitaban mucho su movimiento.

—Entonces, ¿dónde está la señorita Jameson? —preguntó Philip en un volumen lo suficientemente alto como para que Walter, el mayor de los primos, lo escuchara desde su lugar en una silla cercana. El delicado rostro de Philip se acomodó en una cómica máscara de curiosidad.

—He escuchado que es una sombrerera. El tío debe haberse vuelto loco, después de todo, para dejarle todo eso a una mujer que hace sombreros.

—Hubiera sido mucho mejor dejártelo a ti, por supuesto. Excepto que ya no existiría si lo hubiera hecho, así que de esta manera al menos será útil por un tiempo —Kevin hizo un gesto hacia el pecho de Philip—. Interesante chaleco.

Philip sonrió.

—Es de Harrington's.

Kevin detestaba a las personas que decían dónde había conseguido sus lujos. Philip lo hacía todo el tiempo, como si la ropa cara lo hiciera un hombre que valiera la pena.

—Supongo que eso significa que has tenido suerte con las apuestas recientemente.

Philip parpadeó.

—Por supuesto.

No estaba ni cerca de un «por supuesto». Si había un joven con mala suerte para las apuestas, ese era Philip. Era igual que su padre en eso, al igual que en sus hábitos para gastar y la falta de sentido común cuando se trataba de finanzas. El otoño pasado había estado en problemas con los prestamistas y solo la gracia de Dios le había evitado una dura lección. Eso y la sospechosa desaparición de una rara escultura renacentista en la Casa Whiteford. Chase la había rastreado, y la descripción de la persona que la había vendido se parecía mucho a su primo más joven.

Nicholas había elegido ignorar el robo y no confrontó a Philip, pero este primo en particular ya no tenía entrada libre a la casa del duque ni a la residencia de ningún otro miembro de la familia, de hecho.

Examinó el chaleco por un largo tiempo.

—Muy bien hecho. Qué triste que sea de mal gusto.

Philip se sonrojó.

—Como si tú supieras algo sobre moda. Dudo que hayas tenido el dinero para comprarte un nuevo chaleco en años. El que estás usando ha hecho tantas apariciones que ya está desgastado.

—Al menos no es vulgar.

Walter se había puesto de pie y se había acercado a observar la plática.

—¿Vulgar? —se burló Philip—. Es obvio que no tienes sentido de la moda.

—Parece algo que alguien del campo compraría al venir a la ciudad para pasar por alguien a la moda.

El rostro de Philip estaba muy rojo.

—Eres insoportable. Todos lo piensan. ¿No es cierto, Walter?

—Ah, claro —respondió Walter—. Pero ese chaleco de verdad es vulgar. Eso no se puede negar.

Philip se quedó con la boca abierta, sin decir nada. Se alejó.

—Eso fue descortés de tu parte —le dijo Walter—. Y de la mía.

—Debería disculparme, pero no creo hacerlo.

Walter miró su reloj de bolsillo.

—Asumo que la señorita Jameson llegará con Chase y Minerva, porque ellos tampoco están aquí. Tarde a propósito, diría yo, para no verse forzada a soportarnos por mucho tiempo.

Walter, al contrario de Philip, no era estúpido. Sin embargo, podía ser igual de insoportable a su manera. Le molestaría por siempre que, a pesar de ser el primo mayor, su padre no había sido el hermano mayor del tío Frederick. Eso significaba que Nicholas, no Walter, había heredado el título. Nada de eso le impedía a Walter intentar posicionarse como la cabeza de la familia, sin mucho éxito.

—Mi esposa dice que no es lo que esperamos —continuó—. Me refiero a la señorita Jameson. La vio contigo en el parque y tuvieron una conversación. Dice que es muy joven y bonita.

«Bonita» no era la palabra que Kevin usaría. Ser bonita implicaba algo fugaz, dependiente de la belleza y la inocencia. La señorita Jameson era mucho más que bonita.

—Es lo suficientemente bonita, supongo.

Walter lo miró.

—¿Supones? Me imagino que lo único que ves al mirarla es un problema, ¿no? Que ella tenga la mitad de esa empresa debe de molestarte.

—Tenemos un acuerdo sobre la empresa. Ya que la alternativa era tener a todos en esta habitación como socios, me considero afortunado por solo tener que lidiar con alguien tan sensata y flexible como la señorita Jameson.

Era un discurso muy valiente. No sabía si sería flexible cuando llegara el momento para esas decisiones. Nada sugería lo contrario hasta ahora. Sin embargo, disfrutaba sembrar la semilla entre sus parientes de que todo estaba arreglado. Eso los molestaría a ellos.

Y así fue, Walter se veía decepcionado, pero su atención se desvió hacia la entrada del salón.

—Ah, Chase está aquí.

Chase y Minerva entraron al salón, hablando entre ellos. Hubo algunos movimientos de cabeza en su dirección, pero las conversaciones continuaron. Después, como si una lenta ola se movera alrededor de la habitación, se quedaron en silencio.

Nicholas había entrado acompañando a la señorita Jameson. La llevó por el salón hacia la anfitriona. La tía Agnes esperó sentada como la reina en una presentación en la corte.

Todos los ojos siguieron sus movimientos. Las mujeres se veían interesadas. Los hombres sorprendidos. La señorita Jameson tenía puesto un hermoso vestido de noche, uno que Kevin reconoció como los que había pedido en la modista ese día. El pálido tono lila, sutil pero brillante, había sido resaltado con bordados color crema y dos filas de encaje cerca de la bastilla. Alguien había hecho algo diferente con su cabello, y los bucles caían de manera casi descuidada a los costados de su rostro. No estaba usando joyas.

Desvió la mirada. Observó a Walter, que parecía incapaz de parpadear, mientras Nicholas presentaba a la señorita Jameson con la tía Agnes. Vio cómo la esposa de Walter, Felicity, estuvo pendiente de la reacción de su esposo, lo cual le hizo apretar su sonrisa.

Walter debió de haber sentido su mirada. Se giró y le sonrió a su esposa. Después se volteó a ver a Kevin.

—¿Lo suficientemente bonita? Maldita sea, hombre.

Rosamund se convenció de que era una fiesta muy agradable. La familia Radnor estaba llena de personas testarudas, algunas que suponían que el mundo entero quería escuchar su opinión sobre eventos sociales y políticos. El resultado era una reunión bulliciosa, con algunas discusiones que ofrecían buen entretenimiento hasta que el primo mayor, Walter, decidía detenerlas.

—Es suficiente —decía, como un director exigiendo que su clase se comportara. En muchos casos lograba arruinar pláticas muy animadas.

Rosamund se aferró a su plan de hablar poco y de manera cuidadosa. Funcionó, porque nadie esperaba que dijera mucho. Era probable que los otros pensaran que era aburrida. En cuanto a sus modales en la cena, la señora Markland se había asegurado de que supiera cómo se usaban todos esos utensilios cuando supo que asistiría a una cena.

—Es hora de bajar —anunció por fin lady Agnes.

—Vamos abajo —repitió Walter, como si para que lo hicieran fuera necesaria su aprobación.

Ya que todos los primos de Kevin eran hombres, y solo dos además de él seguían solteros, los hombres superaban en número a las mujeres, incluso si las tías ayudando a equilibrarlo. Cuando se formaron para bajar a cenar, se encontró a sí misma al final de la fila de mujeres al lado de Kevin. Detrás de ella estaba el primo más joven, Philip.

Philip parecía percibirse a sí mismo como un hombre a la moda en la ciudad, desde la manera en la que se vestía hasta cómo posaba en lugar de pararse de modo normal. Seguía sonriéndole a Rosamund de manera amigable, y había intentado iniciar una conversación en el salón dos veces. En ambos casos Minerva había logrado deshacerse de él con rapidez.

—Es un problema, cada centímetro de él —le había susurrado

la segunda vez—. Despilfarrador, deudor y holgazán. Si tiene la oportunidad, te pedirá dinero.

Durante la cena estuvo sentada entre el duque y otro primo, Douglas. No estaba segura de haberlo conocido en el salón. De hecho, no recordaba haberlo visto antes. Sin embargo, todos los hombres Radnor se parecían. Era claro que todos eran guisantes de la misma vaina, cada uno con sus rasgos distintivos. Chase tenía huesos grandes, un atractivo tosco, mientras que el duque poseía un encanto más suave, más típico. Los ojos hundidos de Kevin y facciones regulares lo diferenciaban, y la versión de Walter de la apariencia Radnor era muy predecible, como si ya lo hubiera visto cien veces antes. Este, Douglas, lograba ser ordinario, a pesar de tener los mismos ojos y cabello oscuro, la misma altura y una buena apariencia.

Kevin, se dio cuenta, estaba sentado del otro lado y un poco lejos, donde no podía escucharlo. Estaba muy alejado de ella y de su anfitriona, que estaba muy cerca de Rosamund. Después de comer un poco, los oscuros ojos de lady Agnes se posaron en ella.

—Dígame, querida señorita Jameson, ¿de dónde viene? Escucho un acento. Sutil, pero aun así presente.

La voz de Agnes chilló a través del ruido en la mesa. Justo enfrente de ella, Rosamund vio cómo la otra tía, Dolores, detenía de manera abrupta su conversación con Walter y se enfocaba en ella.

No todos le pusieron atención a Agnes. Minerva siguió hablando con la hermosa esposa de Walter, Felicity. Chase le preguntó algo a Philip. Kevin, sin embargo, miró directamente a su tía.

—Richmond —respondió—. Eso ya lo sabes.

—Vive ahí ahora —dijo Agnes, ladeando la cabeza—. Pero me atrevo a decir que no nació ahí. ¿O sí, señorita Jameson?

—Nací en Oxfordshire.

—Ah, sí, puedo notarlo. ¿Su padre trabajaba ahí?

Respuesta corta. Cuidadosa.

—Era un granjero.

—¿En serio? Qué interesante.

—Si no fuera por nuestros granjeros, ¿dónde estaríamos? —interrumpió el duque—. No podríamos disfrutar esta deliciosa comida, eso es seguro.

Lady Agnes lo miró como si la hubiera desafiado.

—Es cierto, Hollinburgh. Sin embargo, su padre debió de haber querido que su hija fuera algo más que una aprendiz de un sombrerero.

Rosamund miró a Minerva con rapidez, quien seguía hablando con Felicity, pero la miró de reojo y le advirtió con la mirada «no la corrijas». Rosamund no planeaba hacerlo. Nadie en esta mesa tenía el derecho a preguntarle por su vida. Si permitía eso, ¿a dónde la llevaría? Era posible que de regreso al burdel de la señora Darling. Su tiempo ahí necesitaría algunas explicaciones, pero ninguna explicación la salvaría de la burla.

—¿Tiene familia aquí en Londres? —preguntó la tía Agnes.

—No. Tengo una hermana menor. Está en la escuela de la señora Parker.

—He escuchado de ella. ¿Fue ahí donde usted recibió su educación?

—No tuve esa suerte.

La tía Agnes esperó el resto de la respuesta. Sonriendo. Observando. Rosamund solo la miró de regreso.

—A la mayoría de las niñas no las mandan a la escuela, tía Agnes —dijo Kevin—. Tú no fuiste.

—No fue necesario con el ejército de tutores que tuve. Aun así, Dolores y yo fuimos bien educadas en casa de nuestro padre.

—Ese es el tipo de salón en el que se preparan la mayoría de las niñas, ¿no es cierto? En lugar del pasado, hablemos del presente. La sombrerería de la señorita Jameson es muy cotizada —intervino, cambiando de tema—. Yo la llamaría una artista.

—¿Y tú qué sabrías de eso? —preguntó Philip—. ¿Ahora eres experto en eso además de las máquinas y las polillas?

Se inclinó hacia delante para poder llamar la atención de Rosamund.

—Pídale que se las muestre algún día. Polillas. No mariposas.

—Tienes razón, Philip. Nunca podría afirmar que mi gusto en sombreros es informado. Sin embargo, Minerva ha visto las creaciones de la señorita Jameson. ¿Qué te parecen, Minerva?

—Son superiores. Creo que cualquier mujer en esta mesa estaría feliz de que las vieran con uno.

—¿En serio? —preguntó lady Agnes, incrédula.

—En serio —respondió Minerva con voz firme.

—El sombrero que estaba usando en el parque era suyo, tía. Era bastante lindo —agregó Felicity con un tono condescendiente.

Al otro lado de la mesa, la tía Dolores estaba bebiendo vino. Dejó su vaso con fuerza sobre la mesa.

—Oh, tonterías. Sombreros y polillas y granjeros. Hablemos de lo que todos tenemos en mente.

Atravesó a Rosamund con una mirada filosa y oscura.

—¿Qué planea hacer con nuestro legado? Espero que sepa que en realidad nos pertenece a nosotros.

Eso hizo que todas las otras conversaciones cesaran.

—Tía Dolores —la reprendió el duque.

—No me hables así. Debe saber que fue un error. Un impulso pasajero. Si mi hermano no hubiera fallecido, ya lo habría arreglado.

—No sabes eso —interrumpió Chase—. Y no importa, porque ese fue su testamento al fallecer. Ha pasado un año. Necesitas aceptar eso.

—No lo haré. Es demasiado injusto. Perverso. Tenía una familia a la que cuidar. En su lugar, esta… sombrerera hija de un granjero hereda una cantidad de dinero obscena para alguien en su posición.

—Es suficiente —dijo el duque.

—Sí, suficiente —repitió Walter—. Este no es el tiempo ni el lugar.

—No es suficiente y no hay mejor tiempo ni lugar —continuó Dolores—. Si tuviera un poco de decencia lo devolvería al Estado, o al menos una parte. Debe saber que nunca fue la intención de mi hermano que ella lo tuviera. Si no lo hubieran asesinado…

—Nicholas y Walter han dicho que es suficiente y ahora lo digo yo también. ¿Es necesario que lo digamos todos? Estás fuera de lugar. —Kevin habló de manera abrupta y en una voz tan alta como para silenciar a Dolores—. Tía Agnes…

—Sí —respondió lady Agnes—. Dolores, no te sientes bien. Estoy segura de que quieres un momento a solas.

—Ah, tonterías. No dije nada que ustedes no estuvieran pensando.

Dolores se puso de pie y, con una última mirada furiosa en dirección a Rosamund, se fue del comedor.

Por un momento todos observaron sus platos. Después Kevin le preguntó al duque sobre algún caballo que había visto correr y Minerva le preguntó a la esposa de Douglas acerca de una fiesta a la que había asistido, y las conversaciones continuaron.

—Una disculpa —murmuró el duque a su lado.

—No es necesario. No tenía idea de que la gente de sociedad tuviera cenas tan interesantes.

En realidad, Rosamund se sentía aliviada de que las conversaciones se movieran a su alrededor en lugar de hacia ella. Habían sido unos sorprendentes cinco minutos. Esperaba nunca volver a vivir algo parecido. Sin embargo, si una de los interesados estaba así de molesta, tal vez todos lo estaban. Incluso Kevin.

No podía culpar a Dolores por estar tan molesta, aunque creía que las hermanas de los duques no solían actuar de manera tan descortés durante la cena. Era probable que no lo hicieran. En circunstancias normales, al menos. La diferencia era que esta mujer no consideraba que el blanco de su descortesía mereciera algo más. Según ella, podía insultar a la «sombrerera hija de un granjero» de la misma manera que podría regañar a un sirviente. La cortesía estaba reservada para los que pertenecían a la alta sociedad.

Sin embargo, era útil conocer su resentimiento por la herencia. Lo tendría en mente al lidiar con esta familia en el futuro, junto con la increíble franqueza con la que Dolores le había dicho lo mismo que Felicity en el parque. El difunto duque había sido asesinado.

Ningún pariente, ni uno solo, la había contradicho.

Sirvieron oporto. Kevin se sirvió una buena cantidad. Darle pequeños tragos impedía que se rindiera ante el impulso de subir, encontrar a la tía Dolores y… no estaba seguro de qué haría. No podía insultarla, aunque eso es lo que quería hacer.

Y la familia decía que *él* era descortés.

—Esa fue una gran cena —dijo Philip, dejándose caer en la silla después de encontrar un puro—. Y pensar que casi rechacé la invitación.

—Fue excesivo —dijo Walter—. Sin embargo…

Lo dejó colgando en el aire.

—¿Estás intentando disculparla? —preguntó Kevin. No podía pelear con su tía Dolores, pero Walter podía sustituirla.

—Para nada. Su comportamiento fue vergonzoso, y un insulto a Agnes y al resto de nosotros. Pero puedo entenderla. Ya que ese legado en particular te afectó más que al resto de nosotros, estoy seguro de que estás de acuerdo.

—¿De verdad esperaba Dolores que la señorita Jameson dijera: «tiene razón, yo no debería tenerla, por favor déjenme devolverla para que puedan dividirla»? —preguntó Nicholas.

—Yo hubiera preferido que pasara eso —murmuró Philip.

—Sería una tonta si hiciera eso. O una santa —comentó Chase—. Tal vez si fuera débil se habría sentido intimidada por la tía Dolores. La señorita Jameson, sin embargo, ni siquiera se inmutó.

—No —agregó Nicholas—. Fue muy impresionante.

Ella había estado impresionante. Kevin se había sentido obligado a protegerla, pero dudaba que ella necesitara su esfuerzo, o incluso el de Nicholas. Tenía la impresión de que si la tía Dolores hubiera continuado, la señorita Jameson habría roto su silencio y hubiera dado mucho más de lo que recibió, como lo había hecho con su padre.

Nicholas comenzó a hablar con Walter sobre una de las propiedades y Philip se sirvió más oporto. Douglas se quedó en silencio, observando, como siempre. Chase se puso de pie, caminó hacia Kevin y se sentó a su lado.

—Te preguntará por la muerte del tío. Escuchó lo que dijo la tía Dolores.

—Ya lo hizo. Felicity fue indiscreta en el parque. Ya le expliqué. Lo básico, al menos.

—Si sigue teniendo preguntas, es posible que no te pregunte a ti. Podría ser a Minerva o a mí.

—A quien sea que ella le pregunte podrá contarle lo que arrojó la investigación, como yo lo hice. Que fue un accidente.

—¿De verdad crees que lo acepte después de lo que dijo la tía Dolores?

—No lo sé. Tiene otras cosas en la mente en este momento. Es posible que no le interese ni quiera saber más al respecto.

En la cabecera de la mesa, Walter, que había tomado el asiento principal, estaba hablando de manera incesante sobre una ley que estaban debatiendo en el Parlamento. Era seguro que sus pensamientos sonaban como un sermón a los oídos de Nicholas, cuya mirada aburrida no concordaba con su amigable media sonrisa.

—Creo que iré a proponer un tema de conversación diferente —dijo Chase, poniéndose de pie—. Después de la histeria de Dolores, no necesitamos otra pelea.

Caminó alrededor de la mesa y se puso en medio de Walter y Nicholas. Mencionó otra ley, una que no le interesaba a Walter.

Kevin apenas los escuchaba. Se centró en sus pensamientos y tuvo una conversación en su mente. El tema era la empresa y una carta que había recibido de Francia por la mañana. La carta creaba un problema. Era algo increíble que se abriera una puerta cuando aún no podías pasar por ella.

—Vaya espectáculo, ¿no?

La voz lo sorprendió. Giró la cabeza y vio a Douglas sentado donde había estado Chase. Excepto que, por los sonidos de la conversación al otro lado de la mesa, Chase se había cambiado de lugar hacía un rato.

¿Cuánto tiempo llevaba Douglas ahí sentado? Era fácil olvidar que estaba ahí, pero Kevin intentaba al menos estar consciente de que su primo existía. Al menos desde el día, hace muchos años, en que había llegado a una reunión familiar, se había sentado y había preguntado dónde estaba Douglas, solo para descubrir que estaba a su lado y había llegado primero.

—Sí, fue un espectáculo para las leyendas familiares.

Kevin se sirvió más oporto y rellenó el vaso de Douglas.

—Sin embargo, ni siquiera se sonrojó. La señorita Jameson. Se defendió.

—Sí, lo hizo.

—Supongo que esa cualidad de ella no te hace las cosas más fáciles, ya que ella es la dueña de la mitad del negocio ahora. No es como si pudieras controlar cómo irán las cosas, creo.

—Nos llevamos bastante bien.

—No es lo mismo, ¿o sí?

Observó a Douglas con atención. Cómo alguien podía parecerse tanto a Nicholas, pero ser tan… aburrido. Esta era la mayor cantidad de palabras que Douglas le había dicho a Kevin en más de un año. Incluso cuando la familia reaccionó tan fuertemente ante la noticia del testamento del tío Frederick, Douglas no se había unido. Su esposa, Claudine, había hablado por los dos, como solía suceder.

Ahora, la inmutable expresión de Douglas parecía haberse alegrado un poco.

—Es una mujer atractiva.

—Lo es.

—Muy impresionante.

Kevin tuvo que sonreír ante la evidencia de que Douglas aún no estaba muerto.

—Estaba pensando —dijo Douglas.

Kevin esperó. ¿Quién podría adivinar lo que Douglas pensaba sobre algo?

—Supongo que te casarás con ella. Más espectáculos, ¿no?

—¿Disculpa?

—Es comprensible porque es la única manera de asegurarte de que no venda su parte —continuó—. Y en lo que respecta a, bueno, ya sabes… podría ser peor. Mucho peor.

Pasaron diez segundos mientras Kevin procesaba el hecho de que alguien hubiera sugerido algo así, y que hubiera sido Douglas.

—¿Es esto idea de tu esposa?

—Oh, no. Estaría horrorizada. La señorita Jameson no es más que una campesina ante sus ojos. —Se formó una pequeña sonrisa—. Me atrevo a decir que Claudine estaría furiosa.

Todos lo estarían. Su padre. Sus tías. Tal vez Nicholas. Era probable que incluso la misma señorita Jameson.

—Gracias por pensar —respondió Kevin— en mí. No tengo planes de ese tipo, pero consideraré tu sugerencia.

Aburrido como siempre, Douglas se puso de pie.

—Si vas a unirte a los otros, aleja el oporto de Philip —dijo Kevin—. Apenas puede sentarse erguido.

CAPÍTULO 9

Dolores no solo se retiró del comedor, sino también del evento, así que Rosamund no tuvo que soportar su presencia en el salón. Sin embargo, no tardó mucho en darse cuenta de que eso no significaba que pudiera librarse de otras preguntas sobre su vida y su carácter.

En cuanto se sentaron, lady Agnes se inclinó hacia delante y la miró.

—¿Usted hizo el tocado que está usando?

—Sí.

—Atractivo. Tal vez con colores un poco atrevidos. ¿Por qué no utilizó un tono más claro de púrpura para los listones? ¿Unos que combinaran con su vestido?

—Porque si fueran más claros no serían atrevidos.

Agnes se inclinó hacia atrás, como si estuviera sorprendida ante la idea de que algo podía ser atrevido.

—Es lo que los distingue, Agnes —comentó Minerva—. Si los listones fueran del mismo tono que el vestido, sería predecible y aburrido. Y, a riesgo de decir lo obvio, ese tono de listón hace que el color de sus ojos resalte.

—Ya veo.

Agnes se volvió a acomodar en el diván, encontrando una posición más digna de una reina.

—¿De dónde dijo que venía, señorita Jameson? ¿Oxfordshire?

—Sí.

—Tengo muchos amigos en ese condado. Tal vez he escuchado de su familia.

—Es poco probable.

—Nunca se sabe.

—Dudo que mi familia haya estado en contacto con sus amigos o sus círculos. Como dije, mi padre era un granjero.

Agnes se rio.

—Qué equivocada puede estar, señorita Jameson. A veces en el campo los miembros de la sociedad se asocian con pequeños propietarios de granjas y sus familias. Hay muchos eventos del condado donde los podrían haber presentado.

Era importante lidiar con esta parte.

—Él rentaba, lady Agnes. No creo que hayan ido a los mismos eventos.

Silencio. Todos se miraron.

De repente, otra conversación inició. La esposa de Walter se dirigió a Minerva y le comenzó a describir un vestido que había visto en el teatro. Lady Agnes se concentró en hablar con la esposa de Douglas, Claudine. Rosamund sintió que todas estaban avergonzadas. Si era por ella o de ella, no lo sabía.

Minerva se separó de Felicity y se sentó cerca de Rosamund.

—Cuando estén distraídas podemos escapar hacia la terraza. Tengo algo que decirte.

Lo que sea que fuera tendría que esperar, porque Felicity había seguido a Minerva y también se sentó cerca para tener una conversación privada.

—Supongo que la explosión de Dolores en la cena te sorprendió —dijo—. Te lo advertí.

—Sabía que había descontento alrededor del testamento. Es comprensible.

—No esa parte.

Felicity habló en voz aún más baja.

—La parte sobre la muerte del duque. Lo empujaron. Todos lo creen, sin importar lo que el veredicto oficial diga. Alguien…

Dejó la oración sin terminar y bajó la mirada, como si no pudiera decir las palabras.

Minerva había estado fingiendo que no escuchaba, pero le dio la vuelta a su silla para unírseles.

—No es de su incumbencia, Felicity. Y no hay pruebas.

—No gracias a Chase. Se supone que él iba a probarlo de una u otra manera. Con sus investigaciones discretas. Pero no lo hizo. Incluso después de que les dije a él y a Nicholas…

—Es suficiente —la interrumpió Minerva con una sonrisa firme—. Tu revelación no demostró nada.

—No estaba en Francia como dijo. Walter está sorprendido de que no se hubiera investigado más sobre eso. Uno podría pensar que tal vez…

De nuevo, se detuvo a la mitad de la oración. Apuntó a Rosamund.

—Tiene derecho a saber, si va a ser…

—Señorita Jameson, si desea saber algo más sobre este tema, por favor dígamelo y le pediré a Chase que se lo explique todo —dijo Minerva con seriedad—. No es un tema apropiado para una cena.

Felicity le lanzó a Minerva una mirada furiosa con los ojos entrecerrados. Se puso de pie.

—Lo dejaré así, y solo diré esto, señorita Jameson. Lo que sea que haga, no deje que Kevin Radnor sea heredero de su nueva fortuna.

Se alejó caminando, con la espalda erguida y orgullosa.

—Fue muy amable de tu parte interrumpir y salvarme, Minerva. Aunque ahora tendré que pedir más explicaciones, ¿no crees?

—Al menos serán verdaderas —dijo Minerva—. Vamos, demos una vuelta por la terraza para hablar de cosas más interesantes.

El aire nocturno la refrescó de una manera increíble. A Rosamund no le molestó dejar a las mujeres Radnor por un momento.

Ella y Minerva caminaban por la balaustrada de la terraza, mientras observaban el pequeño pero lindo jardín. Cuando llegaron a un espacio lo más alejado del salón, Minerva se detuvo.

—He descubierto más sobre el hombre al que me pediste que encontrara.

Charles. Se dio cuenta de que habían pasado uno o dos días desde que había pensado en él.

—¿Está de regreso en Inglaterra?

Minerva negó con la cabeza.

—Ni planea estarlo pronto.

Minerva se giró para mirar el jardín, lo cual significaba que no podía ver la expresión de Rosamund.

Rosamund estaba agradecida de que Minerva le diera un poco de privacidad mientras procesaba la noticia. A Charles siempre le había encantado esa temporada y ella había supuesto que regresaría. Había sido un error hacerlo y permitir que su viejo sueño creara todo un espectáculo en su cabeza, con escenas de reuniones y romance.

De repente, su emoción por la casa nueva se apagó. Sus lecciones parecieron innecesarias. Pudo haber encontrado una casa por el tercio de esa renta en un vecindario diferente. Una sombrerera no necesitaba vivir en la calle Chapel.

—¿Cómo lo descubriste? —preguntó para que el silencio no se volviera demasiado pesado, aunque un poco de esperanza seguía encendida dentro de ella, una que decía que Minerva podía estar equivocada.

—Hicimos que uno de nuestros agentes se hiciera amigo de uno de los sirvientes de su familia. Cuando no hubo evidencia del regreso del joven, nuestro agente consiguió la información del sirviente.

—Has hecho demasiado. No te pedí que investigaras eso.

—Creí que te gustaría saberlo.

Minerva ya había adivinado todo si pensaba así. ¿Qué otra razón podría haber para buscar información de Charles sino un viejo enamoramiento?

Dentro del salón, alguien había empezado a tocar el piano. La melodía llegaba hasta afuera, amortiguada por las puertas cerradas, sonidos que interrumpían el silencio nocturno.

—Gracias. Es bueno saberlo. Supongo que París es mucho más interesante que Londres, incluso durante la temporada.

—He escuchado que puede serlo para algunas personas.

Minerva por fin la miró. No había lástima en su expresión. Pero sí había una cálida bondad.

—Creo que regresaré con las demás. ¿Por qué no disfrutas el aire nocturno un momento más?

—Creo que haré eso.

Una vez sola, dejó salir la decepción que se había acumulado dentro de ella. La llenaba de una manera tan completa que dejaba poco espacio para nada más. Incluso la sospecha de que había actuado como una tonta no cabía en el dolor que crecía y crecía.

Cuando sintió que las lágrimas estaban a punto de salir, se reprendió con fuerza a sí misma. «Ya es suficiente». Su plan aún tenía valor. Por el bien de Lily, al menos. Y tal vez, algún día, Charles regresaría. Inglaterra era su hogar.

—¿Estás escapando de ellos?

La voz la sorprendió y se dio la vuelta para ver al primo de Kevin, Philip, subiendo las escaleras hacia el jardín. El comedor tenía puertas que se abrían hacia otra terraza, en la parte de abajo. Parecía incómodo al caminar, como si no confiara en su equilibrio.

Su rostro mostraba aún las facciones aniñadas que perduraban en un hombre bien entrado en la década de sus veinte años. Llevaba puesto un horrible chaleco y una levita apretada como la que usarían los jóvenes en la ciudad.

—Solo necesitaba un poco de aire —respondió.

—Sí, seguro.

Se acercó a ella.

—¿Al menos están siendo amables con usted? ¿O siguen insultándola?

Su sonrisa era tan amplia que podía ver sus dientes a la luz de la luna.

—Si la tía Dolores no se contuvo, dudo que los otros lo hagan.

Su proximidad no le daba la oportunidad de evitar una conversación. Deseaba que no hubiera aparecido.

—Fueron muy amables. Y su tía Dolores no nos acompañó.

—Espero que no, después de ese espectáculo. Está bien. Es el tipo de persona que le hará preguntas molestas solo porque cree que las sutilezas sociales no son para la gente inferior a ella.

No había nada que responder a eso.

Él ladeó la cabeza y la observó.

—Es extraño que no hubiera más preguntas una vez que se quedó sola con las damas. Demonios, todos los demás tenemos algunas.

Seguía reacomodando su peso y su equilibrio. Cada vez que lo hacía parecía acercarse más. Estaba intoxicado. Completamente borracho.

—Hubo algunas preguntas. No muchas.

—Muy descuidado de ellas. Es su trabajo, ¿no? ¿Conseguir información?

La miró.

—Tal vez su apariencia la sorprendió y las asustó. No es lo que esperábamos. No se ve como una mujer pobre que tiene un negocio, ¿no lo cree?

—Tal vez es porque ya no he de ser pobre.

En cuanto lo dijo, supo que había sido un error y no solo gramatical. La cara burlona de él absorbió su sonrisa.

—No, no lo es. Un hombre medio loco le dejó una gran parte de su fortuna y dejó a su propia sangre sin nada. —Sus ojos brillaron de manera peligrosa—. Al verla hoy, supe al instante lo que había pasado. Cómo consiguió hacerlo.

—Yo no conseguí nada.

—Una sorpresa total, dijo usted. No me haga reír.

Se inclinó y ella pudo oler el oporto y otros licores en su aliento.

—Debe ser muy buena. Demonios, es probable que usted sea la prostituta más cara en Inglaterra, así que sus habilidades deben ser insuperables.

El impulso de golpear su lascivo rostro casi la invadió. Se irguió y dio un paso hacia atrás.

—Ha tomado demasiado y está hablando con mucha libertad. No me voy a quedar a ser insultada por alguien como usted.

Se dio la vuelta y se dirigió hacia las puertas del salón.

Una firme mano en su brazo la detuvo.

—¿Cómo yo? ¿Quién demonios crees que eres, quién te crees? Ambos sabemos lo que eres. —La jaló y la aprisionó en sus brazos—. Se me ocurre que debería probar, para saber qué es lo que te hizo su favorita.

Rosamund lo empujó, con fuerza, pero no logró que la soltara. Le ordenó que se detuviera. Se retorció para que el beso que apuntó hacia sus labios cayera en su tocado. Él tomó su pecho en una mano y ella pateó sus piernas, esperando que se cayera. Dejó escapar una risa aguda y burlona y la agarró con rudeza por la nuca. Intentó besarla de nuevo.

Ella giró la cabeza y mordió su mano. Él soltó una maldición y le dio una cachetada tan fuerte que la cabeza de ella cayó hacia atrás. Por un segundo solo vio el cielo y las estrellas mientras la sorpresa del dolor la aturdía.

Después él se fue. Ella era libre. Dio unos temblorosos pasos y se sujetó de la barandilla. Philip estaba bajando las escaleras de nuevo, arrastrado por la parte de atrás del cuello de su abrigo por otro hombre.

Kevin.

No escuchó lo que estaban diciendo, pero le llegaban notas del tono de sus voces. Kevin sonaba enfadado y tajante; Philip, gruñón, agresivo y desagradable. Rosamund se sostuvo de la barandilla. Ellos no entraron al comedor cuando llegaron a la terraza. En lugar de eso, Kevin siguió arrastrando a Philip hacia el jardín. Sus figuras oscuras desaparecieron entre las otras allá abajo, las de los arbustos y los árboles.

Entonces, con el primer grito de dolor de Philip, otros cuatro hombres salieron corriendo del comedor.

Kevin golpeó el rostro de Philip con su puño. La sangre voló y cayó por su mejilla. Pero eso no calmó la ira de Kevin. De hecho, alimentó su furia.

—¿Cómo te atreves a acosarla de esa manera, mierda inútil?

Lo golpeó de nuevo y Philip se cayó.

—Es una puta —jadeó Philip—. No lastimé a nadie.

—Juro que si vuelves a decir eso, te mataré.

Kevin puso a Philip de pie de nuevo y lo golpeó en el estómago. Philip volvió a caer al suelo.

—Te haría pedir perdón, pero no hay disculpa para lo que vi. No hay excusa.

Levantó a Philip de nuevo y alzó el brazo para golpearlo de nuevo.

Pasos. Gritos. Brazos firmes detuvieron los suyos. Intentó quitárselos de encima para llegar a Philip.

—Tranquilízate. *Ya.*

Nicholas estaba dándole órdenes en el oído.

—¡No lo haré! La atacó.

Intentó liberarse de sus brazos, mientras su mente volvía a oscurecerse.

—¿Es eso cierto, Philip? —preguntó Nicholas.

Chase y Douglas estaban ayudando a Philip. Chase presionó un pañuelo contra su rostro.

—Lo que él dijo, ¿sí sucedió? —preguntó Walter, repitiendo lo que había dicho Nicholas como era su hábito, mientras se quedaba parado a un lado, como un juez.

—Me robé un beso, eso es todo.

Kevin luchó para liberarse de los brazos de Nicholas.

—Maldita sea, la atacaste y la golpeaste cuando se resistió. Déjenme terminar lo que empecé. Ustedes pueden asegurarse de que no me exceda.

Chase se alejó de Philip y lo miró molesto.

—¿Es eso cierto? No sería la primera vez, Philip.

Walter miró a, Kevin, luego a Chase y después a Philip, después los volvió a mirar. Su pecho pareció hincharse.

—Bueno, lo que sea que haya pasado no será resuelto con una pelea en el jardín de la tía Agnes, con las damas tan cerca. Vayan a un club de boxeo y resuélvanlo si es necesario.

—Preferiría ir a un parque al amanecer —gruñó Kevin.

Philip alzó la cabeza y lo miró con la nariz ensangrentada.

—No iré a un duelo por una puta.

Con un fuerte movimiento, Kevin se liberó de Nicholas y caminó hacia Philip.

—Te dije que te mataría si…

Chase lo agarró y aseguró un brazo alrededor de su cuello. Nicholas se acercó a sujetar sus brazos de nuevo.

—Llévenselo de aquí —dijo Chase—. Douglas, lleva a tu esposa y a Felicity a casa. Walter, lleva a Philip en tu carruaje. Nicholas y yo nos encargamos de Kevin. Vayan ahora.

—¿Mi carruaje? —preguntó Walter—. Está sangrando.

Nicholas le lanzó una mirada furiosa. Walter suspiró.

—Vamos, Philip. Solo intenta no arruinar el tapizado ni mis abrigos.

Se fueron por el camino hacia la casa, dejando a Kevin bien sujetado por Chase y Nicholas.

Hubo ruido desde el comedor, después en la terraza superior. Kevin se imaginó a Rosamund ahí, siendo objeto de burla o simpatía, dependiendo de la mujer. Solo contaba con Minerva para ofrecer la segunda reacción a la escena.

La ira comenzó a desaparecer una vez que se llevaron a Philip. La tensión en su cuerpo comenzó a soltarse y su mente se aclaró. Ninguno de sus primos dijo una palabra. Solo esperaron. Al fin lo soltaron.

—¿De verdad la golpeó? —preguntó Nicholas.

—Sí. Cuando yo estaba subiendo las escaleras. Ella estaba luchando por zafarse y él dio una cachetada. La aturdió.

Pasó los dedos por su cabello.

—Estoy seguro de que habrá una marca. La golpeó con fuerza.

Chase sacudió la cabeza.

—Ni siquiera me di cuenta de que se había ido del comedor. La última vez que lo vi estaba dormido en una esquina. Debe haberse despertado y salió.

—Yo lo vi salir, pero creí que iba a vomitar al jardín —dijo Kevin—. Solo lo seguí para escapar de los interminables pronunciamientos políticos de Walter. Después escuché algo y noté que estaba aquí arriba con ella.

Su mente revivió la escena y siguió el mismo camino que había tomado cuando se dio cuenta de lo que Philip estaba haciendo.

—Debe estar loco para haber atacado a una mujer aquí en la terraza —dijo Nicholas.

—Puede ser atrevido incluso cuando no ha tomado —comentó Chase—. Alguien había comenzado a tocar el piano, es probable que haya pensado que nadie la escucharía si gritaba. No dudo de lo que Kevin describe, Nicholas. Una vez hubo un incidente con Minerva.

—Ese tipo de comportamiento no puede ser perdonado ni por beber ni por cualquier otra cosa —dijo Nicholas—. Es hora de llevar a la pobre mujer a su casa.

Los tres caminaron por el jardín. Podían ver a dos figuras en la terraza más alta. La luz de la luna se reflejaba en cabello rubio. La otra mujer era Minerva.

—Déjenme hablar con ella un momento —dijo Kevin—. Espérenla en el vestíbulo, si gustan. Yo la acompañaré a bajar.

En la terraza, Rosamund estaba a un lado, en la sección más lejana de la barandilla. Minerva se acercó a ellos.

—Fue terrible. No ha dicho nada —susurró—. Agnes se retiró y las demás se fueron. ¿Qué sucedió aquí afuera?

—Ven conmigo, querida, te lo explicaré todo.

Chase la llevó hacia las puertas.

—Puedes esperarla abajo y llevarla a casa en nuestro carruaje. Nicholas y yo veremos cómo regresar.

Una vez que se fueron, Kevin se giró hacia Rosamund. Ella no lo miró, pero pudo ver cómo su figura se encorvaba en cuanto se cerraron las puertas del salón. Podía sentir su humillación, como si hubiera sido él a quien habían insultado.

Caminó hacia ella.

—Todos se fueron. No tendrá que despedirse ni nada parecido. Solo Minerva la llevará a casa.

—No hice nada malo.

Su voz era tan baja que pareció la había exhalado su pensamiento.

—Claro que no. Nadie…

—Tendrán que elegir entre un pariente y yo, que no conozco mi lugar, y yo seré la que quede avergonzada.

—No ante los ojos de nadie que importe.

Dudaba que eso la hiciera sentir mejor.

—¿La lastimó?

La mano de Rosamund se alzó para tocar su mejilla. Asintió.

—¿Usted lo lastimó?

—Sí.

Él alzó la mano y acarició su mejilla con la punta de sus dedos. Incluso con ese roce tan ligero pudo sentir que la piel estaba inflamada. Eso hizo que su mente se llenara de nuevo de ira, pero tuvo que tragársela porque no tenía a Philip para dejarla salir.

Ella se giró para mirarlo.

—Gracias por detenerlo. Debí haberlo hecho yo. Debí haber adivinado lo que quería. Debí haber peleado más, o haber gritado, sin preocuparme de dónde estaba o quién estaba en el salón. Debí haber…

Se detuvo, y una corta inhalación reemplazó las últimas palabras.

Kevin tomó su cabeza entre sus manos y la miró con una expresión preocupada.

—Este es el último lugar en el que una mujer esperaría que eso pasara. Deje de decir que debió haber anticipado sus intenciones o hacer esto o lo otro. La culpa es de él. Si algún día usted tiene que volver a mis tías o a las esposas, lo cual espero que no tenga que hacer porque son insoportables, hágalo como lo hizo hoy, orgullosa y hermosa, y compórtese como si esto nunca hubiera pasado.

Pequeños reflejos se multiplicaron en sus ojos. Brillaron luces cristalinas, hermosas a pesar de ser creadas por lágrimas. Se veía tan vulnerable.

No le dijo que no llorara. Tenía una buena razón para hacerlo. Había sido atacada, golpeada y la habían llamado puta. La había atacado un hombre que pensaba que ella no merecía respeto por las circunstancias de su nacimiento. Después de lo que había sufrido, lo último que necesitaba era otro hombre que le dijera que no había razón para sus emociones.

Tampoco necesitaba a otro hombre que la acosara. Cuando la tomó en sus brazos no lo pensó de esa manera. Fue una expresión natural de su necesidad de hacerla sentir mejor.

Ella no lo alejó. Recargó la cabeza contra su pecho y dejó que la abrazara. Después alzó la cabeza y lo miró a los ojos. Reprimió el impulso de besarla, pero fue difícil. Se merecía algo mejor de su parte hoy más que cualquier otra noche.

No sabía por qué estaba permitiendo este largo abrazo. Tal vez era por la fuerza de sus brazos, tan protectores y cuidadosos. O como agradecimiento por haber golpeado a Philip. Nadie había hecho algo así por ella antes.

Le gustaba la intimidad. El calor y el contacto tan humano. Le gustaba más de lo que esperaba. Despertó algo en ella algo mucho mejor que lo que había estado sintiendo en la terraza. Experimentó calidez y amistad, e incluso un poco de emoción.

No debería dejar que continuara. Podía malinterpretarlo. Los hombres solían hacer eso. Philip era solo el más reciente en una larga lista, aunque ninguno antes había sido tan insistente o terrible.

«Orgullosa y hermosa». No había planeado halagarla más de lo que lo había hecho el día que se conocieron. Mientras la abrazaba, sí se sintió orgullosa y hermosa de nuevo, en lugar de usada, degradada y sucia como unos minutos antes.

Esa cercanía entre los dos tuvo sus consecuencias. Era un hombre. Pudo sentir la excitación en él, como líquido que estaba comenzando a hervir. La situación cambió lo suficiente para indicar que ya no solo estaba consolándola. Percibía un nuevo poder que emanaba de él y se dio cuenta de cómo respondía su propio cuerpo. Estaba muy consciente de esos brazos. Se quedó ahí solo lo suficiente como para darse un pequeño capricho para distraerse. Después movió la cabeza y se inclinó hacia atrás.

Inclinó su mirada y clavó sus ojos oscuros en los de ella, reflejando pensamientos insondables, como solían hacer. Su rostro, atractivo y firme con sus ángulos cincelados por la luz de la luna, permaneció lo suficientemente cerca como para besarla.

En lugar de eso, la dejó ir.

—Vamos a buscar a Minerva.

CAPÍTULO 10

El mensaje con la cita llegó temprano. Kevin lo recibió de inmediato porque apenas había dormido. Su noche sin descanso lo había dejado de un humor que no fue el adecuado para el mensaje que leyó.

«Casa Whiteford. Nueve en punto. Hollinburgh».

Nicholas usaba su título con el resto de la familia, pero nunca con Kevin o Chase. Verlo ahora y leer la brusca orden, hizo que el humor de Kevin se oscureciera aún más.

No tenía tiempo para complacer a Nicholas hoy. Tenía cosas que hacer, una vez que el mundo se despertara. Iba a ver a Rosamund a las diez en punto, a menos que estuviera demasiado alterada por la noche anterior. Para esa hora él ya tendría que haber tomado varias decisiones y haber hecho planes para ejecutarlas.

De todos modos, cabalgó hacia la Casa Whiteford en Park Lane. Chase llegó mientras le daba las riendas a un lacayo.

—¿Tú también? —preguntó Chase mientras desmontaba—. Si no podía esperar para las visitas matutinas, debe ser importante.

—Eso espero, si se supone que me arregle para él.

—Veo que tu humor no ha mejorado mucho desde anoche.

Siguieron al sirviente hacia el departamento ducal, mientras Kevin pensaba en la noche anterior. El terrible episodio había estado repitiéndose en su mente durante las últimas horas.

—¿La señorita Jameson se sintió mejor con Minerva? —le preguntó a Chase.

—Según escuché, aunque pudo haber sido diferente, entró a su casa muy tranquila. Creo que Minerva estaba mucho más angustiada que la señorita Jameson cuando se separaron. Sonaba preocupada y molesta cuando regresó a casa.

—¿Te llenó los oídos, entonces?

—Quiere a Philip arrestado y encerrado.

Hizo una pausa hasta que los pasos del sirviente se alejaron.

—Fue una pena que los demás estuvieran ahí. De otro modo me habría hecho a un lado para dejar que continuaras.

Llegaron al rellano que llevaba al departamento. Un bosque de urnas y vasijas preciosas se extendía frente a ellos, puestas en pedestales acomodados en filas que rogaban por un accidente.

—Creí que ya habría vendido estos para deshacerse de la excéntrica exhibición que acomodó el tío —dijo Kevin.

Chase comenzó a negociar el paso de sus hombros por la delicada exhibición.

—Pensó que de este modo desalentaría a la tía Agnes y no lo molestaría, lo cual de seguro habría hecho, incluso si él hubiera dejado dicho que no estaba recibiendo visitas. Su amplio pecho no estaría cómodo entre todas estas rarezas.

Kevin siguió un camino diferente, uno que lo llevaba justo al lado de una cafetera china que admiraba. Se encontraron enfrente de la puerta de Nicholas. El sirviente la abrió y los condujo hacia adentro.

Nicholas los esperaba en su vestidor. No le había cambiado nada desde que heredó la Casa Melton. Ahí seguía la misma silla tallada cerca de la ventana, que Nicholas prefería para leer. Ahí estaba todavía el diván tapizado de azul y las sillas en un círculo, donde entretenía a sus amigos y los parientes que soportaba.

Ahora los saludaba desde su lugar cerca de la ventana, mientras observaba Park Lane.

—Gracias a los dos por venir.

—Es muy temprano —se quejó Kevin—. Todos sabemos que Chase siempre está despierto casi hasta el amanecer, y yo no suelo irme a dormir si estoy ocupado, pero ¿a qué se debe que «Hollinburgh» esté despierto y vestido?

Nicholas notó el énfasis que había hecho en su título.

—Se trata del honor de la familia. Lo que significa el honor de Hollinburgh.

Eso le pareció extraño a Kevin, en especial porque Nicholas no había estado muy feliz de recibir las responsabilidades de ser un duque.

—Casi he tomado una decisión —dijo Nicholas—. Solo necesito saber si alguno de ustedes tiene objeciones.

—Ah, demonios, te vas a casar —murmuró Kevin—. ¿Quién es?

—No tienes que hacerlo sonar como un destino terrible —comentó Chase.

—Claro que no. Estoy feliz por ti, «Hollinburgh». ¿Quién es la futura duquesa?

—¿Vas a referirte a mí de esa manera todo el tiempo que estés aquí?

—Fui citado por Hollinburgh, así que le estoy hablando a él.

—No me refiero al título. Me refiero a la mueca burlona que haces al decirlo.

—Yo nunca hago muecas burlonas.

Ambos se rieron.

—Haces tantas muecas burlonas que ya ni siquiera sabes qué es una mueca —comentó Chase—. Ahora, dinos qué decisión estás contemplando, Nicholas. Dudo que sea el matrimonio, porque no has expresado un interés particular en ninguna de las jovencitas disponibles para matrimonio esta temporada.

—Lo cual no significa que una no lo haya capturado —dijo Kevin.

—No tiene nada que ver con el matrimonio. —Nicholas se irguió—. Siempre creí que Philip eligiría un camino mejor conforme creciera, pero no ha sucedido. Inventé excusas para su holgazanería y falta de honor, ya que su padre es una mala influencia, y su madre… bueno, todo eso. Sin embargo, después de lo que sucedió anoche, concluí que como muchos árboles familiares, el nuestro tiene una rama deforme. Estoy inclinado a cortar la rama.

Kevin no escondió su sorpresa. Nicholas, que había tomado el papel del duque con muchas reservas, ahora tenía planeado utilizar un poder que era muy raro ver.

—¿Estás seguro? —preguntó Chase.

—No. Y por eso estás aquí.

Eso no explicaba por qué Kevin estaba ahí, pero no preguntó.

—No estoy seguro de poder ayudar —respondió Chase.

—Puedes decirme a qué te referías anoche cuando dijiste que no era la primera vez.

Chase no se veía dispuesto a contarlo, pero después de un largo momento, suspiró.

—Hace mucho, durante la reunión familiar que tuvo lugar aquí después de que el tío muriera, encontré a Philip molestando a Minerva en la biblioteca. Ella había tomado un trabajo de servicio para poder hacer algunas investigaciones discretas. Él la tenía contra la chimenea y no dejaba que se fuera.

—Te refieres a que estaba investigándonos —interrumpió Kevin—. Fingiendo ser una sirvienta. —Comenzó a buscar en su memoria esa fiesta, para ver si recordaba a Minerva ahí.

—El punto es que Philip le había bloqueado el paso y estaba…

La mandíbula de Chase se endureció y tembló, haciéndolo parecer el oficial del ejército que había sido en algún momento.

—La tomó del brazo y estaba hablando de hacer muchas cosas más, diciéndole que nadie le creería si se quejaba. Lo detuve, por supuesto. Apenas a tiempo.

—Entonces es el tipo de persona que se aprovecha de personas inferiores —dijo Nicholas—. No es inusual, pero él se niega a rendirse cuando lo rechazan. Es demasiado flojo incluso para seducir. Solo las ataca y usa su posición social de maneras vergonzosas. Me atrevo a decir que ha hecho cosas peores de las que no sabemos nada.

La mente de Kevin se había enfocado en otra cosa.

—¿A qué te referías, Chase, cuando dijiste «apenas a tiempo»?

—Lo que no vio es que ella había encontrado un atizador con la otra mano. Uno podría decir que salvé a Philip de Minerva y no al revés.

—Qué mal.

Chase lo ignoró.

—¿Cuáles son tus intenciones, Nicholas?

—No pienso recibirlo de nuevo. Cuando informe de esto al resto de la familia, ellos tampoco lo harán.

—Lo cual significa que nadie más lo hará, una vez que se corra la voz —dijo Kevin.

—También anunciaré que no deberá esperar nada de esta familia, mucho menos de mí. Cambiaré mi testamento para que no se beneficie de ninguna manera, si es que hubiera algo para alguien, lo cual por ahora parece poco probable. Si alguna de las tías decide ayudarlo, ya sea en vida o después de fallecer, es su decisión. La pregunta para esta mañana es si creen que estoy siendo demasiado duro.

—Lo arruinarás social y financieramente —respondió Kevin—. Por otro lado, salvarás a muchos comerciantes de padecer mucha miseria.

—Y tal vez los prestadores lo eviten, si se sabe que la familia no resolverá sus deudas —agregó Chase—. Podría ser una bendición, de cierto modo.

—No me importa si lo es o no. Hace mucho tiempo que dejé de creer que él pudiera entender que ser un caballero no solo se trata de estar relajado y estar a la moda. Si mis acciones lo hacen un mejor hombre, qué bueno, pero esa no es mi meta.

Una mueca contorsionaba su frente de nuevo.

—Le diré que le escriba una disculpa a la señorita Jameson, pero no creo que lo haga.

—Alguien debería —comentó Chase—. Lo que Minerva le haya dicho anoche no fue suficiente.

—Yo lo haré —dijo Kevin—. Ella sufrió eso solo porque tuvo la mala suerte de atraer la atención de la familia gracias a nuestra empresa.

—Su herencia hubiera hecho lo mismo, incluso sin la empresa —respondió Chase—. Lo correcto sería que nuestra tía le pidiera disculpas, como la anfitriona que tomó la mala de decisión de imponerle ese maleducado para que estuviera a su lado.

Kevin no podía imaginarse a la tía Agnes disculpándose con nadie, mucho menos con la hija de un granjero arrendatario.

La expresión de Nicholas se convirtió en una de resignación.

—Supongo que puedo decirle a Agnes que eso sería lo apropiado.

—Dudo que una carta la motive mucho —dijo Chase.

—Quieres decir que tengo que ir a visitarla.

Sacudió la cabeza.

—Maldición.

Rosamund dejó los soportes de metal sobre el gabinete. Había comprado un gabinete de caoba tallado que ya estaba armado. Era mucho mejor que el mostrador que tenía pensado pedir, pues cumplía con el mismo propósito, pero proporcionaba una vista más impresionante.

Los soportes de metal sostendrían gorros y sombreros. Algunos podrían ir en el escaparate. Todo lo que necesitaba ahora eran unas sillas y una pequeña mesa para poner el espejo. A diferencia de cómo había acomodado su tienda en Richmond, aquí planeaba que eso quedara fuera de la vista de otros clientes para poder tener un poco de privacidad. Tener su tienda a pie de calle podría ser un riesgo, así que quería ofrecerles a sus clientas la manera de hacer compras y hacerse pruebas sin que el mundo pudiera verlas.

Se acercó al escaparate y miró hacia fuera. Había pocas personas caminando a esta hora, y ninguna de ellas era del tipo a quien quería atraer a su tienda. Sin embargo, se dio cuenta de que varias mujeres miraban su escaparate mientras caminaban por la calle Oxford. Tal parecía que había sido correcta su idea de que la tienda sería visible en esa encrucijada.

Revisó su reloj de bolsillo. Ya eran un cuarto después de las nueve. Esperaba poder reunirse con Kevin Radnor hoy, aunque parecía que ella llegaría tarde. Todo dependía de a qué hora llegara el vagón.

Pensar en eso la hizo recordar a Philip de inmediato.

Después de analizar cómo se había comportado ella la noche anterior, en cada momento, no pudo pensar en nada que ella hubiera podido hacer para provocar ese trato. Sin embargo, eso no la liberó de una increíble humillación ni la ayudó a olvidar lo que Philip había hecho y dicho.

Le había dado gusto que Kevin lo golpeara. Estaba agradecida. Aliviada. Tal vez eso significaba que él no pensaba que ella lo hubiera provocado, aunque era indudable que su familia la culparía.

Pensó de nuevo en Kevin cuando la buscó en las sombras de la terraza. Cuando se disculpó por su primo. Una vez que los otros se fueron, su habilidad para presentarse erguida y orgullosa la abandonó. Volvió a sentir los brazos de él mientras la reconfortaba. Eso había sido el tipo de cosa que un amigo haría.

Sin embargo, había sido un abrazo más que amistoso. No podía mentirse a sí misma sobre eso, aunque había intentado hacerlo por horas la noche anterior. Tal vez no debió haberlo permitido, en especial después de lo que había pasado con su primo. En lugar de eso lo había aceptado, se había sentido reconfortada en él.

De repente, su vista se vio bloqueada por paneles de madera. Corrió a abrir la puerta.

—¡Señora Ingram, bienvenida! —le gritó a la pequeña y delgada mujer con cabello gris que estaba sentada al lado del conductor.

El conductor se bajó de un salto y luego ayudó a la señora Ingram con cuidado. La señora Ingram, con facciones afiladas y un ojo aún más agudo, se acercó para abrazar a Rosamund.

—Tienes un espacio impresionante aquí, justo al lado de una calle comercial principal.

—También tengo el primer piso. Puede vivir ahí sí quiere. O puede vivir en mi casa.

—Ahí arriba me parece bien. Es más fácil caminar a la tienda, ¿no? —Se rio—. Ahora, déjame ver adentro.

El conductor las siguió dentro de la tienda, cargando una enorme caja de madera.

—Tengo los sombreros que me pediste que trajera —le dijo la señora Ingram—. Están en esa caja. Aún quedan muchos en Richmond. Esa nueva mujer parece saber lo que hace con agujas y ese tipo de cosas, así que no nos quedaremos sin nada por allá.

—¿Está convencida de que la señora Hutton puede llevar la tienda?

La señora Ingram llevaría esta tienda nueva en Londres. Eso significaba que necesitaban a alguien preparada para encargarse de la tienda en Richmond.

—Me parece más que adecuada. Trabajó por cinco años para un hombre en Bristol que era demasiado holgazán como para poner atención, y ella lo hacía todo por él. Al menos él reconoció su valor y le dio una referencia donde lo admitió. Creo que estaremos bien con ella.

La señora Ingram levantó uno de los soportes de hierro y lo examinó.

—Espero que lo veas por ti misma pronto. Si no estás satisfecha con ella, encontraremos a alguien más. Hay muchas que agradecerán ese puesto.

El hombre cargó dos maletas y otra caja a la tienda. Una vez que se fue, la señora Ingram abrió una maleta. Estaba llena de gorros.

—No los pediste, pero teníamos varios, así que traje estos. Solo unas sencillos. La mayoría son más elegantes, con encaje y ese tipo de cosas.

—Ha estado pensando de manera más clara que yo.

—En Richmond siempre pagaban la renta. Tal vez aquí puedan hacerlo también.

La señora Ingram se enderezó y caminó hacia la parte de atrás, asomándose detrás de la pared.

—Voy a necesitar que vaya a los almacenes a comprar telas, listones y bases —le dijo Rosamund—. Quiero empezar lo más pronto posible.

—Vamos a necesitar a una chica.

—Puede encontrar a la que mejor le parezca. Usted eligió a la última aprendiz, así que confío en su juicio.

La señora Ingram estaba en una edad en la que se le había formado unas líneas delgadas sobre su labio, como pequeños ecos visuales de las que había a los lados de sus ojos. Apretó la boca y esas líneas exageraron su expresión.

—¿Vas a decirme de donde salió ese moretón en tu mejilla? Parece que ese legado debería protegerte, no dañarte.

Los dedos de Rosamund tocaron su mejilla.

—¿Se ve muy mal?

—Lo suficiente.

La señora Ingram abrió otra maleta y buscó algo adentro.

—No puedes hablarle a nadie sobre esto.

Sacó una pequeña caja de madera y la abrió.

—Esta salvia esconderá lo peor. Ven aquí y te pondré un poco.

No parecía salvia. Parecía pintura. Rosamund se rindió ante los rápidos dedos de la señora Ingram.

—¿Usted usa esto?

—Un poco aquí y allá, como la tonta vanidosa que soy. Digamos que el tiempo no es amable y dejémoslo así.

Se puso de pie.

—Eso servirá. Lo mejor sería que evitaras la luz fuerte.

Rosamund revisó su reloj. Ya casi eran las diez en punto.

—Tal vez cuando vaya a los almacenes pueda comprarme un poco de esa salvia para mañana. —Sacó una tarjeta de su bolsa—.

Aquí es donde vivo. Dígales que hagan los pagos a mi nombre y los envíen ahí. He abierto cuentas en la mayoría de los almacenes. Aquí hay un poco de dinero, para pagar por el transporte.

La señora Ingram tomó la tarjeta y las monedas.

—Cuentas y transporte. Puedo ver que las cosas serán diferentes de lo que conocimos en Richmond.

Kevin sabía que ya habían pasado las diez en punto, pero aun así revisó su reloj de bolsillo. Desde donde estaba en la ventana de la biblioteca no veía actividad en la calle.

Era probable que no llegara. No después de la noche anterior. Aun así, se había preparado para su visita, por su acaso. Sospechaba que la señorita Jameson era el tipo de mujer que no faltaba a sus citas a menos que avisara que lo haría.

Él esperaba que llegara. Había decisiones que no podían aplazarse.

Caminó por la biblioteca, incapaz de sentarse y pensar, incómodo con su propio cuerpo. Si no aparecía, saldría a practicar esgrima o boxeo. Algún ejercicio que lo liberara de la agitación que lo tenía tan confundido.

Escuchó un carruaje. Saltó hacia la ventana y se esforzó para verlo rodar por la calle. Cuando se detuvo, corrió hacia la recepción, pasó al lado del sirviente en turno y abrió la puerta. La señorita Jameson se asomaba por la ventana del carruaje.

El sirviente pasó a su lado y la ayudó a bajar. Ella acomodó su falda antes de caminar hacia la puerta.

Había intentado esconder el moretón en su rostro. Tal vez quienes no sabían que estaba ahí no lo verían, en especial en la luz tenue del día. Sin embargo, él lo vio de inmediato. Su enojo con Philip no había desaparecido por completo y ahora se había vuelto a encender.

Se tragó su reacción y la saludó.

—Bienvenida. Tenemos mucho que platicar.

—Es cierto. Es hora, me parece, de que me muestre la invención.

—Por supuesto. Sin embargo, hice que prepararan café, y la terraza es un buen lugar desde donde se ve el jardín. Vayamos por unos minutos primero.

—No necesito café. He estado ocupada desde las ocho en punto. Sin embargo, supongo que usted se acaba de despertar, así que lo acompañaré.

La llevó a través de la casa hacia el salón matutino. El desayuno esperaba a su papá. Hizo un gesto y lo señaló.

—Si no ha comido…

—No, gracias. Sin embargo, si usted no ha comido…

—Yo también tuve una larga mañana.

Abrió la puerta del jardín.

Había una mesa al final de la terraza, lejos del salón matutino. No quería que su padre interfiriera si es que lograba despertarse antes del mediodía. La ayudó a sentarse. Un sirviente llegó a servir el café.

Observó su rostro. La luz mostraba un resplandor especial en su piel, como si la penetrara a profundidad y luego saliera de nuevo con un brillo sutil. El resultado era una superficie que parecía muy blanca, con una vaga sombra debajo de la boca y la nariz. Las estatuas de mármol sin pulir se veían así, con los cristales del material absorbiendo la luz en lugar de reflejarla.

La mano de Rosamund se tocó el moretón.

—Me dieron un poco de pintura para esconderlo. Supongo que no funcionó si lo sigue viendo.

—No estaba viendo el moretón. Sé que está ahí, pero pocas personas lo notarán.

—¿Entonces por qué me mira de manera tan intensa?

—Porque tengo que decirle algo muy importante y me pregunto qué pensará al escucharlo.

La curiosidad encendió sus ojos.

—¿Ha decidido que quiere buscar a otro socio?

—Para nada. ¿Por qué pensaría eso?

Se encogió de hombros.

—Ha pasado por mi mente que nos vendría bien alguien que tenga una fábrica.

Qué molesta idea. Se tragó su irritación. Eso era un tema para otro día.

—Yo estaba pensando en que deberíamos repensar nuestra asociación.

Lo miró sin decir nada. Tanto que a él le molestó más de lo que le gustaría admitir. La práctica señorita Jameson jamás había visto la posibilidad que él tenía . Ella nunca había pensado en la idea que él estaba a punto de proponer. Ni una vez.

El señor Radnor estaba sentado, mirándola. Lo sentía sorprendido, aunque no podía imaginarse por qué.

Esperaba que no le pidiera firmar ese estúpido documento de nuevo, ese que le daba a él todo el control de la empresa. Si lo hacía, vendería su parte, incluso si ya se había desarrollado entre ellos algo parecido a una amistad.

Él era un hombre seguro de sí mismo, pero en ese momento vio algo más. No era falta de confianza en sí mismo, sino más bien en su idea.

—Tal vez debería explicar lo que tiene en mente —dijo, para invitarlo a continuar.

—Por supuesto.

Se inclinó hacia delante. Más cerca.

—Cuando digo que deberíamos reconsiderar nuestra asociación, me refiero a extenderla.

—¿Tiene otra empresa?

Él sonrió divertido. En un parpadeo había vuelto a ser él mismo.

—Mire, estamos atados el uno al otro con este empeño. Nuestras vidas están entrelazadas.

—Solo si no vendo —le recordó.

Un pequeño destello de acero apareció en sus ojos. Ah, sí, era él mismo.

—Me parece que al estar tan entrelazados, deberíamos dar el siguiente paso.

—¿El siguiente paso?

—Sí. Deberíamos casarnos.

Escuchó las palabras, pero le tomó un momento para que el significado detrás de ellas alcanzara su cabeza. Lo miró mientras él la observaba.

—Tiene mucho sentido, si lo piensa —agregó.

Oh, cielos, hablaba en serio.

Se tragó la risa nerviosa que quería salir. ¿Quién hubiera esperado una propuesta así? ¿De este hombre en particular? ¿Y de esta manera? Como si estuviera proponiéndole que dieran un paseo por el parque o algo igual de ordinario. Había puesto esta increíble sugerencia en la mesa de manera tan casual como si estuviera dejando su taza de café sobre ella.

—Si esto es gracias a lo que pasó anoche, no hay necesidad de proponerme matrimonio —dijo.

—No es para arreglar lo que hizo Philip, o por nuestro corto abrazo, aunque…

Su mirada se volvió más intensa, de esa manera que la incomodaba.

—Nuestro abrazo no fue solo para reconfortarla. No del todo. De seguro mi sugerencia no es una completa sorpresa para usted.

Intentó dejar su confusión a un lado para encontrar alguna manera de responderle.

—Ese abrazo no fue una sorpresa. Esta propuesta sí. Porque gente como usted no se casa con gente como yo. —Esa verdad aclaró su mente—. Besan a gente como yo. ¿Pero matrimonio? No.

—Y aun así es justo lo que le he propuesto.

No sabía qué decir. Apenas podía explicar que tenía un sueño y que no era una vida con él, sin importar lo interesante y atractivo que le pareciera por momentos. Quería ver a Charles de nuevo e intentar que ese viejo amor encontrara su voz y su futuro.

Otras razones para no aceptar pasaron por su mente. Él había dicho que nunca se había sentido cautivado por las mujeres. Su falta de emociones no lo hacían muy popular entre ellas, sin importar qué tan conveniente fuera como partido.

Después de esos pensamientos llegaron recuerdos de la cena y algunas de las extrañas cosas que Felicity había dicho sobre la muerte del difunto duque. Si esas insinuaciones tenían algo de verdad…

Además había cosas que él no sabía sobre ella. No tenía idea de lo inapropiada que sería como esposa. Aunque hubiera sido una discreta sirvienta con la señora Darling, alguien podría llegar a reconocerla como habitante de esa casa, sin importar lo bien que se vistiera o dónde viviera.

—Está haciendo esto porque quiere controlar mi mitad de la empresa. Es como ese documento que quería que firmara. Es el mismo objetivo.

—Esa es una razón. La principal, sí.

Lo había dicho de manera directa. Ni siquiera estaba intentando halagarla. No le estaba declarando su afecto ni hablando sobre su belleza para apelar a sus emociones. Directo y honesto, ese era Kevin Radnor.

Estaba empezando a molestarle eso.

—No dudo que el resto de mi herencia sea la otra razón.

—A largo plazo, no tengo necesidad de su dinero. Puede que no tenga miles en el banco en este momento, pero estoy bien. Y soy el heredero de mi padre.

—Se veía muy sano y vivo cuando lo vi. Y sobre ser su heredero, es probable que lo desherede si se casa con alguien como yo.

—Hay partes con las que no puede hacer eso. No debe preocuparse por lo que pueda hacer con sus fondos. Si quiere, podemos firmar un arreglo que me haga imposible hacer algo así.

—Eso es obvio.

Nunca dejaría que nadie tuviera ese dinero. Incluso Charles tendría que firmar un arreglo de ese tipo.

—Me parece que cree que los beneficios de esta unión serían unilaterales —le dijo.

—Usted tendría todo y yo habría perdido mucho. Los beneficios son todos suyos.

—Quiere ser una dama, por sí misma y por su hermana. Yo le daré eso de inmediato, a un grado que pocos hombres pueden.

«Quiero ser una dama para que Charles pueda casarse conmigo». Sin embargo, tenía un punto cuando se trataba de Lily. Maldita sea. No lo dejaría convencerla.

—Su propia familia lo castiga por los intereses que usted tiene —le dijo, triunfante cuando se le ocurrió la idea—. No estoy segura de que su reputación pueda darme lo que ofrece.

—Soy el nieto de un duque. Nada cambia mi sangre. Los beneficios no son todos míos. Le gusta decir que es práctica. Bueno, esto es muy práctico, para ambos.

—Tal vez demasiado práctico. Usted no quiere casarse conmigo. Quiere casarse con la mitad de la empresa. Es demasiado engreído como para considerar lo que pasaría si su gran plan no funciona. Entonces se vería atrapado con un matrimonio práctico que ha sobrepasado su fecha de utilidad.

—Claro que funcionará.

—No si mi voz es silenciada con este matrimonio, lo cual es sin duda otra razón para su propuesta.

Sonrió, no de manera amable.

—¿De verdad cree que su juicio sobre esta invención y su desarrollo es esencial para el éxito de la empresa? No estamos hablando de sombreros.

—Tampoco estamos hablando de invenciones brillantes. Ya no. El verdadero potencial está en la fabricación de este aparato, y en sus usos, y sí creo que mi juicio es necesario aquí.

—Zeus, es usted imposible.

Él se puso de pie de inmediato y se alejó cinco pasos. Miró el cielo con las manos en la cadera, después bajó la vista hacia el suelo. Ella sabía que estaba controlando su temperamento. Estaba agradecida por el descanso para poder tranquilizarse, porque ella también había alzado la voz.

—Está siento testaruda —le dijo—. Piense en las intenciones para su vida y la vida de su hermana. Esta empresa es central para mi futuro, pero no para el suyo.

No podía negar que este matrimonio aseguraría el futuro de Lily. Le ofrecía su posición social y su linaje. Su sangre. No había comparación entre ser el nieto y el primo del duque, a ser un caballero de sociedad como Charles. Incluso si la mayoría de la sociedad la tratara mal por su propia sangre, era probable que muchos de ellos tuvieran que tolerarla al menos, incluso si era solo para acercarse a Hollinburgh. Sabía lo que la mayoría de las mujeres en su posición harían.

La mayoría de las mujeres tomarían la oportunidad y esperarían lo mejor, pero el rostro de Charles flotaba en su mente y no veía otra cosa cuando intentaba pensar. Su corazón deseaba conseguir lo que quería. No quería enterrar su amor y alejarse de lo que todavía podría ser posible.

Habló lentamente para que su confusión y sorpresa no afectaran su lenguaje.

—Su oferta es muy generosa, reconozco eso. Sin embargo, creo que lo mejor sería mantener nuestra asociación tal y como está. Si nos casáramos, es probable que tengamos muchas peleas como esta sobre la empresa, en particular porque mi voz serviría de poco después de decir nuestros votos matrimoniales. Sin embargo, se lo agradezco.

Él no respondió a eso. No le pidió que lo pensara más. No hubo argumentos finales.

Rosamund se puso de pie.

—Ahora, me gustaría ver esta invención.

Lo había rechazado. Oh, la había sorprendido, tal vez incluso asustado, pero no había tardado en recuperarse. Su rechazo había sido bastante elocuente.

¿Cuál era su problema? La verdad es que los beneficios serían más para ella que para él. Su cambio de posición social duraría para siempre, mientras que, como había dicho de manera tan directa, el control de la empresa que emprendiera él podría ser inútil al final.

Contra toda lógica, y en contra de lo que más le convenía, ella lo había rechazado.

No había nada que hacer además de aceptarlo y retirarse con dignidad. No podía hacer promesas de amor eterno, y admitir que ella le interesaba podría molestarla más. ¿Qué podía decir? «No sería por amor, pero te deseo con pasión. Si me permites complacerte, nunca te arrepentirás de este matrimonio».

La acompañó a la casa justo cuando su padre entraba al salón matutino.

—Ah, señorita Jameson —exclamó a manera de bienvenida.

—Ahora no —respondió Kevin mientras llevaba a la señorita Jameson hacia la escalera.

—Gracias por eso —le dijo ella.

—No tenemos tiempo de entretenerlo.

Su padre era la última persona que quería ver en ese momento, después de haberle propuesto matrimonio a alguien por primera vez y no haber obtenido resultados. Rechazado por la hija de un granjero arrendatario. Una sombrerera. «No necesito de alguien como usted, señor».

Se dijo a sí mismo que dejara de ser infantil. En un día o dos su resentimiento habría pasado. Tal vez incluso se sentiría aliviado con la decisión de ella.

La guio por las escaleras al nivel donde él vivía y luego por el rellano hacia su puerta.

—El motor está en mi habitación. Si hubiera sabido que querría verlo hoy, lo hubiera movido al jardín para encenderlo.

—¿Eso me ayudaría a entender la invención?

—Las demostraciones son útiles, pero creo que podrá entender mi explicación.

El cuarto que estaba antes de su habitación servía como un estudio. Las cortinas de la ventana estaban cerradas. Caminó hacia ellas y las abrió para que la luz cayera sobre una mesa acomodada a unos metros.

Cuando se dio la vuelta, la señorita Jameson estaba observando la máquina de vapor miniatura que brillaba sobre la mesa, con una expresión de una profunda curiosidad.

—¿Usted hizo esto?

—Unas partes. El resto se hizo de acuerdo con mis requerimientos. Es a escala, y está construida con los mismos materiales que cualquier otra máquina.

Su cabeza se ladeó de un lado a otro mientras la estudiaba.

—¿Funciona?

—Sí. Es un diseño simple, igual que los que usan para sacar agua de las minas.

Se puso junto a ella y apuntó a las diferentes partes mientras explicaba.

—El combustible se quema aquí. El vapor se forma aquí y mueve estas piezas, o pistones, arriba y abajo. Eso hace que la bomba de acá funcione. El vapor tiene un increíble poder cuando está comprimido de esta manera.

—¿Qué parte es su invención?

—No está ahí.

Rosamund dio un paso atrás y lo miró.

—Todo esto está bien, pero no espere que me asombre al punto de olvidar por qué vine.

Había un eco de la pelea en la terraza en sus tersas palabras. Él abrió un cajón de la mesa y sacó un pequeño cilindro de metal. Lo dejó a un lado.

—Aquí está, a escala para el modelo frente a nosotros. Aquí está en un tamaño más normal.

Sacó un ejemplo mucho más grande y también lo puso en la mesa.

—No pretendía esconderlo de usted. Solo creí que le gustaría ver la máquina primero.

Ella levantó la versión pequeña.

—¿Qué hace?

—Permite regular la emisión de vapor con más precisión de lo ahora que es posible, la mide. Se llama indicador.

Se lanzó a dar una explicación de cómo funcionaba y del valor que le agregaba a las máquinas. Rara vez tenía la oportunidad de explicar cómo funcionaba su invento, así que en esta ocasión se enfocó en un profundo análisis de su potencial.

Sin embargo, nunca dejó de prestarle atención a su audiencia. La preciosa señorita Jameson acaparaba una parte de su mente. Esa porción de su conciencia admiraba su rostro y sus formas, y admitía que sentía cierto pesar por que no hubiera aceptado su propuesta. También se centraba en su interés y su atención, y en cómo su frente se arrugaba cuando no entendía algo que había dicho.

Cuando no bostezó después de cinco minutos, comenzó a hablar más sobre la parte mecánica de la mejora que proponía.

Era posible que Kevin Radnor nunca hubiera estado obsesionado con mujeres, pero era obvio que esta máquina cautivaba su mente y su alma. Ella había exigido verla y que le explicara de qué se trataba, y él le dio justo eso. De manera extensiva. Diría que su presencia se había vuelto algo secundario, de no ser por los comentarios que agregaba para que ella comprendiera mejor.

Y sí lo comprendió. La mayor parte. Al menos la convenció de que la empresa no estaba hecha de aire. La peculiar pieza de maquinaria que había inventado parecía capaz de hacer grandes cosas.

Mantuvo fijos sus ojos en él en todo el tiempo. Aunque él no se diera cuenta. Observó cómo se llenaba de vida cuando hablaba de su empresa. Le pareció encantador, y pudo conectarse con él a través de eso. Le había pasado lo mismo con la sombrerería en Richmond, cuando se convirtió en una realidad. Nada más importaba después de haber dado su primer paso. Habia que trabajar de manera incesante para que todo saliera bien, y su primer día había sido un triunfo.

Él había dedicado todo a esta invención. Incluso le había propuesto matrimonio por ella, a una mujer muy inapropiada. Nadie podía decir que Kevin Radnor no estaba dedicado a cumplir sus ambiciones.

Cuando hizo un alto en su monólogo para tomar aire, ella lo interrumpió antes de que pudiera continuar.

—¿Cuál es la mejora que quiere producir? ¿Cómo mejorará esto?

—Se conecta aquí y agrega una válvula que permitirá leer y medir la presión.

No se atrevió a preguntar cómo haría eso. Si lo hacía, estaría ahí todo el día. Se alejó de la mesa.

—Entonces es una mejora, pero no es necesaria.

—No es esencial, no.

—Creo que si no puede solucionar eso en el próximo mes, deberíamos seguir adelante.

Silencio cerca de la mesa. Ni un solo movimiento. Miraba la máquina, no a ella. Se preparó para otra pelea, una en la que él se burlaba de la opinión de una sombrerera en estas cosas.

—Estoy de acuerdo —dijo al fin—. Es más generosa que yo. Creo que dos semanas son suficientes. Un intento más antes de alejarnos y rendirnos.

La sorprendió. Por la manera en la que la estaba mirando, sospechaba que la reacción era mutua.

—Con ese fin, iré a Francia en el bote del viernes —anunció—. Me reuniré con la otra persona para ver si podemos salvar esa parte.

—¿Francia?

De repente se sintió mareada.

—¿En qué parte de Francia vive?

—París.

«París». Minerva había dicho que Charles vivía en París.

Se obligó a contener su explosiva emoción.

—Necesitará que firme documentos si se llega a un acuerdo.

—Iba a llevarlos conmigo, firmados por usted.

—¿Y si es necesario algún cambio? El más pequeño haría que esos papeles fueran inútiles.

—Haré que escriban unos nuevos, que los firmen y regresaré con ellos. Después de que usted firme aquí, podemos enviarle su copia.

Eso no funcionaría.

Fingió estar pensando en algo.

—Sería mejor que fuera a París también, para que todo quede solucionado, si es que se soluciona. No queremos arriesgarnos a que cambien de parecer una vez que se llegue a un acuerdo. Iré con usted.

La mirada de él se endureció.

—¿Qué pasará con sus lecciones? ¿Con su tienda?

—Le informaré a mis tutores que mis lecciones tendrán que esperar. La señora Ingram vino de Richmond y puede encargarse de la tienda un tiempo.

—Viajar juntos… no es lo habitual, señorita Jameson.

—No viajaremos juntos. Viajaremos al mismo tiempo, pero de manera independiente. No puedo negarme a que esté usted en el mismo bote que yo o en una posada cercana.

El rostro de Kevin mostraba duda, pero también un vago entretenimiento y… ¿serían cálculos?

—Sería más apropiado que viajara con una acompañante o criada.

—Tonterías. No soy una niña. Además, no es su decisión. Es muy buena temporada. Podré ver los nuevos estilos en París y adaptarlos a mis propios gorros y sombreros. Había planeado viajar a París en el verano, pero ahora será mucho más placentero y no he de… no estaré sola.

Kevin se encogió de hombros.

—No es necesario, pero… lo permitiré para evitar otra pelea.

—Para evitar otra pelea no le diré que no es algo que usted pueda o no permitir.

Aliviada de que no hubieran peleado más, miró la máquina de nuevo y luego la invención. Todo mientras fantaseaba sobre su pronta reunión con Charles. Quería estar sola con sus ideas y sus planes.

—Debería irme. Tengo muchas cosas que hacer antes del lunes —dijo.

Él la acompañó a la salida. Esperaron en el pórtico mientras un sirviente iba por el carruaje.

—Hotel Le Meurice —dijo—. Ahí es donde me quedaré. Está hecho a los gustos ingleses. Hay otros, por supuesto. Es probable que Minerva pueda aconsejarle.

Hizo a un lado sus fantasías y pensó en el hombre que estaba frente a ella. Se estaba portando muy bien, considerando la manera en la que había iniciado su encuentro. La mera presencia de ella debió haber sido un problema para él desde que ella lo rechazó, pero nunca lo demostró.

—Me disculpo por la manera en la que respondí a su propuesta. Mi reacción no fue amable.

La única respuesta de él fue un pequeño movimiento de cabeza.

El carruaje llegó. Después de que un sirviente la ayudara a subir, le habló a través de la ventana.

—Tengo curiosidad sobre algo, señor Radnor. Dijo que la empresa era una de las razones para su propuesta. ¿Cuál es la otra?

Kevin se acercó a la ventana del carruaje. Rosamund estaba viéndolo a los ojos, sin poder desviar la mirada.

—El matrimonio era una manera honorable de tenerla en mi cama. Ahora solo tengo la alternativa.

El carruaje se alejó en ese momento y ella se quedó con la boca abierta en la ventana.

CAPÍTULO 11

—¿Qué piensas? —preguntó la señora Ingram, mientras ella y Rosamund acomodaban la entrega de uno los almacenes. Consistía en listones y artículos de mercería, junto con algunas costosas flores de seda. Otra incluía una mezcla de plumas de avestruz y de capón. Un pedazo de papel esperaba cerca para que Rosamund anotara lo que hubiera faltado. La señora Ingram había elegido bien, así que esa lista era muy corta.

—Deja los listones en el estante de la pared de atrás —dijo—. Lo demás puede ir en el taller.

La señora Ingram se llevó un saco mientras Rosamund observaba la tienda. Había pasado toda la tarde del día anterior ahí, después de ver al señor Radnor. Por la mañana, ella y la señora Ingram habían regresado para esperar al vagón que llevaría una cama y unos muebles para el primer piso. Llevaban horas trabajando en la tienda para que se viera lo mejor posible.

Ya que estaría fuera del país por una semana o dos, la señora Ingram tendría que quedarse a cargo. Rosamund quería dejarla con la menor cantidad de trabajo posible.

Algunos sombreros ya decoraban el escaparate, bien puestos en sus soportes de metal. Un letrero temporal anunciaba la ubicación de la Sombrerería Jameson, y un pintor de letreros había llegado hace una hora para instalar uno apropiado. Rosamund había colocado algunos listones entre los sombreros, junto con algunas flores de seda, para que no se vieran tan solitarios. Ya había visto que algunas mujeres los observaban.

Eso la alegró y la hizo estar segura de que, si le sacaba un buen uso al escaparate que daba a la calle, sería beneficioso. También había decidido, sin embargo, usar la habitación de arriba para la tienda, para que estuviera disponible si alguien no quería que la atendieran aquí.

Otro vagón se detuvo afuera.

—Espero que sean las bases para los sombreros y el bucarán —dijo la señora Ingram mientras salía de la habitación—. No sirve de nada mostrar esos modelos si no tenemos los materiales para hacer los sombreros.

Dos hombres entraron por la puerta cargando rollos y cajas. La señora Ingram los dirigió hacia el taller en la parte de atrás.

—Una vez que lleguen las entregas del lunes, deberíamos estar listas —dijo con un tono de aprobación mientras veía a los hombres desaparecer.

—Con usted aquí, estoy segura de que lo lograremos.

—Tú asegúrate de poner tu atención en París. No olvides dibujar algo. Lo que sea que hagan allá, podemos hacerlo aquí.

—Los observaré de cerca para obtener todos los detalles.

Bajó la mirada a su delantal y al viejo vestido que usaba debajo de él. Ambos mostraban señales de que había sacudido y lavado. Observó el vestido de la señora Ingram, incluso más viejo que el de ella. Mandaría a hacer algunos para ella. Si la señora Ingram iba a recibir clientes en la tienda de Mayfair, necesitaba mejores prendas.

Los hombres se fueron con su vagón. Rosamund dejó algunas gorras en la ventana para que cualquier par de ojos curiosos tuviera más que ver. Desplegó una pluma de avestruz enfrente de todo. Mientras hacía eso, un carruaje se detuvo en la calle Oxford. Abrió la puerta de la tienda mientras Minerva bajaba y caminaba hacia ella.

—Te escribí para decirte que te visitaría mañana —le dijo Rosamund.

—También escribiste que no podías hacerlo hoy porque tenías responsabilidades aquí, así que decidí visitarte y ver la tienda, si me lo permites.

—Por supuesto, aunque no está ni cerca de estar terminada.

Los pasos de Minerva se hicieron más lentos mientras se acercaba. Su mirada fue hacia la mejilla de Rosamund. Los dedos de Rosamund hicieron lo mismo. Había utilizado pintura en la mañana, pero el sol estaba brillando y la salvia no había ayudado mucho.

—Ese tonto —dijo Minerva antes de abrazarla—. Ahora muéstrame y cuéntamelo todo.

Rosamund le presentó a la señora Ingram y le dio un paseo. Terminaron en el taller. Minerva observó los materiales.

—Algún día debes dejarme verte crear una obra maestra —dijo—. Envidio a cualquiera que tenga sensibilidades artísticas. Se giró para mirar a Rosamund—. Escribiste que necesitabas mis servicios profesionales de nuevo. ¿Cómo puedo ayudarte?

—Ven conmigo.

Rosamund llevó a Minerva fuera de la tienda y subieron las escaleras al primer piso. Llevó a su invitada al departamento en la parte de atrás que habían acomodado para la señora Ingram. Invitó a Minerva a sentarse en una pequeña mesa cerca de la ventana trasera.

—Me dijiste que Charles vivía en París. ¿Sabes exactamente dónde?

Minerva abrió su bolsa.

—Sospeché que querrías esa información si volviste a contactarme. Sí sé donde vive. Aquí están la calle y el número.

Le dio un pedazo de papel doblado.

—¿Decidiste escribirle?

Rosamund tomó el papel. Solo tenerlo en sus manos hacia que se le acelerara el corazón.

—Decidí viajar a París. Planeo visitarlo mientras esté ahí.

—Qué suerte que irás a visitar esa ciudad. Tal vez cuando llegues a París debas escribirle primero y no intentar sorprenderlo.

Alzó la vista del papel para ver a Minerva a los ojos.

—¿Crees que sea un error hacerlo?

—Paso muchas horas encontrando a viejos amigos o amores o parientes perdidos. Las reuniones no siempre terminan como mis clientes las imaginaron. El tiempo cambia a las personas. ¿Viajarás sola?

¿El tiempo habría cambiado mucho a Charles? ¿Podría haberse olvidado de ella? Su corazón se negaba a creerlo. El suyo no había sido un amor común, sino uno de una profundidad impresionante.

—Viajaré de manera independiente, pero el señor Radnor irá al mismo tiempo. Estará disponible para proporcionarme ayuda si la necesito, y yo estaré disponible para firmar documentos si él lo necesita.

Las cejas de Minerva se levantaron un poco.

—¿Jenny, tu criada, irá contigo?

—Le pedí que ayudara a la señora Ingram aquí y accedió. Espero poder contratar a una criada en el hotel. El señor Radnor me recomendó el Hotel Le Meurice. ¿Lo conoces?

—Es un buen hotel. Te enviaré el nombre de algunos otros mañana. Chase y yo fuimos de visita el otoño pasado, y anotaré la dirección de algunas tiendas que tal vez quieras visitar y le enviaré cartas de presentación a algunos amigos que viven ahí en caso de que necesites ayuda. ¿Cuándo te vas?

—El lunes.

—¿Tan pronto? ¿Has logrado recuperarte de lo que pasó la otra noche…?

—Estoy intentando no pensar en eso. Se dijeron algunas cosas, sin embargo, que me he estado preguntando. No lo que dijo Philip, sino los otros. Sobre… nuestro benefactor. Tal vez tú puedas explicarme. Si no son parte de algunos secretos.

El rostro de Minerva perdió la mayor parte de su expresión, excepto por una firme y algo distante sonrisa.

—Si puedo explicarlo con la conciencia tranquila, lo intentaré. Se cayó de un parapeto en su casa del campo. Se declaró que fue un accidente.

—Pero hay algunas personas en la familia que no creen que lo haya sido. Lady Dolores, por ejemplo.

—No. No lo creen.

—¿Creen que alguien lo empujó?

—Algunos.

Rosamund tragó saliva.

—¿Algunos creen que yo lo hice? Con el legado yo tenía…

—Nadie tiene razones para especular sobre ti. Estabas en Richmond, así que puedes ignorar todas esas habladurías.

Minerva sonrió, como si ahí terminara el problema.

—Ya me voy para que puedas terminar lo que necesites hacer aquí. Cuando empaques para tu viaje, recuerda llevar prendas largas. Puede ser que quieras ir a la ópera o al teatro, o cenar en algún lugar especial.

Rosamund acompañó a Minerva a la salida. Después regresó a la tienda para ayudar a la señora Ingram. Su conversación con Minerva seguía dando vueltas por su mente cada vez que descansaba algunos minutos. Su nueva amiga había terminado la conversación de manera firme, antes de que pudiera hacer cualquier otra pregunta sobre la muerte del duque.

CAPÍTULO 12

—Oh. *C'est tres belle.*

Margarite recorrió con su mano la tela de seda del vestido de noche color lila.

Rosamund no tenía idea de lo que acababa de decir la joven criada que le había asignado el hotel.

—Es… hermoso —dijo Margarite en un cuidadoso y lento español.

Hablaba como Rosamund suponía que ella sonaba cuando intentaba hablar francés.

Margarite siguió desempacando sus maletas. Era probable que le tomara un tiempo. Nunca había viajado fuera del país, y con el consejo de Minerva en mente, así que decidió llevarse todas sus prendas nuevas y algunas de las viejas.

Rosamund regresó a la habitación. Aunque no era muy grande, ella creía que era lujosa. Las ventanas largas le daban buena luz y su elegante techo alto, con todas sus decoraciones, le daba un aire de opulencia.

Aunque tal vez lo que más le gustaba era la sala de estar que estaba a un lado. Aún mejor, esta sala tenía una pequeña terraza desde de donde podía ver el enorme parque al otro lado de la calle.

Salió a esa terraza para admirar el paisaje. Las personas paseaban igual que en los parques de Londres.

—Son los Jardines de las Tullerías. Es a donde uno va cuando quiere ver y que lo vean.

Se dio la vuelta y vio a Kevin Radnor salir de una habitación a la terraza a su lado. No se había dado cuenta de que su habitación era la de al lado. Después de hablar con el personal del hotel, un caballero la había acompañado a su puerta y Kevin había desaparecido.

Rosamund apuntó a sus largas ventanas.

—¿Usted también tiene un departamento?

Él negó con la cabeza.

—No lo necesito.

—Yo tampoco.

—Puede haber tardes en las que usted quiera cenar sola. Los franceses son muy liberales y sus restaurantes son extraordinarios, pero ni siquiera ellos esperan que una mujer se siente sola. De esta manera puede pedir la comida, pero no tendrá que comer en su habitación.

—Qué considerado de su parte. Lo escuché que estaba usted hablando con un caballero, pero no sabía que estaba arreglando esto para mí.

—Uno de nosotros necesitaba la habitación extra. En caso de que necesitemos privacidad. Era mejor que usted la tuviera.

—¿Necesitemos privacidad?

Los latidos de su corazón se aceleraron en una combinación de alerta con un toque de… emoción. Lo segundo no tenía sentido, pero no podía negar su existencia.

No había olvidado sus palabras de despedida cuando salió de la residencia de su familia en Londres. Incluso mientras se apresuraba preparándose para el viaje, lo había tenido presente. Cuando un hombre declaraba de esa manera su intención de seducir a una mujer, esta sería una tonta al ignorarlo. Era probable que irse de viaje con ese hombre después de eso fuera ingenuo. Incluso peligroso.

Cuando ese hombre era apuesto y atractivo, creía que era normal experimentar estas reacciones peculiares por él. En ese viaje que estaban haciendo, él solía dejarse absorber por sus pensamientos. Ella no podía resistirse a examinarlo en esos momentos preguntándose si había dicho esas palabras para incomodarla o como revancha por su rechazo. En varias ocasiones, sin embargo, esa mirada se había clavado en ella sin clemencia, como si él supiera lo que estaba pensando y estuviera intentando ponerla nerviosa.

Por eso, ella había mantenido la guardia alta desde Dover. La presencia de Kevin frente a ella en el carruaje no podía pasarse por alto. Seguía esperando que algo inapropiado sucediera. La verdad es que la anticipación la estaba consumiendo sin que el señor Radnor hubiera hecho algo inapropiado.

Qué cosa tan interesante. Tonta y vergonzosa. Cada vez que pasaba, recordaba la imagen de Charles y se concentraba en ella. Lo tuvo en mente durante el viaje en el bote, en particular cuando el señor Radnor decidía pararse a su lado mientras observaban el mar desde la cubierta. Solo hubo un corto momento, mientras iban de la costa a París, cuando se dio cuenta de que él realmente estaba considerando seducirla.

Kevin le había preguntado, mientras coordinaba el transporte, si ella quería su propio carruaje. Como era práctica, no compartir uno le había parecido una tonta manera de gastar dinero.

En la primera hora ella se dio cuenta de por qué las mujeres no debían viajar solas con hombres. Incluso los carruajes más grandes se volvían íntimos después de un tiempo. El espacio podría haber sido más cómodo para personas más bajas, pero ella era más alta que la mayoría, y la altura de Kevin significaba que sus piernas siempre estaban ahí, cerca de las suyas, invadiendo el espacio. De hecho, después de hacerse a un lado varias veces, le pareció que él estaba desplegándose a propósito para arrinconarla contra la ventana.

Ella pudo haberlo interpretado como pura descortesía, pero en ese momento él emergió de sus pensamientos y clavó su intensa atención en ella. En sus mejores momentos, eso era desconcertante, pero apretada en un carruaje, su escrutinio se sentía despiadado. Todo empeoró cuando le dio voz a sus pensamientos.

—¿Qué edad tiene? —le preguntó—. Yo creo que tal vez veintidós.

—Cree mal. Tengo casi veinticuatro.

Su respuesta fue su ceño fruncido.

—Entonces ha estado viviendo de manera independiente por varios años.

Con eso, la curiosidad de él se volvió irritante.

—Trabajaba como sirvienta hasta hace muy poco.

Lanzó una mirada furiosa a sus piernas.

—Puedo notar que los carruajes no están hechos para hombres de su tamaño, pero está ocupando más de lo que le corresponde en este. ¿Podría ser tan amable de mover su rodilla?

Con una pequeña sonrisa, reacomodó sus extremidades.

—¿Cuánto falta para llegar a París? —preguntó.

—Será de noche cuando lleguemos… Entonces, ¿trabajó como sirvienta y luego abrió su tienda en Richmond?

Casi podía escucharlo haciendo cálculos.

—Antes trabajé con un sombrerero en la ciudad.

—Entonces ha vivido de manera independiente más o menos dos años.

Si hubiera sabido que París estaba a un día de viaje de la costa, habría contratado su propio transporte para poder evitar este interrogatorio.

—¿Por qué me está haciendo estas preguntas? ¿Todavía le preocupa que algún cazafortunas llame mi atención?

—Será de interés para los cazafortunas sin importar su edad. Podría tener sesenta años y aún así querrían bailar con usted.

En ese caso, tal vez solo estaba aburrido. Al parecer ya no tenía más ideas brillantes que compartir. Cuando pareció que él ya no tenía más que decir, ella se dejó llevar aliviada por pensamientos de Charles y la anticipación de su reunión. Después de todos esos años, intentó imaginar verlo de nuevo. Se vería un poco más viejo, por supuesto, pero no esperaba cambios significativos. La saludaría con un fuerte abrazo y un beso profundo, después reirían felices. Podía imaginarse su enorme sonrisa y sus ojos brillantes mientras la miraba correr hacia sus brazos…

—Estoy intentando decidir si es inocente.

Esa tranquila declaración le puso un brusco fin a su fantasía.

—Si soy una… ¿Disculpe?

—Me preguntó por qué hacía tantas preguntas sobre su independencia. Esa es la razón.

Se giró para mirarla, tranquilo.

—¿Lo es?

Puedo ver por qué su familia dice que es tan insoportable. ¡Vaya pregunta! Descortés, inapropiado…

—Es una pregunta muy sencilla.

Recargó su cabeza en el cojín.

—La idea de que hay temas que un hombre no puede discutir con una mujer es ridícula. Uno se pregunta a quién se le ocurrieron estas estúpidas reglas. Tal vez a mujeres como mis tías.

—Es más probable que hayan sido mujeres como yo, que creen que son demasiado personales.

—Solo lo cree muy personal porque cree que su respuesta la hará quedar mal, cuando la verdad es que solo está confirmando mi idea, y eso no ha cambiado mi opinión de usted de ninguna manera.

Cerró los ojos y cruzó los brazos, por lo visto preparado para regresar a lo que ocurriera en su cabeza.

—No he confirmado su idea porque no respondí su pregunta —dijo Rosamund.

—Claro que lo hizo.

Sus ojos se abrieron un poco y la miró.

—Si aún fuera inocente, lo habría dicho. «¿Cómo se atreve a sugerir que no lo soy, señor?». Algo así. «Estoy soltera. Por supuesto que soy inocente. Usted es un descortés imperdonable al insinuar lo contrario». O tal vez «el hablar de un tema así es más que irrespetuoso e insultante. Exijo que salga de este carruaje y viaje con el conductor».

Rosamund sintió que su cara se enrojecía con cada respuesta que no había dado. Tal vez Kevin lo notó, porque se estiró, se sentó erguido y se inclinó hacia ella.

—Como dije, no cambia de ninguna manera mi opinión de usted. Mi idea fue lógica, con respeto a su persona y modales, pero uno nunca sabe, teniendo en cuenta las peculiares ideas que el mundo tiene de ese tipo de cosas.

—No me importa en lo absoluto cómo se sienta sobre las erróneas ideas a las que haya llegado con esta extraña conversación.

—No es tan extraña.

La miró directo a los ojos.

—Después de todo, una mujer con experiencia no es un problema, pero una inocente… no sabría qué hacer entonces.

Ahora, en la terraza, cuando ella repitió su palabra «privacidad», él desvió la mirada hacia los jardines y una lenta sonrisa se formó en su rostro.

—Nos reuniremos con monsieur Forestier pronto. Tendremos que tomar decisiones difíciles. Esas conversaciones no deberían suceder en público.

—Claro que no. Y hay muchas cosas que quiero hacer aquí. Quiero ver las mejores tiendas y observar la moda de las damas. Supongo que no hablan inglés.

—Los franceses suponen que cualquier persona que importe aprenderá su idioma.

—Lo cual la gente de su tipo sí habla.

Él no solo hablaba francés, lo hablaba en una melodía larga, fluida, rápida e incomprensible.

—Voy a estar indefensa aquí, ¿no es cierto?

Cruzó los brazos para intentar calentarse. El sol se estaba metiendo en el oeste, creando largas sombras. París parecía más frío que Londres. La brisa parecía más agresiva al venir del norte.

—La llevaré a donde sea que necesite ir para que no se pierda.

No podía dejar que la acompañara cuando fuera a buscar a Charles. Sin embargo, si pasaba un día paseando por la ciudad tal vez podría decirle a la gente del hotel a dónde quería ir y ellos podrían encontrar un carruaje que la llevara.

—¿Por qué no visita el Paláis-Royal mañana? —sugirió—. Hay tiendas muy elegantes ahí y podrá apreciar la moda actual en el jardín. Por ahora, acompáñeme a cenar. Le explicaré la comida.

Rosamund aceptó y regresó a su habitación. ¿La comida necesitaba ser explicada?

La señorita Jameson insistía en que estaban viajando por separado, pero no era cierto. Kevin se aseguró de eso.

Como un caballero, era su deber asegurarse de que llegara segura a París, después de todo. La mejor manera de hacerlo era viajar con ella en los carruajes y cuidarla en el bote.

Ahora, considerando su ignorancia en cuanto al lenguaje y los hábitos franceses, se veía obligado a actuar como su guardián.

Pudo haber dicho algo cuando se dio cuenta de que el gerente del hotel estaba imaginando cosas erróneas sobre su relación. Pudo haberle dejado en claro que las habitaciones no necesitaban estar cerca porque la señorita Jameson solo era una amiga. Hubiera sido posible hacer eso sin decir una palabra.

Pero le convenía dejar que imaginaran eso.

Vestido para cenar, se presentó frente a su puerta. Una criada la abrió, bonita y joven, con rizos oscuros y una nariz muy francesa. Se hizo a un lado para que él pudiera entrar a la sala. Rosamund lo esperaba ahí.

Se veía encantadora en el vestido de noche lila que había usado para la cena en casa de la tía Agnes. Un pequeño tocado con una interesante pluma descansaba sobre su cabello rubio. Algunos mechones colgaban alrededor de su cara.

Él le ofreció su brazo.

—Creí que hoy podríamos cenar en el hotel, si le parece bien.

Ella asintió mientras miraba al otro lado de la escalera y hacia el techo mientras bajaban.

—Creo que no ha de ser… que no será como la comida de la posada.

—Tampoco será como comer en la mesa de mi tía. Aunque hay cocineros franceses en Londres. Mi primo Nicholas tiene, por ejemplo.

—¿La comida de verdad es tan diferente?

—Un poco. La mayoría es muy parecida.

Los llevaron a sus asientos en el restaurante. Rosamund miró el cristal y las flores y al final los cubiertos alineados en su lugar. Ladeó la cabeza y apuntó a un implemento.

—¿Qué es eso?

—Le mostraré pronto.

No era su intención sorprenderla, pero decidió que presentarle cosas nuevas sería una buena idea. Así que ordenó champaña y se rieron cuando la efervescencia afectó su nariz. Pidió camarón y ella los disfrutó. Hizo que la cocina enviara caracoles.

Ella los miró y luego a él.

—¿Qué son estos?

Tocó uno con su tenedor.

—Se comen con ese pequeño implemento que la confundió.

—Pero ¿qué son?

—Gasterópodos. *Cornuaspersum.*

Se metió uno a la boca.

—Los franceses le llaman *escargot.* Nosotros les decimos caracoles.

Ella hizo una mueca.

—De donde yo vengo les decimos babosas y no nos las comemos. Las aplastamos o las matamos con agua de ajo.

—Estas viven en el caparazón en el que están ahora. Las babosas no tienen caparazón.

—Claro que usted sabe la diferencia.

No sonaba como un cumplido. Ella siguió dándole golpecitos con el tenedor, como si esperara que se moviera.

—Han sido comidos desde tiempos romanos. De hecho hay criaderos. Pruebe uno. Prometo que no hay baba. Son cultivados para que los que cocinen no tenga nada de eso.

—¿Debo hacerlo?

—Claro que no. La primera vez se requiere valor.

Usó el implemento para sacar uno de su caparazón. Lo examinó.

—Si me hace sentir mal, será su culpa por decir que sería una cobarde al negarme. Sírvame más champaña para poder quitarme el sabor.

Kevin hizo lo que le pidió y la observó armarse de valor. Con un rápido movimiento se comió el caracol, lo masticó tres veces, tomó la champaña y le dio un buen trago.

—Eso no fue placentero. Además de la mantequilla no tenía mucho sabor y la textura es extraña.

—Es un gusto que se va adquiriendo.

Les sirvieron lenguado, lo cual le gustó mucho más.

—Si ha adquirido todos estos gustos franceses, debe venir aquí con frecuencia.

—Muy seguido.

—¿Ha viajado a otros lados?

—Cumplí la mayoría de edad después de la derrota de Napoleón. Hice un tour en el continente, como la mayoría de los jóvenes.

Se dio cuenta de lo presuntuoso que sonaba.

—Al menos la mayoría de los que son, como usted dice, de mi tipo de gente.

—Yo ni siquiera he visto muchos lugares en Inglaterra. Mi hogar. Londres y Richmond. Fui a Brighton una vez.

Se encogió de hombros.

—Pero está bien. Su tipo de gente habla estos idiomas. Yo apenas 'toy aprendiendo el mío.

Sonrió después de decirlo, para asegurarle que había cometido el error a propósito.

—No necesita conocer los idiomas de todos los lugares para visitarlos. ¿Le gustaría viajar?

La pregunta pareció sorprenderla.

—Nunca lo había pensado. Algo así no me había sido posible antes. Pero sí, creo que me gustaría hacerlo algún día. Es interesante ver nuevas cosas y hábitos. Incluso los caracoles.

Se preguntó cómo sería volver a visitar los lugares de su tour, pero esta vez con Rosamund a su lado. Se la imaginó disfrutando el calor de Grecia y Egipto, caminando por las calles empedradas de Florencia. Se imaginó hacerle el amor en una terraza en Positano y nadar con ella en el lago Como.

Rosamund dejó a un lado el cuchillo y tenedor.

—Espero que no les haya pedido que trajeran más comida. Comí demasiado. De hecho, comí tanto que necesito caminar.

—La acompañaré. Podemos dar una vuelta por el río.

La esperó mientras subía por un chal. Le pidió al mozo del hotel que le consiguiera un carruaje y después revisó la correspondencia. Había llegado una carta. La leyó y la guardó justo cuando Rosamund estaba bajando las escaleras.

Se veía preciosa en su sombrero de ala ancha. Se abría alrededor de su cara, la tela color crema doblada en líneas que llevaban directo a sus ojos. Aunque no necesitaba que lo guiaran. Había tenido que hacer un esfuerzo por no mirarla durante la cena.

También llevaba un largo chal del mismo color que fluía a su alrededor. Era ligero, no le proporcionaría mucho calor. Haría frío cerca del río.

—Podría llevar un abrigo —dijo, tocando la orilla del chal—, pero ninguno de los míos combina con este vestido.

—Eso estará muy bien —mintió con facilidad mientras le ofrecía su brazo.

París se mantenía ocupado hasta altas horas de la noche. Esa fue la primera reacción de Rosamund cuando comenzaron a caminar al lado del Sena. No estaban solos. Algunas personas pasaban apresuradas a su lado, pero muchas caminaban con lentitud disfrutando el aire.

—El río huele mucho más que el nuestro —comentó.

—Es una gran ciudad y el Sena la atraviesa. Tampoco se mueve tan rápido como el Támesis, y no tiene una marea.

Aunque estaba oscuro, podía ver los edificios que pasaban. Las lámparas de la calle creaban grandes piscinas de iluminación.

—Aquí todavía queman aceite —comentó Kevin—. Estas lámparas tienen un recubrimiento de plata que refleja la luz. La amplifica. La luz es superior, incluso si su mecánica es torpe.

Mientras pasaban la siguiente, alzó la vista para ver a lo que se refería.

—Se parece mucho a la ciudad —observó—. Algunos edificios enormes, como este, pero cerca de algunos más pequeños y antiguos.

—Pronto verá los realmente grandes.

Al otro lado del río había una estructura enorme, parecida a un castillo con ventanas pequeñas y una torre del otro lado. Estaba tan impresionada que no vio la catedral hasta que estuvo frente a ella, al otro lado de la plaza.

—Puede que no lo haya notado, pero cruzamos un puente y estamos en una isla en el río —le dijo Kevin—. Es la parte más vieja de París.

Observaron la catedral y él le contó un poco de su historia. Después siguieron paseando por el río.

—Recibí una carta de monsieur Forestier —dijo, mientras se detenían en un puente, admirando el listón negro de agua—. Le gustaría que nos reuniéramos mañana. Una cena temprana. Usted está invitada.

—No comprenderé nada de lo que se diga. ¿Qué haré ahí?

—Verse hermosa.

Lanzó una mirada a su perfil. No estaban cerca de ninguna de esas lámparas, así que podía ver muy poco de su expresión.

—¿Me quiere ahí para distraerlo y que él haga un mal negocio?

—Usted estaría ahí presente como una socia cuya aprobación es necesaria. Si por alguna razón su presencia lo marea o lo vuelve irracional, no será su culpa ni la mía.

—Dudo que se vuelva irracional. —Se rio—. El mareo es probable. Es probable que sea como usted, todo sobre ciencia y máquinas y nunca se distrae por mucho tiempo con ninguna mujer.

Un silencio se abrió a su lado. Rosamund volteó a verlo y se encontró con su mirada clavada en ella. Sus ojos eran oscuras piscinas en la noche, pero estaban vivos y llenos de chispas.

—¿Es eso lo que cree? Ya veo que he sido demasiado sutil.

Su tono, tan tenue en la noche, la desconcertó.

—No fue para nada sutil. Dijo de manera explícita que nunca lo cautivaba nadie.

—Supongo que lo hice.

Se sentía más cerca, pero no se había movido. Su altura la dominaba, pero no se sentía amenazada. Su corazón estaba latiendo con fuerza. Una deliciosa alarma pulsaba dentro de ella. No era miedo, sino su más amigable primo que tentaba con su cautela.

Un momento después tenía la mano de Kevin en su rostro y su mirada muy cerca. El calor de su mano fluía por todo su cuerpo.

Sus pensamientos se dispersaron. La sorpresa se apoderó de ella y apenas podía respirar. Las dos manos de él sostenían su rostro. Él inclinó su cabeza, luego se detuvo, como si estuviera esperando algo. Se acercó aún más a ella y la besó.

Ese beso había estado esperando desde que salieron de Londres. Una larga anticipación la hizo responder con algo parecido al alivio.

No esperaba esa reacción. Había tenido la guardia levantada por una razón, pero toda la razón la había abandonado. Aceptó los besos cálidos y lentos, después se rindió antes otros más duros y apasionados. Su poder la seducía. Había pasado mucho tiempo desde que una excitación sensual la había invadido. Absorbido. No tenía armas para resistirse y estaba feliz por ello. Su intensidad se volvió física, capturándola de la misma manera que su mirada.

A pesar de su borrosa conciencia, notó algunos detalles. La manera en la que sus brazos la sostenían. El olor de su ropa y su persona. La manera casi artística en la que su lengua enviaba escalofríos a través de su cuerpo. La presión de sus manos en la espalda y caderas. Sus besos buscaban su cuello y ella echaba hacia atrás su cabeza para permitirlo. Deliciosos escalofríos descendieron, tensando sus pechos y vientre. Una increíble locura la llamaba.

Escucharon murmullos cerca. Todo su cuerpo le gritaba que se fueran. Le respondió el silencio. Quien sea que caminó cerca no les dio importancia. Estaba eufórica, no había habido interrupción porque ella quería, de una manera desesperada… su mano se alzó y acarició su pecho. Sí, sí, quería eso.

Se aferró a él para que no se detuviera. Dejó de besarla y la sostuvo cerca, sus labios contra la coronilla de su cabeza mientras su mano exploraba. Caricias cuidadosas la excitaron. Unos dedos perversos la provocaban. Logró sacarle gritos y gemidos, y la hizo sufrir.

Como si supiera qué hacer, su mano bajó por su cuerpo. La apretó aún más a él y besó su cabeza mientras deslizaban su mano entre sus muslos. Sobre el vestido, enagua y camisón alcanzó la profundidad entre sus piernas y se presionó contra la exquisita agonía que la torturaba.

Ella se aferró a él, irracional y jadeante. Aceptaba lo que ofrecía. No era un alivio completo, pero lo suficiente para salvarla de la muerte. Se pegó a él lo más posible para deshacerse de ese deseo vacío, pero la presión comenzó a despertar deseos mucho más profundos. Fue en ese momento que él quitó su mano y la tomó en sus brazos.

Se quedaron así, con ella apretada contra él mientras recobraba la compostura y obligaba a su cuerpo a dejar ir la esperanza de algo más. Volvió a escuchar el río que corría debajo de ellos y volvió a ver las luces de la ciudad y sintió la barandilla detrás de sus caderas. La culpa comenzó a susurrar en su cabeza, pero la ignoró porque no quería volver a arrepentirse de este sentimiento. Todavía no. No quería perder esa gloria sensual que podía existir entre un hombre y una mujer, pero, momento a momento, eso volvió a perderse en la noche.

Cuando llegaron al final del puente, Kevin sabía que no lo recibiría esa noche. Así que no propuso que continuaran en una cama cómoda en el hotel, por más que él quisiera.

La besó, después la puso en un carruaje y regresó caminando solo. En menos de un minuto se estaba maldiciendo a sí mismo por ser tan decente.

Debió haber seguido sus instintos y tomarla ahí mismo en el puente. Ella casi se lo rogó. A nadie en la ciudad le hubiera importado, si acaso se hubieran enterado, pero no, tenía que ser un caballero inglés al respecto. Levantar sus faldas y pierna en un puente no sería respetuoso. No sería apropiado. «Eso no se hace con una mujer decente».

Demonios, ni siquiera sabía si eso era verdad. Hasta donde él sabía las mujeres decentes hacían lo que querían en los parques y puentes de Londres. No es como si hubiera intentado descubrirlo.

Siguió caminando y tomó un camino largo y circular para poder controlar su cuerpo y mente. Utilizó su bien conocida ira sobre lo molesta que ella era. Una interferencia. Una mujer terca que no le causaba nada más que problemas. Pero seguía escuchándola, oliéndola y sintiéndola. Se la imaginó desnuda y dispuesta y desesperada por más de lo que se había atrevido esa noche. No ayudaba que hubiera sido tan apasionada. Claro que lo era. Desearla había sido diseñado como un infierno especial para él. ¿Por qué no hacer que el fuego fuera excepcionalmente caliente?

Y en verdad estaban ardiendo ahora. Le tomó casi una hora escapar de su hechizo. Se acercó al hotel, alzó la vista hacia las largas ventanas de su terraza, se preguntó si ella deseaba una conclusión tanto como él. No había lámparas prendidas en esa habitación, hasta donde podía ver. La inquebrantable señorita Jameson se había ido a dormir.

Al menos uno de ellos debería poder descansar esa noche. Era obvio que él no lo haría.

CAPÍTULO 13

Rosamund admiró las plumas desplegadas en la mesa en el cuarto trasero de la tienda de monsieur Benoit. Algunas de ellas estaban teñidas y estaba considerando si a las damas de Londres les gustarían plumas de avestruz con colores tan vivos una vez que llegaran el otoño y el invierno.

Monsieur Benoit, como era un comerciante inteligente, seguía acercándose. Cada vez que lo hacía, dejaba algún otro adorno interesante sobre la mesa. Ella sabía que esperaba que sus deseos sobrepasaran su indecisión.

Había encontrado esta tienda al ir con una de las modistas que Minerva había recomendado para preguntar dónde podía comprar ese tipo de cosas. La modista no hablaba español, pero habían logrado comunicarse. Cinco minutos después, conoció a monsieur Benoit que, resultó, abastecía a los más conocidos sombrereros de París. Además hablaba un poco de español.

Eso fue de buena suerte, porque ese día iba sola. Kevin se había ido temprano del hotel, dejando una nota diciendo que tenía unos compromisos y que iría por ella a las cuatro en punto para asistir a la cena con monsieur Forestier. Se había sentido aliviada de no tener que enfrentarlo tan pronto. Dudaba que pudieran estar juntos por mucho tiempo y fingir que nada había pasado la noche anterior.

Ella seguía intentando acomodarlo en su mente, incluso mientras miraba las plumas. ¿En qué estaba pensando? «No había habido pensamientos, solo sentimientos y placer». Eso era lo que decía su voz interior, la voz inconveniente que decía verdades simples y no intentaba encontrar excusas ni inventar mentiras.

Se había dejado llevar, decidió. Habían pasado años desde que su cuerpo no había sentido otras manos. Era vulnerable ante la seducción de Kevin porque estaba sedienta y desesperada por la lluvia. «No tan vulnerable. Ha habido algunos antes que él con quienes no lo habrías hecho».

Le parecía mucho peor haberlo hecho cuando iba a ver a Charles tan pronto. Después de todo ese tiempo de ser buena, de guardarse para él, el haber sido tan desenfrenada justo antes de su reunión parecía vergonzoso. «Y aun así no pensaste en Charles en lo absoluto en ese puente. La culpa solo apareció en el camino de regreso al hotel».

Obligó a sus pensamientos a que regresaran a la mesa. Separó tres plumas de colores. Estiró la mano y tocó una linda línea de adorno hecho con perlas. Se vería increíble en un sombrero o un tocado. Lo agregó a la pila de adornos que ya había elegido.

Monsieur Benoit se acercó de nuevo, moviéndose por el frente de la habitación con una caja plana en sus manos.

—Me llevaré estos, monsieur.

—Son lindos, ¿no? Aquí, vea lo que tengo. Llegó ayer. No suelo vender tela, pero...

Se encogió de hombros.

La caja contenía un trozo de seda verde. Lo tocó, asombrada ante el apretado tejido y su brillo tan sutil. Era posible que fuera el gros de Nápoles más fino que hubiera visto jamás.

—¿Cuál es su costo?

Mencionó un precio. Ella casi se rio. Nunca podría vender un sombrero a un precio tan alto como para justificar ese costo.

—Para usted, la mitad. Porque usted es *tres belle.* Tal vez haga un sombrero para usted con un poco y lo use cuando vuelva a París y visite mi pequeña tienda.

—Si encuentro más tiendas tan buenas como la suya, me aseguraré de regresar.

—Ah, entonces debo hablarle de otras. Las que tienen telas finas, tal vez. No tan finas como esta, por supuesto.

Hizo un gesto hacia la seda.

—Por supuesto.

Dejó a monsieur Benoit con una pequeña lista y su garantía de que entregaría las compras en el hotel. Rosamund regresó al jardín del Paláis-Royal y encontró una banca para sentarse.

Abrió su bolsa y sacó el mapa de bolsillo de París. Dio vuelta a la página que tenía marcada. Había dibujado un círculo en una calle. Charles vivía ahí. Lo visitaría al día siguiente. Era hora de verlo de nuevo.

Kevin bebió un poco de whisky para pasar el tiempo antes de ir por Rosamund para cenar. Se concentró en el interior de su mente para repasar todo lo que recordaba de sus conversaciones anteriores con Henri Forestier. No había mucho que apuntara a que esta vez podría obtener una licencia cuando las otras no habían funcionado, pero podría intentarlo.

Como habían acordado en Londres, si no podía solucionarse, seguirían adelante sin la mejora.

El problema con ingresar al interior de su mente era que Rosamund vivía ahí ahora y siempre lograba llevar sus pensamientos por caminos equivocados. Esta vez lo invitó hacia unas fantasías escandalosas. La siguió, aunque le esperaba una decepción. Pronto comenzó a crecer su deseo y su mente comenzó a poseerla una y otra vez. Eso amenazaba con tener un resultado predecible, así que se obligó a abrir los ojos, se puso de pie y comenzó a pasearse para sacar su frustración.

Revisó su reloj de bolsillo y se dio cuenta de que se había perdido en los pensamientos eróticos más tiempo del que creía. Se puso su levita. Unos minutos después se presentó en la puerta de la habitación de al lado.

Una criada lo dejó entrar y le pidió que esperara en la sala. Podía escuchar murmullos en el vestidor. La puerta se abrió. La criada emergió. Rosamund la siguió.

Las fantasías saltaron a su mente de nuevo cuando la vio. Tenía puesto el vestido de seda roja que había encargado ese día con la modista. La familia bromeaba con que nunca le había puesto atención a la moda, pero ponía suficiente atención para saber qué era lo más reciente. La línea de la cintura, un poco más baja de lo que estaba de moda en Londres, resaltaba sus pechos. El amplio y bajo escote ofrecía *décolleté* que era elegante, pero revelador. La falda, con ese corte nuevo y en forma de cono que se ampliaba al caer, fluía al moverse cuando muchos otros vestidos se arrugarían con rigidez.

Algo diferente para sus ojos era la falta de adornos. A las mujeres les gustaban los vestidos de noche decorados con volantes, encaje y otras cosas. Además de algunas líneas de encaje en la bastilla y en el cuello, lo único que adornaba el vestido era la misma Rosamund.

La criada había apilado su cabello rubio sobre su cabeza. Un tocado con pequeñas cuentas descansaba ahí.

Estaba acomodando una bolsa en la que también podía ver cuentas.

—¿No funciona? Me advertiste que el rojo podía ser arriesgado y no parece que lo apruebes.

¿Aprobarlo? Quería besarla en ese momento.

—Es encantador. Te ves hermosa en él. Es probable que tenga que pelear contra monsieur Forestier para quitártelo de encima.

Ella se sonrojó.

—Mientras no te avergüence. Sé que preferirías que no asistiera a esta cena.

—Eso no es cierto. El carruaje debe estar esperando, así que deberíamos bajar.

La criada puso un chal color rojo oscuro sobre sus hombros. Kevin le ofreció su brazo para escoltarla. Bajaron.

Se preguntó cómo iba a sobrevivir él a esta reunión con la deliciosa Rosamund sentada a su lado.

El carruaje los llevó más allá del Louvre y el Paláis-Royal, pasando por la ciudad y yendo hacia el río. Dejaron atrás el puente en el que habían caminado la noche anterior. Verlo conjuró los recuerdos en los que Rosamund no quería pensar en ese momento.

—Encontré una excelente tienda para adornos de sombreros hoy —dijo, en caso de que los pensamientos de Kevin estuvieran yendo en la misma dirección—. Tenían unas plumas teñidas preciosas.

—¿Rojas?

—Y de otros colores. El dueño también accedió a venderme una seda especial que encontró. Voy a hacerle un sombrero a Minerva con ella. Ha sido tan generosa con su tiempo y sus consejos que esta será una pequeña manera de agradecerle.

—Asegúrate de que sea un poco escandaloso. Dijo que tus sombreros se distinguen por cosas así.

Su voz sonaba como si estuviera ausente. Estaba mirando por la ventana y Rosamund sabía que su mente estaba en otro lado. Tal vez en monsieur Forestier.

Esperaba que todo se solucionara, por el bien de Kevin. Si no se podía, al menos este retraso habría terminado. Podrían regresar a Londres y hacer planes para convertir el negocio en algo diferente a los sueños del joven.

Lo miró de reojo mientras la ciudad se desplegaba, y notó que su entrecejo estaba fruncido y que tenía una expresión distraída. La sorprendió cuando, de repente, su mirada se movió hacia ella.

—Tengo una pregunta —dijo—. Si no la hago, me volverá loco.

—Entonces pregunta.

—Anoche, si al regresar al hotel hubiera llegado a tu puerta, ¿me habrías dejado pasar?

Vaya pregunta. Se ocupó con su bolsa para evitar mirarlo y no tener que enfrentarse a la mirada que parecía intentar ver a través de ella. Él le dio tiempo. Esperaba una respuesta.

Se rindió al ver que el silencio no podía ser una respuesta.

—No.

Sonaba tan directo. Tan cruel.

—No es porque yo no… me refiero a que es probable que fuera obvio que yo…

—Sí.

Cielos. Eso era igual de directo.

—Cuando es tan obvio que un hombre y una mujer se desean, suelen hacer algo al respecto. Por eso pregunto —agregó él.

Era mejor hablando de estos temas que ella. Sin duda tenía experiencia con este tipo de conversaciones. Ella no tenía nada.

Consideró mencionar a Charles, aunque eso no explicaría su comportamiento en el puente. Ni siquiera ella podía comprender lo que estaba pasando.

—Pero no llegaste a mi puerta, ¿o sí? Tal vez no lo hiciste por la misma razón por la que yo no te habría dejado entrar.

—¿Y qué razón es esa?

—Si no estaba dispuesta a ser tu esposa es probable que tampoco estuviera dispuesta a ser tu amante.

—Ojalá fuera tan simple.

El carruaje comenzó a detenerse. El sol brillaba a través de la ventana. Kevin se inclinó hacia delante, alejándose del brillante haz y acercándose a las sombras donde ella estaba sentada.

—Si algún día vas a mi puerta, prometo que te dejaré entrar y no necesita existir ningún tipo de acuerdo.

La puerta se abrió. Bajaron la escalera. Rosamund se acomodó el chal y juntos, ella y Kevin, entraron al restaurante.

En los buenos restaurantes franceses las mujeres comían con los hombres. No obstante, monsieur Forestier había pedido un comedor privado para su cena. Tenía ventanas desde donde se podía ver la Île de la Cité y el extremo del ábside de Notre Dame. Rosamund fue a las ventanas de inmediato y se paró en la luz dorada que marcaba el final del día.

Monsieur Forestier se unió a ella. Le señaló este edifico y aquel. Sonrió. La halagó. Kevin observó, decidiendo si le importaba o no.

Le había presentado a Rosamund como su socia en la empresa. Forestier reaccionó como si le hubiera caído un rayo cuando la vio. Cuando Forestier le lanzó una mirada discreta e inquisitiva que cualquier hombre podría reconocer, le había regresado una mirada igual de elocuente. «No, no es mi amante». Maldición, estaba siendo más que decente al ser así de honesto. En realidad quería lanzarle una mirada peligrosa que dijera «Tócala y habrá un duelo al amanecer».

Ahora parecía que Forestier estaba cultivando el jardín más allá de la cerca que habían dejado abierta. No ayudaba que las mujeres pensaran en Forestier como atractivo. Estaba en sus treinta años, tenía ojos y cabello oscuros, era muy gálico.

Rosamund, a su favor, no lo había alentado. Kevin no estaba convencido de que ella siquiera se diera cuenta de que su anfitrión estaba coqueteando. Forestier hablaba español, entrecortado, así que sus intenciones podrían ser interpretadas como nada más que amabilidad.

El dueño del restaurante llegó a la puerta. Su anfitrión fue a hablar con él. Rosamund se acercó a Kevin.

—No estoy segura de lo que esperaba, pero no era a un hombre tan joven. No puede tener más de treinta y cinco. —Su miraba analizaba a Forestier desde lejos—. Supongo que es atractivo de una manera muy francesa. Me pregunto por qué no trajo a su esposa esta tarde.

—No sabía que estaba casado.

Ella asintió.

—Le pregunté, de manera indirecta. Señaló una escuela y le pregunté si sus hijos estudiaban ahí. Se vio obligado a decirme que asisten a una cerca de la universidad.

—Da clases ahí.

No estaba seguro de que ella comprendiera cómo funcionaban las cosas en Francia, así que agregó:

—Las esposas no evitan que los hombres franceses busquen a otras mujeres. Es muy común aquí tener una amante.

—Al igual que en casa.

—Aquí son menos discretos.

—La discreción en casa es reciente, o es lo que me han dicho. Ah, aquí viene. ¿Cuándo hablaremos de la mejora?

—Cuando él quiera. Me imagino que después de la cena.

La comida estaba deliciosa. Rosamund probó todo sin siquiera preguntar qué estaba comiendo. Le dio toda su atención a monsieur Forestier. No fue sino hasta que llegó el plato principal que Kevin se dio cuenta de que estaba más que consciente de que Forestier estaba coqueteando con ella y le estaba permitiendo pensar que le parecía halagador.

Tal vez sí lo pensaba.

Los celos habían estado hirviendo toda la cena, pero ahora se estaban convirtiendo en algo más. Se arrepentía de no haber respondido a esa silenciosa pregunta entre hombres de manera diferente.

Cuando se llevaron los platos y sirvieron coñac, Forestier se veía feliz de seguir bebiendo en compañía de una mujer hermosa y mandar al diablo los negocios. Kevin podía ver que Rosamund se estaba impacientando. Por fin, se puso de pie.

—Me parece que el vino me ha cansado. Señor Radnor, tal vez pueda acompañarme a mi carruaje. Después puede regresar a seguir disfrutando esta cena.

Le sonrió a Forestier.

—Recordaré su hospitalidad. Es una de las experiencias más increíbles en mi primera visita a su ciudad.

Forestier se veía triste al verla marcharse. Kevin la acompañó al salón principal y después hasta su carruaje.

—Este hombre hubiera estado hablando de nada toda la noche si me hubiera quedado —dijo Rosamund—. Me molesta que no quiera hablar de negocios con una mujer, en particular cuando es su negocio, pero es mejor que me vaya para que usted pueda avanzar.

La ayudó a subir al carruaje.

—Mañana le diré lo que pase.

—Será por la tarde. Hay un lugar al que debo ir temprano.

Ella le lanzó una mirada.

—Espero que pueda llegar a un acuerdo con él hoy.

Rosamund estaba sentada en el carruaje que le había pedido al hotel. La calle se veía elegante, igual que las calles en Mayfair. Las casas eran de tamaños similares a las de ese vecindario también, excepto que eran de un estilo diferente. Tenían techos muy inclinados, para empezar. Las largas ventanas se parecían a las del hotel, de esas que se abrían hacia fuera en lugar de tener que levantarse.

El conductor ya le había preguntado dos veces si todo estaba bien, porque se había quedado en el carruaje mucho tiempo aunque ya se habían detenido. Seguía observando la puerta de una de las casas, deseando que se abriera y Charles saliera. Qué fácil sería si pudiera encontrárselo mientras salía a caminar.

Pero no pasaría. Se armó de valor y tocó en la pequeña ventana. El conductor se bajó y fue a ayudarla. Revisó su atuendo y se aseguró de que su sombrero no estuviera ladeado. Con el estómago retorciéndose de emoción y anticipación, caminó hacia la puerta.

Un hombre mayor le abrió. Ella le dio su tarjeta y pidió ver a Charles Copley. Se imaginó la sorpresa de Charles cuando viera la tarjeta y no solo porque lo hubiera visitado. Era probable que Charles se sorprendiera al ver que siquiera tenía una tarjeta, mucho más con el nombre de una calle en ella.

Esperó escuchar unos pasos apresurados que fueran hacia ella y que Charles apareciera en la recepción para poder apreciar su alegre sorpresa cuando la viera. Se había imaginado ese día en su mente muchas veces, como una obra que sucedía en un teatro. Ahora estaba aquí, y casi lloraba de felicidad al pensar que la larga espera había terminado.

Pasos. No apresurados, sino lentos y medidos. El hombre mayor apareció de nuevo. Hizo un gesto para que lo siguiera.

Caminaron por la casa, más allá de un comedor y algunas otras puertas. En la parte de atrás, el hombre la llevó afuera. Estaba en un jardín.

—Hay una banca de madera en la parte de atrás —le dijo—. Puede esperar ahí.

Siguió el camino hacia la parte de atrás y encontró la banca. Se sentó y esperó. No podía ver bien la casa desde ahí. Después de unos momentos, vio la corona de una cabeza con cabello oscuro caminar hacia ella. Lentamente, logró ver el resto de la cabeza. Los rizos oscuros. Los ojos grises. El rostro que adoraba.

Charles.

Ella sonrió y los ojos se le llenaron de lágrimas. No se molestó en limpiarlas. No había vergüenza en su felicidad.

Él le devolvió la sonrisa. Ella lo miró, dejando que su presencia llenara sus recuerdos. Su rostro era más firme. Más tosco. Bueno, cinco años marcaban una diferencia en un joven. Solo tenía dieciocho la última vez que lo había visto. Era probable que ella también se viera diferente. Su cabello oscuro estaba arreglado para verse despeinado a la moda, y su larga levita mostraba las mangas ajustadas y solapas anchas tan populares en París. Sus ojos… Ella los recordaba llenos de alegría y humor travieso. Ahora su color claro se veía opaco y más... viejo.

—Rosamund.

Cuando dijo su nombre se dio cuenta de que había estado parado en silencio frente a ella por un tiempo.

—Supongo que estás sorprendido.

Tuvo que pelear contra el impulso de ir bailando hacia él.

—Atónito. ¿Qué haces aquí?

Una pequeña duda se escabulló en su emoción.

—Estoy de visita en París y decidí visitarte. Ha pasado mucho tiempo desde que te vi.

Dio unos pasos hacia ella.

—Mucho tiempo. Casi no te reconocí.

—No creo haber cambiado tanto.

—No mucho. Aún eres encantadora.

Su mirada se movió hacia abajo.

—Te ha ido bien.

—Muy bien, para mi sorpresa.

De nuevo esa larga mirada, como si estuviera calculando el valor de su atuendo. No podía seguir ignorando que estaba siendo muy reservado. Distante. Ni de cerca delirando de felicidad.

Bajó la mirada y se dio cuenta de que tenía su tarjeta y estaba mirando su dirección.

—¿Esa es tu casa ahora?

—Sí, tengo una casa en Londres.

—En serio.

No era una pregunta.

—¿Esta es tu casa? —preguntó ella observando desde el jardín hasta el techo inclinado.

—Solo algunas habitaciones. Pero me gustan.

—¿Más que la casa de tus padres en Londres?

—Mucho más. Nos relacionamos muy bien ahora, con ellos allá y yo aquí.

—¿Planeas quedarte aquí? ¿Para siempre?

—Hasta que mi padre fallezca, al menos. Me gusta París. Si voy a disfrutarlo tanto cuando sea mayor…

Se encogió de hombros.

—¿Qué hiciste después de que te corrieron? Siempre me sentí culpable por eso.

—Fui sirvienta en otra cosa.

—¿Sin referencias?

—Siempre hay alguien dispuesto a aceptar a una niña si la paga es muy baja.

Frunció el ceño. Una vez más, la analizó.

—Y yo preocupado de que fueras a ser presa de hombres que se aprovecharan de sirvientas bonitas.

Algo en su tono apagó su entusiasmo en un parpadeo. Un tono sentencioso sugería que no se había preocupado para nada, pero ahora tenía preguntas.

—¿Te refieres a hombres como tú, Charles?

Eso lo sorprendió.

—Supongo que me merecía eso. Pero no fuiste difícil.

—Estábamos enamorados. Eso es diferente.

—Los jóvenes siempre están enamorados si la mujer es bonita. Espero que sepas eso.

Su corazón se endureció. Estaba haciendo todo lo posible por esconder cómo la devastaban sus palabras. Lo crueles que le parecían.

—¿Estás aquí con tu hermana? —preguntó.

—No. Lily está en la escuela.

—No puedes estar viajando sola.

—De hecho, sí lo estoy.

—Lo dudo.

Dio unos pasos hacia él. No se había movido mucho. Se mantuvo cerca del final del camino, como si necesitara tener una manera de escapar rápido. ¿De qué se había preocupado al ver esa tarjeta? ¿De que le hubiera llevado un hijo? ¿De que quisiera algún tipo de pago? Era obvio que no había gritado de felicidad, si su actitud indicaba algo.

Esta no era la bienvenida que esperaba. No era el hombre que creía conocer. Mientras estaba parada ahí, observándolo, notando su cautela y su indiferencia, el sueño desapareció.

No se rompió ni explotó. Solo dejó de existir, ella era una vieja y olvidada amante que había irrumpido en la nueva vida de este hombre.

«Los jóvenes siempre están enamorados si la mujer es bonita».

Cielos, había sido una tonta al venir. Era mucho peor el haber creído que lo que habían compartido era amor. Solo había sido la sirviente conveniente y lo suficientemente bonita.

El corazón le dolía tanto que la dejaba sin aliento. Quería derrumbarse y caer de rodillas y llorar para deshacerse de ese dolor. En lugar de eso, mantuvo la compostura.

—Estoy viajando de manera independiente. Sin embargo, mi viaje ha sido en compañía de un amigo que conoce Francia y París, así que no estoy perdida del todo en un país desconocido.

—¿Un amigo en París? Tal vez lo conozco.

—No vive aquí. Es un amigo de Londres.

Lo dudó, pero quería que Charles supiera lo bien que le había ido.

—El señor Kevin Radnor. Viene de visita a París con tanta frecuencia que es posible que sí lo conozcas.

—¿Radnor?

Le dio consuelo su sorpresa. Su impacto. No la ayudó a calmar el dolor, pero fue bueno para su orgullo.

—Esa es la familia de Hollinburgh.

—Su primo. He tenido el placer de conocer al duque. Conozco muy bien a la familia.

Sonrió ampliamente, y por un doloroso y exquisito momento se veía tal y como el Charles que recordaba.

—Te ha ido muy bien, Rosamund. Viajes a París. Tu hermana en la escuela.

Alzó la tarjeta.

—Una buena dirección. Creó que tal vez habías venido a castigarme por mis indiscreciones contigo. Ahora creo que has venido a visitarme para darme las gracias.

—No es lo que crees.

«Vine a visitarte porque te amaba y me aferré a nuestros recuerdos por cinco largos años». No podía decir eso ahora. Ya le había dicho que su sueño estaba hecho de aire, de nada real.

¿Cómo se había mentido a sí misma por tanto tiempo? Había sido una ignorante durante su relación, pero ya no lo era. Sabía de hombres. Él no había intentado buscarla, y hubiera sido mucho más fácil encontrarla a ella que a él.

Niña tonta. Tan, tan tonta.

—Es exactamente lo que creo —dijo él con una mueca burlona—. Al menos te cuidan y suena que tienes un arreglo muy lucrativo. Al menos me has ahorrado la preocupación de que los hombres te vean debajo de los puentes. Me alegra tu buena fortuna, Rosamund. Juega bien tus cartas y tal vez el próximo año sea el mismísimo duque.

Sus palabras la sorprendieron como si hubieran sido cachetadas. Una después de otra, horribles y dolorosas. Perdió el control de sus emociones y, con ellas, de su orgullo.

—No es lo que crees —le gritó—. No ha habido nadie más que tú. Nadie. Te esperé todo este tiempo. Dijiste que irías por mí. Que estaríamos juntos. Yo te creí. Te busqué. Y lo único que puedes hacer ahora es insultarme.

—Baja la voz y contrólate. Debiste haber sabido que nunca te buscaría. Que se terminó en el momento en el que me subí al carruaje ese día. Mi familia nunca te hubiera aceptado. Incluso con lo elegante que eres ahora no lo harían.

Sacó el pañuelo de su levita y se lo dio.

Ella se limpió las lágrimas.

—Eres horrible por decir estas cosas.

—Me disculpo. Sin embargo, te va mejor con este Radnor que conmigo, eso es seguro. Yo nunca podría darte una casa en esa calle.

Él no le creía. Pensaba que estaba vestida así porque era la amante de alguien. Asumía que Kevin solo era el último en una serie de protectores.

Rosamund cerró los ojos. Se obligó a sí misma a controlar el enojo que crecía dentro de ella. Ignoró el pesado y dolido corazón en su pecho. Le regresó su pañuelo.

—No tenías que seducirme. No tenías que arruinarme. ¿Por qué lo hiciste si no me amabas?

—No eres tan inocente, así que sabes por qué. Eras encantadora, fresca y dulce. Y yo siempre estaba excitado. Sin embargo…

Estiró la mano y acarició su mejilla mojada con la parte de atrás de sus dedos.

—La encantadora niña se ha convertido en una atractiva mujer. Si hubiera sabido que te convertirías en lo que eres hoy, podría haberte buscado antes de que Radnor te encontrara.

Su tacto la llamaba, pero sus palabras la habían vuelto a insultar. «Si hubiera sabido que serías la puta de un hombre, hubiera considerado que fueras la mía».

Lo miró intentando recordar al Charles de su mente. Dudaba que el hombre frente a ella jamás hubiera sentido el amor o la felicidad que mostraba en su sueño.

No confiaba en sí misma para controlar la manera en la que el enojo estaba controlando su dolor. Necesitaba alejarse de él antes de que la furia la volviera loca.

—Tengo que irme. ¿Hay una entrada al jardín por el frente? ¿Sí? Me iré por ahí. Me disculpo por molestar.

Mientras se alejaba, se concentró en mantener una expresión calmada y su espalda erguida. No quería que él ni nadie pudieran ver lo humillada que se sentía ni la desolación que amenazaba con consumirla.

CAPÍTULO 14

Un golpe interrumpió su sueño. Se despertó y miró la pared. Venía de la habitación de Rosamund.

Otro sonido, y el tintineo de algo cayéndose. Vidrio o porcelana. Y luego nada.

Se levantó de la silla donde se había quedado dormido esperando el regreso de Rosamund para poder decirle cómo había terminado la conversación con Forestier. La luz que entraba a su habitación le decía que era tarde.

Un gemido profundo vino del otro lado de la puerta, largo y profundo, como si alguien estuviera sufriendo. Alarmado, caminó hacia la puerta. Tal vez había tardado tanto en regresar porque estaba herida.

Dio unos golpes en la puerta de Rosamund. Silencio. Esperó, mientras estaba atento a escuchar pasos. El silencio continuó.

Se preguntó si se había equivocado. Al regresar a su habitación, se quedó quieto y siguió escuchando. Cuando un sonido pequeño penetró el muro, fue hacia él y presionó la oreja contra la pared.

Estaba muy cerca de concluir que el haberse despertado de manera tan abrupta había confundido sus sentidos, cuando escuchó algo. Un sollozo desgarrador, amortiguado por la pared, seguido de una maldición.

No había abierto la puerta, así que tal vez quería privacidad. Bueno, al diablo con eso.

Salió a la terraza, se subió a la balaustrada y brincó el metro que lo separaba del balcón de Rosamund. Bajó a su terraza de un salto.

A través de la ventana, podía verla en la orilla del diván, su cuerpo doblado con el rostro escondido en sus manos. No llegaba ningún sonido a través de la ventana, pero su cuerpo se movía hacia delante y atrás lo suficiente para alarmarlo.

No pidió permiso esta vez. Abrió la puerta y entró.

El cuerpo de Rosamund se congeló. Después de unos segundos, separó el rostro de sus manos. No se enderezó. No lo miró.

—¿Te sientes mal? —le preguntó Kevin—. ¿Estás lastimada de alguna manera?

Rosamund logró componerse lo suficiente como para erguirse. Inhaló y se limpió los ojos con un pañuelo arrugado que tenía apretado en una mano. Seguía sin mirarlo.

Habló en una voz suave, casi un susurro.

—No estoy herida físicamente. No hubo un accidente con el carruaje ni me robaron.

Sonrió con pesar.

—Estoy de luto por alguien… algo. No te preocupes.

Se veía tan triste. Sus ojos brillaban con las lágrimas y su expresión le rompía el corazón a Kevin. Se acercó.

—Pero sí estoy preocupado. ¿Recibiste malas noticias de casa? ¿Tu hermana? ¿Una amiga?

Ella negó con la cabeza. Lo miró, al fin. Su mirada lo perforó, como si hubiera calculado donde estaba ella dentro de él. Después volvió a sentarse en el diván y su cuerpo entero pareció suspirar.

—Hoy descubrí que algo en lo que creí por mucho tiempo, algo con lo que mi corazón contaba y en lo que confiaba, era una mentira. Así que , como ves…

Alzó la mano con el pañuelo e hizo un gesto desesperanzado con él.

Kevin se sentó en el diván.

—Entonces te mereces un buen llanto.

Puso su brazo en el respaldo del diván, detrás de su cabeza.

—Tengo un hombro, si lo necesitas.

Parpadeó una, dos veces. Después se acercó a él y usó su hombro para descansar la cabeza. Se limpió la nariz con el pañuelo. Kevin sacó uno limpio de su levita y se lo dio.

No hablaron por un tiempo, solo se sentaron ahí con el brazo de Kevin alrededor de sus hombros y sus suspiros cerca de su oído. Afuera, el sol de la tarde se volvía dorado, y la brisa que entraba por las ventanas largas se enfrió.

—Gracias —dijo al fin—. Me ayudó más de lo que esperaba.

Su reputación por tener tacto no era la mejor, pero incluso él sabía cuándo quedarse callado.

—Cuando llegué a Londres por primera vez, trabajé en la casa de un caballero. Las referencias que tenía eran rurales y no eran las mejores para esa situación, así que no me dieron un sueldo normal. Sin embargo, agradecía cualquier cosa. Comencé en la cocina; después de unos meses me hicieron una criada. Me parecía una casa tan grande. Me sentí afortunada.

—Seguro valías el doble de lo que te pagaban.

—Me gusta pensar que al menos me ganaba mi lugar. Fue ahí donde cometí un error. Me enamoré del hijo de la familia. Nos hicimos amantes.

Ah.

—¿Sus padres los descubrieron?

Ella asintió.

—Supongo que te echaron.

—En medio de la noche. Sin referencias.

—¿Y el hijo?

—Lo enviaron a un largo tour por el continente.

Ella se acercó aún más. Su voz había regresado a la normalidad.

—Nos habíamos jurado amor. Me prometió que estaríamos juntos pronto. Yo le creí.

—Eras joven.

—No era joven hace dos días, cuando aún le creía. Solo tonta. Infantil.

—Espero que no te estés culpando a ti misma. Este hombre era un canalla.

—No me culpo a mí misma de enamorarme en ese entonces ni por creerle. Me culpo a mí misma por no ver la verdad durante los últimos cinco años. Por aferrarme a un sueño sin sustancia. Debí haberlo pensado bien hace mucho tiempo. Suelo ser media… medio inteligente, al menos.

«Dame su nombre para que pueda ir a retarlo». No serviría de nada, pero lo disfrutaría mucho.

—¿Lo viste hoy? ¿Es por eso que estás llorando?

—Lamento decir que sí. Le pedí a Minerva que lo encontrara para mí. Me impuse en tu viaje para poder reunirme con él. Solo que… no fue lo que esperaba.

Se rio con tristeza.

—Minerva me lo advirtió. No escuché. Yo estaba tan segura.

Él pudo sentir que su compostura se debilitaba de nuevo. Se atrevió a darle el beso más leve en la mejilla.

—Lamento que te decepcionara.

—Eso fue lo de menos.

Se giró en sus brazos y lo miró.

—Vio mi atuendo fino. Vio el nombre de la calle en mi tarjeta. Descubrió que eras un amigo. Vio que hablo mejor y le pareció extraño que Lily estuviera en la escuela. Todas las cosas que creí que me harían merecedora de él, las tomó como evidencia de que… de que…

—¿Dijo eso?

Ella asintió, y volvió a dejar caer la cabeza en su hombro.

—No conozco a este hombre, pero no me agrada —dijo, incapaz de mantenerse callado ahora que era obvio que la habían insultado hoy.

—No solo porque te hizo llorar, aunque es una gran razón. Disculpa mi franqueza si aún tienes sentimientos por él, pero es un sinvergüenza. Sedujo a una inocente que estaba bajo el cuidado de su propia familia, la manipuló, insinuó que se casarían y luego la dejó para sobrevivir después de arruinarla. No intentó arreglar nada después ni se aseguró de que siquiera sobrevivieras. Después apareces, aún inocente a tu manera, y te insulta.

Rosamund se giró a la mitad de su discurso y lo observó. Era su turno de dejar un delicado beso en la mejilla de alguien que había perdido la compostura.

—No hay razón para estar enojado con él —le dijo—. No lo conoces.

—Es una lástima. Dame su nombre.

—¿Para qué?

—Voy a desafiarlo.

Rosamund abrió los ojos sorprendida.

—No puedes. Es peligroso.

—No para mí.

—Eso no lo sabes.

—Los hombres como él son demasiado engreídos para practicar lo suficiente. Yo, por otro lado, he pasado muchas horas a lo largo de los años perfeccionando mis habilidades.

Vio lo alarmada que estaba.

—No te preocupes. No lo mataré. Su nombre, ahora.

—No. No, no, no.

Le dio un golpe en el hombro con cada negación.

—Estoy conmovida por que quieras pelear por mi honor, pero no sucederá. Me arrepiento de haber confiado en ti si siquiera estás considerando hacer eso. Piensa en otra cosa de inmediato.

Su regaño lo obligó a controlarse. Cerró los ojos y concentró su mente en algo más. En ella.

—Así está mejor.

Casi sonaba feliz.

Mantuvo los ojos cerrados y se la imaginó en el vestido de seda roja de la noche anterior.

—¿Le hablaste de tu herencia?

—No.

—Muy bien. Te hubiera mentido y hubiera fingido amor eterno si lo hubieras hecho.

—Y yo le hubiera creído porque eso es lo que quería. No le dije porque temía que pensara que el duque y yo… y lo supuso de todas maneras.

Kevin abrió los ojos y la miró.

—Eres hermosa y atractiva y muy inteligente, Rosamund. Eres demasiado buena para él y estás mejor sin él.

Ella levantó la mirada.

—¿Prometes no desafiarlo?

—Si insistes.

Le dio un beso en la frente para asegurarla.

La sorpresa apareción en su rostro. Kevin se preguntó si había regresado al hotel creyendo que no era digna de ningún hombre. Si eso era cierto, al diablo todo.

La besó de nuevo en la mejilla y luego en los labios. La acercó a él y sostuvo su cabeza para poder hacer durar el beso un momento.

Después, al ser tan buen tipo, un caballero, se puso de pie y caminó hacia las ventanas de la terraza.

Rosamund pasó el resto de la tarde sola en su habitación. Pidió que le subieran la comida y le dijo a la criada que la dejara sola.

Todo tipo de pensamientos volaban por su mente. Tal vez debería ver si el señor Sanders podía encontrar una manera de liberarse de su contrato de renta. Debería decirles a los tutores que no quería más clases. Todo el plan había sido basado en Charles, y ahora todo le parecía muy tonto.

Al caer la noche, comenzó a pensar en sus tiendas y encontró consuelo en ellas. Incluso con eso, la sorpresa de su reunión con Charles le pesaba. Ya no estaba triste por él, pero seguía sintiéndose triste y ridícula y… usada. Le recordó la noche en que Philip Radnor la había atacado, pero esta vez Charles lo había hecho con sus palabras y actitud.

El haberlo amado y el haber llevado ese amor a su reencuentro con él, lo hacía mucho peor que Philip.

Se preparó para dormir y se quedó acostada sin poder hacerlo. Se dio cuenta de que Charles le había quitado algo más que un sueño infantil. Una enorme esquina de su alma se sentía vacía. No estaba segura de saber quién era.

Deseaba nunca haber visto a Charles. Nunca haberlo buscado. Pudo haber continuado como estaba, creyendo lo que quería. Pudo haber fingido que la herencia la haría una dama y disfrutar París el resto de su visita. Pudo haber seguido emocionándose por todos los cambios que estaba haciendo en su vida.

Un sonido llegó de la ventana a la terraza. Había dejado la suya abierta para que la brisa entrara a la sala. Ahora podía escuchar el mecanismo en otra ventana, mientras el huésped cerraba la suya.

Supuso que era Kevin. Había sido muy amable. Había desperdiciado todo su día en ella, esperando su regreso y luego reconfortándola. No era el tipo de actitud que esperaba de él. Siempre parecía tan indiferente a las convenciones sociales. Incluso durante la cena de la noche anterior con monsieur Forestier, aunque no intercambiaron más que saludos, Kevin estaba impaciente por tener una conversación más importante.

Esta tarde, sin embargo, supo exactamente qué decir. «Eres hermosa y atractiva y muy inteligente. Eres demasiado buena para él».

Creía que lo decía en serio porque dudaba que él jamás se hubiera molestado en mentir de esa manera. Al menos lo sentía cuando lo decía. Se había aferrado a esa buena opinión de ella para estabilizarse.

Ahora, en su cama, lo hacía de nuevo. Se permitió pensar en sus experiencias en la ciudad. La cena de la noche anterior con los halagos de monsieur Forestier. El descubrimiento de esos inusuales adornos en las tiendas. Besos y placer en un puente oscuro mientras las lámparas reflejaban las ondas del río debajo de ellos.

Había experimentado una gran felicidad en ese abrazo. También mucho placer, pero más que nada recordaba haber sentido su espíritu ligero. Se puso de pie y tomó su bata. Abrió la puerta de su habitación y dio unos golpes en la de al lado.

No escuchaba más sollozos ni quejidos a través de la pared, así que Kevin decidió dormir. Hablaría con Rosamund sobre Forestier por la mañana. No podían seguir retrasando las cosas.

Había pasado horas pensando en el estado crítico de la empresa. Nada más había ocupado su mente, con la excepción de la ausencia de Rosamund. Hasta que escuchó el vidrio romperse. Ahora, libre para seguir pensando en su problema, se dio cuenta de que no tenía interés en él.

Sus oídos se esforzaban por escuchar lo que pasaba en la otra habitación. Esperaba no haberse ido demasiado pronto. Parecía ella misma de nuevo y después de ese beso… De verdad tuvo que irse en ese momento, antes de comportarse como un canalla.

Estaba usando solo su camisa y pantalones cuando escuchó un suave golpe en su puerta. Tal vez era el sirviente que le habían asignado al ver que su luz seguía encendida. Caminó hacia la puerta para recordarle al muchacho que ya le había dicho que no necesitaba nada hasta la mañana.

No había ningún hombre ahí. Era Rosamund. Tenía puesta una bata. Su cabello caía alrededor de su cabeza y hombros, sus largos y sueltos rizos colgaban sobre los volantes que caíanen cascada debajo de su cuello. Se le secó la boca al verla desarreglada de esa manera.

—Dijiste que abrirías tu puerta si venía a ella —le dijo.

Kevin se hizo a un lado y la dejó pasar. Flotó a su lado y la luz de la lámpara hizo que su cabello brillara como oro.

Caminó sin rumbo por la habitación, sus largos y delgados dedos se movían sobre los muebles. Pudo haberla observado por horas, si eso era lo que ella quería. Después de un momento aceptó que era probable que no lo fuera.

—¿La tristeza no te deja dormir? ¿Necesitas una distracción?

Él se quedó cerca de la puerta, recargado contra ella porque no confiaba en sí mismo lo suficiente para acercársele.

Negó con la cabeza.

—Supongo que estaré un poco triste por un tiempo, pero ahora estoy más molesta.

—Esa es una mejor reacción. Confío en que estás enojada con él y no contigo misma.

Detuvo sus movimientos cerca de la puerta a la terraza.

—Creo que sí. Sí, definitivamente.

Se dio la vuelta y lo miró.

—Pero eso, sin embargo… no planeo torturarme con eso. Ya he desperdiciado mucho tiempo en ese sueño infantil.

El aire se llenó de cosas que no estaban diciendo y con los tensos hilos de emoción que creaba el deseo. Se miraron el uno al otro. Kevin no se atrevía a ser quien le diera voz. Podría estarse equivocando.

Ella sonrió dudosa.

—Me preguntaba si podríamos besarnos de nuevo.

Eso era todo lo que necesitaba escuchar. Caminó hacia ella, la tomó en sus brazos y la besó de nuevo. Triunfo y alivio explotaron dentro de él cuando sus labios se tocaron.

Alargó el beso mientras sus manos recorrían su cuerpo, sintiendo cómo temblaba de emoción y miedo. Su conciencia estaba teniendo una pelea y llegó un acuerdo sencillo.

Dejó de besarla.

—Me fui de tu habitación después de ese beso para no aprovecharme de ti. No puedo ser bueno si te quedas aquí.

—No quiero que seas bueno.

Alzó su barbilla y estudió su cara bajo la tenue luz de la luna que entraba por la ventana. La deseaba tanto que podría devorarla en ese momento.

—¿Vas a fingir que soy tu antiguo amante?

—Estoy aquí porque en el puente no pensé en él en lo absoluto. Ni una vez. ¿Crees que puedas hacer eso otra vez?

—Si estás segura de que me deseas, sé que puedo. El placer es algo sobre lo que sí sé.

Ella se estiró y lo besó.

—Eso pensé. No te gusta ser mediocre cuando un tema te interesa.

Kevin encontró los pequeños botones de su camisón y liberó uno

—Esta noche nada será mediocre, para que sepas.

Cuando no se negó, siguió trabajando en sus botones.

Rosamund descubrió que el placer podía oscurecer todo. El tiempo y el lugar. El miedo y el dolor. Poco a poco, conforme sus dedos desabotonaban su camisón, una parte de su mundo desapareció y la emoción tomó su lugar.

Cuando la bata se cayó y se encontró a sí misma en sus brazos, el calor y el cuidado le ganaron a las peores emociones de su día. Después de eso, respondió a sus besos como lo había hecho en el puente, con felicidad.

Podía sentir que estaba siendo cuidadoso, como si no estuviera seguro de que ella estaba bien. Puso presión en su nuca y lo besó con la intención de que le creyera. Usó su lengua contra la suya hasta que él tomó su cabeza y compartieron unos besos violentos que les permitieron liberar su pasión. Sentía deseo por él, controlado, pero ardiente.

La boca de Kevin se movió hacia su cuello mientras sus manos exploraban su cuerpo con caricias firmes. Cada roce la emocionada y la alejaba más del mundo. Un placer glorioso la sorprendió cuando tocó su pecho. Su camisón no la protegía de sus caricias expertas. El camisón también cayó al suelo y ella casi lloró por lo bien que se sentía. No había ciudad. Ni habitación. No había paredes ni mundo. Solo un espació estrecho entre él y ella, y sensaciones increíbles.

Unos brazos fuertes la levantaron del suelo. Flotó con lentitud y sintió el lino debajo de su piel desnuda. Vio sus pechos, firmes y atentos, las puntas tan duras que incluso el aire la excitaba. Al lado de la cama una camisa blanca se movía con el aire. Alzó la vista y vio a Kevin observándola mientras se desvestía, su mirada llena de luces duras y su expresión llena de deseo.

Se unió a ella y la tomó en sus brazos. Un beso, después observó cómo su mano acariciaba sus pechos cada vez más rápido. La miró a los ojos.

—Es encantador que no te des cuenta de lo hermosa que eres.

Agachó la cabeza y su lengua tocó una de sus puntas duras. Rosamund se quedó sin aire cuando lo hizo, y sintió cómo un pequeño temblor recorrió su cuerpo, llevando el placer a su centro. Lo hizo una y otra vez. Se sentía feliz con la sorprendente manera en la que respondía. Las caricias comenzaron de nuevo, explorando, conociendo, cada una llamándola hasta lo más profundo de su intimidad.

Se perdió un momento cuando sus caricias se movieron más abajo y la tocó entre los muslos. Sabía que él no tenía que hacerlo todo. Cuando ella bajó la mano para acariciarlo también, él la tomó y junto con la otra las puso sobre su cabeza.

—En otro momento —le dijo.

Tendida así, con su cuerpo tan vulnerable y disponible, solo pudo aceptar. Con su boca y sus manos, la guio hacia la locura. Ella fue con gusto, regodeándose en cómo el placer y el deseo la dominaban por completo, incluso a su conciencia. Indefensa frente al lento y largo ascenso de su deseo, cedió el control y siguió queriendo más.

De repente, cada sentido, cada deseo, se juntó en un pequeño punto. Siguió tocándola y la intensidad la hizo agitarse. Él sostuvo sus piernas con las suyas y la tranquilizó con un beso en la mejilla, pero siguió amplificando el placer. Estaba a punto de llorar del deseo, pero, justo cuando iba a hacerlo, una increíble explosión de placer la dejó sorprendida y sin aliento.

Kevin se puso sobre ella y empezó a penetrarla. Liberó sus manos y ella se aferró a él, la única realidad en la que existía. Tenerlo así se sentía tan bien. Perfecto. Su cuerpo y mente le daban la bienvenida a esa sensación como una asombrosa conclusión de lo que había pasado en esa cama.

—Si tienes frío, puedo prender la chimenea.

La brisa que entraba de la terraza se había enfriado con la noche. Podría cerrar la ventana, pero disfrutaba del contacto fresco en su piel caliente.

Rosamund se acercó aún más a él, debajo de la sábana.

—Está bien. Es placentero.

La arropó aún más y la puso debajo de su brazo.

—¿Quieres que me vaya? —preguntó, su voz amortiguada por el cuerpo de Kevin.

—Preferiría que te quedaras.

Le gustaría ver su rostro por un momento, primero que nada. Se veía tranquila y feliz. Contenta. Eso lo hacía sentir bien. Sabía mucho de placer, pero sus parejas nunca habían sido como Rosamund. Sus lecciones venían de los burdeles de Londres y París. Se dio cuenta de que esta había sido la primera vez en la que no había buscado a las mujeres expertas que se encontraban en las mejores casas de París. Esa era la parte de la ciudad que más le interesaba normalmente.

La emoción de Rosamund en la cama, incluso ahora, disfrutando la manera en la que sus cuerpos seguían tocándose y cómo las almohadas creaban un pequeño nido, le hacía preguntarse si esto era nuevo para ella, junto con otras de las cosas que habían hecho. Tal vez ese canalla solo la había tomado con prisa, contra paredes o en el suelo del ático. Como sirvienta, no podía ir a la puerta de su habitación, como lo había hecho esa noche. No se atrevería a quedarse con él en la cama después.

Se movió para poder descansar su barbilla en el pecho de Kevin y mirarlo a los ojos.

—No me contaste sobre tu conversación con monsieur Forestier cuando me fui.

—Puede esperar hasta mañana.

Rosamund entrecerró los ojos.

—Nunca has sido bueno fingiendo. Sé que no son buenas noticias con solo mirarte a los ojos.

—Tonterías. Es solo que este no es el momento para hablar de negocios. Eso es todo.

Soltó una risa suave y le dio un beso en la mejilla.

—Eres encantador en tu propia y extraña manera. Debes saber que, si quieres que te diga que sí a algo que tiene que ver con el negocio, este es un momento excelente.

—No hay nada a lo que decir que sí. Por eso…

Se encogió de hombros.

Rosamund frunció el ceño.

Kevin la puso de espaldas en la montaña de almohadas que había creado. Recostado a su lado, bajó la sábana para poder ver sus pechos. Acarició los lados y vio su mueca desaparecer.

—Es casi lo mismo —dijo—. Dos pequeños cambios y no son para mí… para nuestro beneficio.

—¿Qué son?

—Ahora son diez mil. Además, hay alguien más dispuesto a pagar al final de la semana si nosotros no lo hacemos.

—Un ladrón.

Pasó la palma de su mano sobre sus tiesos pezones.

—Es su invento. Creo que la puerta solo se quedó abierta porque disfrutó de tu compañía. Sin embargo, es imposible. Como acordamos, seguiremos adelante sin él.

No parecía estarlo escuchando. Con los ojos cerrados, estaba disfrutando el placer que le daba. Arqueó la espalda para que sus pechos se alzaran pidiendo más. Kevin agachó la cabeza y los rozó con su lengua.

—¿Cuánto tienes?

Su pregunta llegó como un murmullo apresurado.

Tuvo que hacer un esfuerzo por enfocar su mente para poder encontrar la respuesta.

—Tres mil inmediatos. Cinco en junio. Ahí es cuando paga un fideicomiso.

Hizo esas palabras a un lado incluso mientras las decía. No le importaba nada de eso en ese momento. Chupó uno de sus pechos mientras sus dedos jugaban con el otro. Cada dulce suspiro lo excitaba más.

—Tengo el resto. Podemos hacerlo.

Su respuesta no fue más que sonidos rogando entre gemidos. Cuando al fin se dio cuenta de lo que había dicho, la miró sorprendido.

Sus ojos se mantuvieron cerrados, pero tenía una sonrisa satisfecha.

—No te detengas ahora. Me prometiste que no habría mediocridad.

Kevin la puso sobre él e hizo que se sentara para poder ver cómo se rendía antes las sensaciones mientras la acariciaba. Su lindo rostro, suavizada por su excitación y medio escondida por su largo cabello, se convirtió en el epitome del éxtasis. Con los labios separados y la cabeza ladeándose, levantó los párpados un poco y sus brillantes ojos azules bajaron la mirada hacia lo que estaba haciendo.

Volvió a acomodarla e hizo que se inclinara para que sus pechos flotaran sobre su rostro. Usó su boca y sus manos hasta que

Rosamund comenzó a temblar. Puso la mano entre sus piernas y la acarició hasta que sus gritos de placer encendieron su deseo. Levantando sus caderas, la penetró con lentitud y dejó que la tortura se volviera exquisita.

Rosamund lo miró, con expresión mareada y un poco confundida. Se dejó caer un poco para que la llenara y se movió lo suficiente como para dejarlo ciego un instante.

Observó cómo estaban unidos en esa posición. Se movió de nuevo.

—¿Es mi turno?

—Te ayudaré.

—¿Cómo?

—Ya verás.

Ella se levantó y se dejó caer.

—Es diferente. Se siente increíble, pero algo ha cambiado.

—Todas son diferentes.

—¿Todas?

—Todas las maneras de hacer esto. Cada una se siente diferente.

Se alzó de nuevo, pero se acomodó al bajar para que él pudiera sentirla, como un terciopelo duro.

—Ah, eso te gustó. Lo noté. Esto es divertido.

Experimentó de nuevo.

Apretó los dientes para que pudiera seguir jugando si quería, pero estaba muy cerca de terminar el juego. En ese momento su propio deseo hizo que apresurara sus movimientos. Rosamund cerró los ojos y encontró su propio placer con penetraciones profundas y una fricción perversa. Lo montó como una salvaje, lanzó su cabeza y cabello hacia atrás jadeando cuando un movimiento la hacía sentir bien.

Puso su mano entre sus cuerpos para poder tocarla cerca de donde estaban unidos. En cuanto lo hizo, perdió el control. Gimió una y otra vez con súplicas cada vez más desesperadas. Después se retorció encima de él y se tensó mientras la desesperación le cedía su lugar al asombro.

La jaló hacia él y sostuvo sus caderas mientras tomaba el control y comenzaba a penetrarla con fuerza mientras alcanzaba un final que le partió el alma.

CAPÍTULO 15

Rosamund bajó las escaleras lista para el día. Ella y Kevin habían acordado encontrarse en jardín para un *petit déjeneur*.

Se había ido a dormir sintiéndose una mujer nueva. Se despertó siendo ella misma, pero diferente. Mientras buscaba el jardín aceptó que no había pensado en Charles más de dos o tres veces mientras se vestía. El dolor que emergía con esos recuerdos no tardó en desaparecer.

No se sentía culpable por su volatilidad. Tampoco por haberle mostrado su desesperación a Kevin. Había sido fascinante y muy placentero. Estaba perdida y él la había ayudado a encontrar el camino. Nadie con un poco de amabilidad pensaría mal de ella por haber aceptado esa maravillosa distracción.

La pregunta era si lo permitiría de nuevo.

Pequeñas mesas adornaban el jardín. Flores de primavera llenaban las vasijas y macetas. Enredaderas cubrían las paredes y los árboles. No podía imaginarse un lugar más hermoso para comer.

Kevin ya estaba sentado en una de las mesas, tomando café. Rosamund hizo una pausa. ¿Qué se dice después de una noche como esa?

Él la vio y se puso de pie, así que tuvo que caminar hacia él antes de tener una respuesta a la pregunta. Se veía igual, aunque tal vez su sonrisa era más cálida que antes. Y sus ojos… no podía ignorar el conocimiento de su intimidad reflejado en ellos.

Un sirviente se acercó y Kevin le dijo qué traer. El té para ella llegó casi de inmediato, junto con una canasta de rollos, panes y unos pastelitos.

—Supongo que deberíamos hablar de monsieur Forestier —dijo Rosamund—. Dijiste que lo hablaríamos por la mañana.

—Creo que primero deberíamos hablar sobre lo que pasó anoche.

—Mientras entraba al jardín me preguntaba qué se dice después de… bueno, después.

—Creo que la costumbre es dar las gracias.

—¿En serio? Bueno, entonces, gracias.

Lo miró sobre su taza y se dio cuenta de que casi se estaba riendo.

—Es costumbre que el caballero dé las gracias, Rosamund. No la dama.

—Ah.

—Así que, gracias. Fue una noche maravillosa. Incomparable.

Rosamund se aclaró la garganta.

—Gracias también, aunque no sea la costumbre. Después de todo, no te di muchas opciones.

—Fue comprensible que necesitaras una distracción. ¿La encontraste?

—Me distraje por completo.

—Si en algún momento lo vuelves a necesitar, espero que me lo hagas saber.

Estaba pidiendo otra noche. Tal vez muchas más.

—Lo haré. Ahora, ¿podemos hablar de monsieur Forestier? Lo dije en serio anoche, sobre dar algunos fondos. Soy una socia. Es mi obligación tanto como la tuya, si decidimos hacer esto.

—¿Estás segura, a la luz del día, de que quieres hacer eso? Cuando lo ofreciste anoche, estabas en desventaja.

—Vaya que eres engreído, Kevin. ¿Estás diciendo que no estaba en mis cinco sentidos?

Kevin se inclinó hacia ella.

—Estaba lamiendo tu pecho.

—Y fue muy lindo. Sin embargo, no estaba tan perdida como para pensar. De hecho, descubrir la información básica sobre Forestier era necesario para que no me distrajera la curiosidad mientras estaba distraída con… otras cosas.

Se recargó en su asiento.

—Si quieres invertir más, no me voy a quejar. ¿Cómo crees que deberíamos hacerlo?

—Necesitamos diez mil para el final de la semana…

—No tenemos que llevarle los diez mil en ese momento. Solo tenemos que firmar los documentos y asegurarle un pago rápido.

—¿Qué? ¿Entonces no tenemos que tomar un bote a casa, llenar una maleta con oro y regresar lo más rápido posible?

Se dio un golpe en la frente con la mano.

—Ese es un milagro.

La miró cauteloso.

—Solo me estaba asegurando de que entendieras.

Se sintió culpable por su pequeña broma.

—Fue amable de tu parte hacerlo. Bueno, parece que cuando regresemos a Londres aportaré diez mil y tú tres. En junio puedes pagarme dos mil para seguir siendo socios igualitarios.

Mordió un pastelito.

—O, si prefieres, quédate los dos mil y seremos socios no tan igualitarios.

Un olor dulce llegó a ella. Miró el pastel y se preguntó si había agua de rosas en él. En ese caso, sería algo inusual, pero no desagradable. Fue hasta que se terminó el pastel que se dio cuenta de que Kevin no había hablado.

Lo miró y se dio cuenta de que la estaba estudiando. Tenía esa mirada. Esa que decía que no estaba enojado, pero sí irritado.

—Rosamund —dijo en la voz más típica de Kevin Radnor—. Si crees que te permitiré ser una socia mayoritaria en nuestra empresa, incluso por un poco, una diminuta parte, por un momento, estás muy equivocada.

—Haz lo que quieras. Ahora puedes ir a decirle a monsieur Forestier lo que hemos decidido y yo iré a las galerías del Paláis-Royal a llenar mi baúl.

—Tal vez quiera verte. Quedó prendado de ti.

—Me verá cuando firme los documentos. Si se niega, no me verá.

Dejó que el sirviente le sirviera más té y eligió un pan que parecía un pergamino.

—¿A qué te referías cuando dijiste «incomparable»?

—¿Disculpa?

—Dijiste que a noche había sido incomparable.

—Significa que no tiene comparación.

—Sé lo que significa la palabra «incomparable», Kevin.

—Por supuesto. Me refiero a que…

Se veía incómodo, lo cual era inusual para Kevin.

—Supongo que no tiene nada de malo decir… Normalmente no paso la noche con una amante.

El pan fue una revelación. Ligero y con mucha mantequilla. Qué triste que no pudiera comprarlos en Londres.

—¿La parte inusual es la de pasar la noche o la de la amante?

Los adornos del jardín parecieron capturar la atención de él.

—Ambas.

—Supongo que es porque ninguna mujer te cautiva lo suficiente. Supongo que prefieres los burdeles. También deben de ser mejores para tu estudio de los placeres carnales.

No respondió, lo cual dijo mucho.

Se preguntó si esa noche iría a alguno de los burdeles de París. Decían por ahí que eran incomparables.

—¿Mademoiselle no lo acompaña hoy?

Monsieur Forestier no mencionó la ausencia de Rosamund hasta que sacó el vino en el estudio que ocupaba en la universidad.

—Decidió ir a comprar al Paláis-Royal esta tarde. Envía sus disculpas y me pidió que le dijera que espera con ansias verlo cuando firme nuestro acuerdo.

—¿Entonces hemos llegado a uno?

—Sí. Diez mil por la licencia exclusiva, como pidió.

Estaban sentados en dos sillas frente a una chimenea. Las ventanas estaban abiertas para disfrutar el día y afuera se podían escuchar las pisadas de los estudiantes. Forestier jugaba con una pluma. Frunció el ceño.

—No creí que fuera a encontrar los fondos —dijo al fin—. Debí haber sido más explícito durante la cena, pero mademoiselle, bueno, ella, ¿cómo se dice?

Se encogió de hombros con una sonrisa arrepentida.

—Lo puso nervioso.

«Lo encantó. Lo convirtió en un tonto».

Debió de haber insistido en que Rosamund lo acompañara hoy para poner nervioso a Forestier de nuevo. Debería atarlos hasta que un encantado Forestier firmara el maldito acuerdo.

—Verá, el otro, el que mencioné, ofreció más.

—¿Cuánto?

—No más dinero. Los mismos diez mil.

—¿Qué más ofreció?

—Algunas acciones en la compañía. Valen poco a menos que el negocio crezca —dijo, y después sonrió—. ¿Tal vez pueda ofrecer lo mismo? Es tentador, por supuesto. Una manera en la que puedo disfrutar del éxito, si llega.

Kevin apenas pudo controlar su irritación. Forestier ahora quería ser parte de la compañía.

¿Rosamund reaccionaría de la misma manera? ¿Concluiría que este cambio de último minuto era un pequeño precio a pagar?

Ese era el problema con tener una socia igualitaria, algo que se le había olvidado porque no había manera de cambiarlo y porque lo había encantado y convertido en un tonto. Aquí estaba, intentando boxear contra un oponente desconocido con una mano atada.

—Le ruego retrasar su decisión veinticuatro horas —le dijo a Forestier—. Necesito considerar este cambio adicional en nuestras negociaciones.

Rosamund caminaba por la Galerie de Bois mientras admiraba los objetos lujosos que exponían al mundo, feliz con lo que había comprado hasta ese momento. Algunas telas deliciosas y adornos llegarían al hotel por la tarde junto con un rollo de bucarán superior a cualquier cosa que pudiera comprar en Londres. Aún mejor, algunos dibujos interesantes estaban guardados en su bolsa.

Dibujarlos había sido difícil. Kevin le había advertido que las mujeres decentes no se sentaban en las cafeterías, así que cada vez que veía un detalle que le interesaba lo memorizaba y se apresuraba a una banca de algún parque para dibujarlo antes de que desapareciera de su memoria. Un sombrero con una coronal única casi había derrotado a su habilidad con el lápiz, pero al final logró mostrarla correctamente.

Se detuvo frente a una tienda que vendía sombreros y chales de dama. No se atrevió a sacar papel y lápiz para dibujar, así que tuvo que recurrir a estudiar los sombreros mientras memorizaba hasta el más mínimo detalle.

El dueño se acercó a la ventana para acomodar unos chales que estaban puestos sobre unas ramas que decoraban los espacios entre los sombreros. La miró varias veces y luego de manera más directa. La miraba como si pensara que se estaba robando sus diseños.

Qué tontería. Tenía sus muestras ahí para que todos las vieran, así que sus estilos no eran un secreto. Sus sombreros decoraban muchas cabezas en los jardines y restaurantes. ¿Cómo planeaba esconderlos? Además, nunca duplicaba un sombrero. Ni siquiera los modelos más básicos. Solo tomaba pedazos y partes de ideas cuando mucho.

Su mirada penetrante la irritó tanto que entró a la tienda. Observó todo mientras el dueño se agitaba. Un sombrero tenía una seda preciosa de un verde pálido sobre el ala, doblado de una manera única. Le hubiera gustado que el hombre se fuera para poder examinar cómo había hecho los dobleces.

—Me gustaría probarme este.

Apuntó al sombrero, luego a su cabeza e intentó verse ilusionada.

Su inglés y su pedido parecieron tranquilizarlo. La invitó a sentarse y puso el sombrero en su cabeza después de que se quitara el gorro. Se admiró a sí misma en su espejo. Él dijo algo en francés.

—Es un poco pequeño. ¿Qué tan pronto podría hacer uno de mi tamaño?

Intentó hacer algunos gestos con las manos para comunicar lo que quería decir.

La miró sin entender nada. Era probable que ella se viera así cuando alguien le hablaba en francés.

Pensó en cómo comunicar lo que quería. Preguntó de nuevo. En una voz lenta. Él seguía en blanco, y luego se encogió de hombros.

Una voz de hombre habló detrás de ella. Un largo murmulló de francés pasó sobre su cabeza. Reconoció la voz y se dio la vuelta para ver a Kevin. El dueño le respondió algo y comenzaron a hablar a su alrededor.

—Dice que puede alterar este y llevarlo al hotel por la tarde —dijo Kevin—. ¿Eso es posible?

—Sí, es posible. Está bien. Por favor pregúntale el precio.

Más francés. La mano del dueño apareció frente a ella con un pedazo de papel. Kevin se inclinó sobre su hombro.

—Son más o menos dos libras.

Sacó un lápiz de su bolsa, dibujó una línea sobre el número y escribió otro.

—Dile que si lo altera tendrá que estirar la parte de abajo, así que no vale tanto.

Kevin le dio las malas noticias al sombrerero.

El hombre examinó su oferta. Sorpresa. Decepción. Mucho francés. No lo miró ni a él ni a Kevin, pero entrecerró los ojos mientras estudiaba el sombrero.

Con más suspiros y murmullos, el hombre escribió en el papel y lo puso sobre la mesa frente al espejo. No necesitó que Kevin tradujera.

Se dio cuenta de que el precio final era un cuarto más bajo que el primero. Se quitó el sombrero y se lo devolvió al dueño con un asentimiento de cabeza y una sonrisa.

Antes de que pudiera encargarse, Kevin había pagado y le había dado la dirección del hotel. Se volvió a poner el gorro y salió de la tienda.

—¿Te avergoncé? —preguntó una vez que Kevin la alcanzó.

—No demasiado.

—Supongo que eso no se hace en tiendas como esa.

—Francia sigue pobre después de la guerra. No creo que seas la primera mujer en exigir un precio más bajo. Es probable que pensara que al ser ingleses no nos molestarían diez chelines.

—Espero que a los ingleses de tu tipo no les molesten. De otro modo, ¿para qué tener mi tienda en la calle Oxford? —Le puso más atención a la estructura de la galería y se dio cuenta de por qué le habían llamado la atención estas tiendas—. Las ventanas son enormes y parecen ser de una sola pieza.

—Es una lámina. Hacen un cilindro largo de vidrio y luego lo cortan a esa altura y lo aplanan cuando lo calientan. Se exporta, hay edificios en Londres donde puedes verlo.

—Sabes muchas cosas extrañas e interesantes. ¿Podría tener unas ventanas así?

—Es muy caro y me han dicho que atrae problemas. Demasiado caro para una tienda en renta, me parece. Hizo un gesto hacia su bolsa. —¿Has visto suficiente, ya tomaste notas para inspirarte? ¿O quieres continuar?

—Creo que ya terminé.

Rentaron un carruaje para regresar al hotel y después cruzaron hacia las Tullerías y caminaron debajo de sus enormes árboles. Kevin la llevó a una banca.

—Tenemos que hablar.

—A juzgar por tu expresión, supongo que las cosas no salieron bien con el señor Forestier.

—Tiene una petición más.

—Espero no ser yo.

Él se rio.

—Parecías tan ajena a su coqueteo. Amable, pero ignorándolo.

—Estar distraída me pareció la mejor reacción. ¿Qué otra opción tenía? Coquetear o ser descortés. —Se encogió de hombros—. He aprendido que la incomprensión total a veces es la mejor respuesta.

—Te aliviará saber que no eres parte del pago que requiere. Pidió algunas acciones de la compañía. Quiero tener la oportunidad de ser parte del éxito.

Ella pensó en este inesperado cambio en las negociaciones.

—Supongo que es comprensible. Es algo que yo pediría si estuviera en su posición.

—También es casi imposible, así que nos enfrentamos de nuevo con regresar a Londres sin la licencia y sabiendo que alguien más la obtendrá. Me gustaría saber quién es nuestro competidor y qué planea hacer con ella.

Se perdió en sus pensamientos considerando qué otros usos podría haber para la mejora de Forestier.

Por la manera en la que estaba cada vez más ausente, ella supuso que también se estaba torturando con la idea de que alguien había duplicado su propio invento.

Tomó esa oportunidad para descubrir por qué era imposible lo que Forestier pedía.

—Crees que si le damos aunque sea un pequeño porcentaje, él tendrá el control.

—Sí.

—Él tendría la decisión final, si tú yo no estamos de acuerdo. Y se pondría del lado de la persona que prefiriera.

—Ese pequeño porcentaje tendría una influencia enorme.

—Ya veo. Como dices, imposible.

Pero él no había dicho imposible. Había dicho «casi imposible». Se dio la vuelta y lo miró con atención.

—Sal un momento de tu mente y explícame qué solución encontraste. Sé que has pensado en una, aunque no la hayas dicho.

Emergió de sus pensamientos como un objeto sacado de un lago, goteando sus cálculos privados como agua.

—Su parte solo tendría ese peso si ambos le diéramos una parte igual de la que tenemos. Si todo saliera de la misma mitad, no tendría ninguna influencia.

—No es cierto. Quien sea que pierda esa parte quedaría a la merced del otro, de quien no la dio, y el señor Forestier podría ser persuadido por ese lado.

—Supongo.

—No lo supones. Lo sabes. Déjame adivinar. Ese «casi imposible» solo existe si yo cedo una parte de mi mitad.

—Yo no pienso ceder una parte de la mía.

—No veo por qué no.

—Quedaría en una desventaja en cada discusión para siempre. Él nunca se atrevería a estar en tu contra.

—Eso no lo sabes. Podría no suceder.

—Rosamund, yo no soy al que quiere en su cama. Es probable que te diga que sí a cualquier cosa si creyera que eso lo ayudaría, aunque fuera un poco, a tenerte.

—¿Cómo te atreves a sugerir que usaría eso para ganar una discusión sobre la empresa? No utilizo mis encantos femeninos de esa manera.

Kevin puso un brazo sobre sus hombros.

—Me disculpo. Es probable que haya podido decirlo de una mejor manera. Tampoco tendrías que utilizar tus encantos. Simplemente sucedería. Todo lo haría él.

Su abrazo discreto se sentía bien. Se inclinó hacia él para que fuera menos cuidadoso.

—Si tienes razón, eso no sería justo. Estamos de regreso a lo imposible.

—Eso parece.

La giró y le dio un beso. Un buen beso. Ella sintió que la mayoría de sus pensamientos sobre el señor Forestier desaparecieron.

—A menos que…

Ahora los besos de Kevin se movieron hacia su oreja.

—¿A menos que qué?

—¿Y si no le damos ni siquiera una pequeña parte de la empresa? ¿Qué tal si, en lugar de eso, cuando tengamos éxito, le damos una pequeña parte de las ganancias? Entonces no tendría voto. No sería dueño de nada. Pero podría ser parte del éxito.

La presionó contra su hombro y la abrazó por completo.

—Tendría que confiar en que le presentáramos las ganancias reales. Dudo que lo haga.

—Entonces necesitamos pensar en una manera de documentarlo que lo satisfaga.

Se quedaron en silencio. Supuso que Kevin estaba considerando el problema por los dos. Ella solo disfrutó del calor de su brazo y la fresca brisa primaveral.

—Algo así como trabajo por pieza —dijo al fin—. Cada año, una vez que tengamos las ganancias, él recibiría una pequeña cantidad de lo que nosotros obtengamos cada vez que se use el invento. Tengo que hacer algunos cálculos para saber cuánto recibiría, pero puedo hacerlo esta noche. No estoy seguro de que acepte tu plan, pero es una manera de hacerlo.

Le gustaba que dijera que fue su plan.

—Si puedes encontrar la manera de hacerlo funcionar, estoy segura de que lo aceptará.

—Si te vuelves a poner el vestido rojo, es probable que lo acepte.

Kevin sacó una hoja de papel en cuanto regresaron al hotel. Cuando entró a su habitación, Rosamund lo vio quitarse sus abrigos. Movió dos lámparas a un pequeño escritorio, sacó pluma y tinta, se sentó y desapareció entre sus números. Ella cerró la puerta porque a él se le había olvidado.

A la hora de la cena, fue a su puerta para ver si tenía planes de bajar a cenar. Justo cuando ella golpeó su puerta, un sirviente llegaba con comida en una charola. Por órdenes de Kevin, la comida entró, pero ella no.

Cenó en su habitación y después salió a la terraza para ver cómo la tarde consumía la ciudad. Después de un rato, decidió ir a ver hasta dónde habían llegado todos esos cálculos. Ni siquiera se molestó en tocar antes de entrar.

Él no se dio cuenta. Estaba sentado a la luz de las lámparas, mirando una pila de papeles llenos de cosas escritas y números.

—¿Todo se acomodó? ¿Encontraste lo posible?

Alzó la vista, sorprendido, y después volvió a mirar los papeles.

—Eso creo. También creo que podemos usar el acuerdo que traje conmigo y agregar esto, como un anexo en un testamento. No cambia el acuerdo básico. Solo lo amplía.

Le dio vuelta a algunas páginas.

—Tendré que escribirlo, por supuesto. No debería de tardar. Máximo un par de horas.

—Entonces te veré en la mañana.

No respondió, su mente ya estaba metida de nuevo en los números.

Regresó a su habitación, llamó a su criada y pidió que le preparara un baño. Necesitaba uno y luego necesitaba dormir. Se preguntó si Kevin había estado bromeando sobre el vestido rojo. Creyó que él querría esos papeles firmados al día siguiente antes del mediodía.

Esperaba que el señor Forestier no objetara a nada y aceptara la solución que presentaban. Había disfrutado París, pero era hora de regresar a Londres.

—Ven a ver esto. Dime si tú aceptarías esto como prueba de las ganancias de la empresa. —Kevin agitó el papel en dirección donde creía que estaría Rosamund—. Como un caballero, supongo que mi palabra es suficiente, pero diseñé documentación porque es probable que él espere algo así.

Agitó el papel de nuevo, de manera más insistente. Cuando vio que el papel segúia en sus dedos, alzó la mirada.

Pero ella no estaba ahí. ¿A dónde se había ido?

Llevó el papel a la puerta de su habitación. Quería su opinión sobre esto. Era crítico para su plan.

Al abrir la puerta, casi se estrella contra un sirviente que cargaba dos baldes de agua. Tres hombres iban detrás de él. Todos ellos habían dominado esa tarea para que no se derramara ni una gota. Entraron a la habitación de Rosamund mientras la criada sostenía la puerta.

Vaya momento para pedir un baño. A veces esa mujer era imposible, en particular cuando se trataba de la empresa. Esperaba que Rosamund entendiera que eso tenía que quedar listo esa noche y que podría necesitarla. En especial con esta parte. Leyó el párrafo de nuevo, intentando ponerse en el lugar de ella. Si alguien le presentara eso, ¿le parecería conveniente para sus intereses, si lo pensara de manera crítica?

A él le parecía suficiente. Y sin embargo…

Demonios, no pensaba esperar toda la noche para escribir el documento final. Llegó a la puerta de la habitación de Rosamund, la abrió, pasó por la sala, llegó a la otra puerta, y la abrió.

—¡M'sieur! —gritó la criada y brincó frente a Rosamund. Estaba semidesnuda, o al menos eso es lo que podía ver. Sus ojos azules lo miraron sobre la cabeza de la criada. Una tina de cobre estaba frente a la chimenea.

—Necesito que leas esto —dijo, ignorando la manera en que la criada ponía los ojos en blanco ante su intrusión.

—No puede esperar, ¿o sí? —le preguntó mientras señalaba hacia la tina.

—No.

Estiró una mano desde detrás de la criada y tomó el papel. Lo dobló y lo sostuvo frente a la luz del fuego. Lo cual dejó visibles sus cremosos hombros, la parte de arriba de sus pechos y su cadera.

Se irguió.

—Es lo mejor que podemos hacer. Es generoso porque le permitimos examinar las cuentas si cree que lo estamos engañando.

—¿Lo firmarías?

—¿Yo?

—Sí. Si fueras él, ¿aplacaría tus reservas?

La criada chasqueó la lengua por su interferencia, se dio la vuelta y comenzó a soltar el cabello de Rosamund. Mechón tras mechón de seda dorada cayó.

Rosamund le regresó el papel sobre los hombros de su criada.

—Yo firmaría el documento, pero no por esto. Lo haría porque has sido honesto hasta ahora, así que es probable que lo seas en un futuro. No te robaste esta idea, ¿o sí? Me parece que, si alguien es honesto, los documentos son formalidades. Si alguien es un ladrón, ningún documento podría protegerme.

La criada metió la mano al agua y lo miró molesta, haciendo un pequeño gesto para que se fuera.

Él se lo regresó.

—*Allez.*

—*Mais, mam'selle…*

Rosamund lo miró, curiosa. Sus miradas se encontraron. Tocó el hombro de la criada.

—Sí. Por favor. Vete.

—¿Puedo disfrutar de mi baño? —preguntó cuando se fue la criada.

—Por supuesto.

Él se acercó y se dejó caer en una silla.

—Yo te veo.

Ella consideró la situación en la que estaba, semidesnuda. No necesitaba ayuda para quitarse las prendas que aún tenía puestas. Que la observaran mientras lo hacía… la idea la inquietaba, pero también la emocionaba.

Dejó caer el resto de su cabello y subió un pie a la orilla de la tina para quitarse la media.

—Primero todo lo demás.

La voz de él llegó a ella en el silencio de las sombras, lejos del fuego.

Dudó mientras contenía la reacción erótica que le había provocado. Sintiéndose tímida y atrevida al mismo tiempo, dejo caer su camisón y se quedó desnuda a excepción de sus medias.

No hubo más órdenes. Eso había sido, no una petición. Un poco tambaleante por los escalofríos que la recorrían, volvió a poner su pie en la tina y se quitó una media.

La otra requería que se moviera. Con la espalda hacia él, logró quitársela. Pero, antes de terminar, él ya estaba detrás de ella, acariciando sus caderas. La mantuvo así, inclinada sobre su pierna doblada. Su brazo estaba abrazando sus hombros por la parte de enfrente, para darle apoyo, mientras su mano exploraba su espalda y nalgas, y sus besos recorrían su cuello, hombros y espalda.

Dejó que se enderazara en ese momento y la abrazó por atrás. Sus palmas y dedos excitaron sus pechos, recorriendo y apretando los pezones. Cada roce enviaba una flecha de placer al centro de ella. Su boca estaba conquistando su cuello, haciéndola temblar. Sensaciones emocionantes la recorrían, y cada una de ellas rompía un hilo de su control.

Un nuevo abrazo, una mano más abajo. Acariciando. Penetrando. Ella perdió el control de su equilibrio y de su mente. Se recargó contra él mientras un tortuoso e incesante placer la complacía y la lastimaba. El deseo comenzó a pulsar, absorbiendo todos sus pensamientos y su conciencia. Las manos de él la dejaban gimiendo. Rogando.

La inclinó de nuevo. Se encontró a sí misma con el rostro sobre un cojín. El amplio brazo del sofá presionaba contra su vientre, mientras su cabeza colgaba sobre el asiento. Sus caderas quedaron levantadas y sus piernas colgaban.

Se le nubló la visión, su mente estaba confundida. Volteó a ver a Kevin sobre su hombro. Estaba parado detrás de ella, ya no tenía la camisa puesta, su torso estaba esculpido por la lejana luz del fuego. Sus miradas se encontraron.

—Así —le dijo—. Quiero ver tu rostro.

Solo sus palabras hicieron que un filoso placer pulsara entre sus piernas. Lo deseaba con desesperación, pero no la tomó en ese momento. En lugar de eso, la acarició hasta que el deseo de ella fuera insoportable. Su cuerpo temblaba gracias a él. Sus nalgas se alzaron aún más.

Lo sintió justo ahí, presionando, y gritó su nombre. La penetró con fuerza y ella gimió de alivio. Se sentía tan bien. Diferente a la última vez. Le clavó las uñas al cojín y jadeo mientras él la penetraba una y otra vez. Cada vez que lo hacía la acercaba a un placer total. Y entonces comenzó un temblor sobrenatural y final.

—Al menos no mentiste. Estoy disfrutando mi baño. —Rosamund se relajaba en el agua tibia mientras Kevin la bañaba—. Uno muy exhaustivo.

—No puedo quitarte las manos de encima. Así al menos son útiles.

Y seguía tocándola, incluso mientras cumplía su promesa.

El verla semidesnuda había hecho que olvidara cualquier pensamiento sobre Forestier, los documentos e incluso la empresa. Había perdido la cabeza cuando ella se agachó para quitarse la media y su espalda se había arqueado y sus nalgas se vieron tan redondas. Casi la había jalado en ese momento para doblarla sobre el sofá. Sin embargo, no se arrepentía de haber esperado. El placer que por fin había sentido ella solo aumentó el suyo.

El erótico recuerdo de cómo lo había mirado, esperándolo, impaciente, no lo olvidaría. Tan hermosa. Tan apetecible.

Rosamund empujó un mechón de cabello mojado detrás de su oreja.

—A la criada le va a dar una apoplejía cuando vea el desastre que hiciste mientras lavabas mi cabello. Debiste haberme dejado hacer esa parte.

—Estoy aquí para servirla, milady.

Levantó una de las piernas de Rosamund y la lavó. Bien formada. Incluso sus pies eran lindos. Era un milagro que no se hubiera casado ya. Eso se debía a su infundada devoción a ese canalla, por supuesto. Debería enviarle a su seductor un regalo de gracias.

Pero ese hombre ya no estaba ahí para hacerla imposible de conseguir, ¿o sí?

—Supongo que has conocido muchos hombres como Forestier —le dijo—. Hombres que te quieren conquistar.

Rosamund se encogió de hombros.

—Si así fue, no les puse atención a muchos de ellos. Solo a los más atrevidos.

—Nunca te viste a tentada a olvidar a tu amado y…

—No creo que entiendas cómo funciona para la gente como yo. Estaba trabajando. Muchas horas. Si un hombre era tan directo para que yo notara su interés, no tenía el tiempo para caer en esa tentación.

A veces podía ser un idiota. Rosamund no era una dama ociosa que no tenía nada que hacer y que coleccionaba cumplidos durante la hora más popular en el parque. Al menos no en el pasado. Ahora podía serlo, si eso es lo que quería.

Esa idea no le gustaba. No era solo una heredera, sino una heredera hermosa. No podía cuidarla todo el día, todos los días. Las últimas semanas no había recibido esas insinuaciones porque todavía se estaba instalando, organizando su tienda y planeando una gran reunión con ese sinvergüenza. Todo eso cambiaría muy pronto.

Se movió para quedar detrás de ella. Comenzó a lavar su pecho.

—Cuando regresemos a Londres, me gustaría que esto continuara.

Ella logró girarse para mirarlo.

—No te refieres a darme baños, ¿o sí?

—Eso también.

Se volteó de nuevo y se recostó en la tina. Kevin cubrió sus pechos de agua y vio cómo se endurecían sus pezones.

—Veo algunos problemas con eso, ¿tú no?

—Para nada. Se requerirá mucha discreción, por supuesto.

—Yo no tengo experiencia con ese tipo de discreción. ¿Tú sí?

—¿Qué tan difícil puede ser?

Ella se rio.

—Has hablado como todo un Kevin Radnor. Sin embargo, dudo que haya libros sobre cómo hacerlo bien.

—Preguntaré. Nicholas y Chase deben saber dónde deben ponerse los límites.

Rosamund se quedó pensativa. Kevin pensó que ese momento de cavilación no lo beneficiaría. Arreglos como estos rara vez terminaban bien para las mujeres, y ella era lo suficiente inteligente como para ver eso.

Comenzó a enjuagar su cuerpo y a besar su cuello.

—Mira —dijo ella—. No me veo de esa manera. Como la mujerzuela de un hombre.

—Las herederas no son mujerzuelas. No son mujeres mantenidas. Son amantes, en todo caso. O esposas.

Se movió para poder besarla.

—Ya te lo había preguntado. Te negaste, pero creo que la razón más grande era tu viejo amor. Tal vez deberías reconsiderar esa idea.

Ella no dijo que no de inmediato, pero en ese momento tenía demasiado ocupada la boca. Aun así, no lo rechazó.

—Quiero pensarlo —le dijo—. También quiero tener una plática honesta de lo que significaría para ambos y para la empresa.

Kevin se puso de pie y tomó una toalla grande.

—Piensa todo el tiempo que necesites. Ahora, arriba.

Rosamund se puso de pie, una Venus saliendo del mar, suave y cremosa y más hermosa de lo que ella se sabía. La envolvió en la toalla y la levantó en sus brazos para llevarla al dormitorio.

Ella abrió los ojos un poco y bajó la mirada hacia su cuerpo y su posición. Tenía sus piernas dobladas por las rodillas, en la posición que él le había dicho. Quedaba expuesta de una manera escandalosa.

Kevin sostenía su propio cuerpo con los brazos extendidos y tensos en una posición que dejaba espacio entre ellos. Así ella podía ver su largo y duro miembro sobre ella, y cómo la cabeza estaba ladeada para poder verse a sí mismo. Ella también podía ver.

Comenzó a penetrarla, se detuvo. Ella latía por él, conteniéndose, deseándolo. Era bueno en eso. En hacer que lo deseara. Ella dejaba a un lado su orgullo cuando él la llevaba a ese estado de anhelo.

Ni siquiera podía acariciarlo en esa posición. Solo podía observar, notar cómo la dominaba su firme cuerpo. Era extraño que un hombre tan envuelto en sus pensamientos tuviera un cuerpo como ese. Parecía que se imponía la misma disciplina tanto a su parte física como a la mental.

Penetró un poco más y se detuvo de nuevo. Cerró los ojos. Supuso que él sentía un poco más las sensaciones que compartían. No porque él fuera un hombre y ella una mujer, sino porque él era un hombre que había dominado la concentración.

Abrió los ojos y la miró directamente. De manera intensa. Ardiente. Sus ojos eran tan profundos. Cautivadores. Como si nada más importara en ese momento y no existiera un mundo fuera de esa cama con ellos dos ahí.

Finalmente, él hizo que se juntaran. Con lentitud. Ella ignoró su propia impaciencia y aceptó la deliciosa satisfacción de lo que era. Él se alejó y lo hizo de nuevo, pero esta vez Rosamund no pudo guardar la calma. Ni la siguiente, cuando murmuró palabras que le pidieron que siguiera, que le diera más.

Más duro, después. Más profundo. Tan profundo que sentía que las penetraciones tocaban su más profunda esencia. El deseo y el placer la separaron de todas sus palabras y sonidos.

Él terminó con fuerza. Casi de manera violenta. El poder de eso la dejó retorciéndose, aferrándose a él, a su propio final, a ese paraíso justo fuera de su alcance. Con una respiración áspera, y con su cuerpo sobre el de ella, movió la mano hacia abajo y la tocó. Rosamund arqueó la espalda como respuesta a la tortura. Su cuerpo y mente enteras pedían a gritos que la liberaran de esa tortura. Kevin besó su mejilla y dijo algo y la tocó diferente y de repente estaba gritando de nuevo, esta vez asombrada.

—Supongo que si aceptara este matrimonio de conveniencia que propones, al menos una parte de él no sería horrible.

Sus palabras, dichas con suavidad en medio de la noche, despertaron a Kevin del sueño que comenzaba a llevarlo.

Su reacción, natural e inesperada, lo sorprendió. Triunfo.

Una extraña reacción, pensó una vez que estuvo despierto. Lo más importante de los matrimonios por conveniencia es que había razones lógicas detrás. Solían ser financieras. Este también las tendría. Se casaría con ella para que no se casara con alguien que pudiera interferir con la empresa. Ella se casaría con él para subir de posición social. Un matrimonio no podía ser más práctico que eso.

Incluso así, acostado a su lado después de que abriera esa puerta de nuevo, conoció una felicidad a la que no le pudo poner nombre. Decidió que solo era la reacción de un hombre complacido, feliz de saber que podría sentir eso una y otra vez.

Pero no era solo eso. Podía encontrar eso en cualquier lado, o al menos en varios lugares, incluso mejores en cuanto a la técnica, porque esas mujeres tenían la experiencia que Rosamund no poseía. Aunque debía admitir que a ellas también les faltaba un elemento que había tenido con Rosamund.

—Eso te lo puedo prometer —le dijo, porque era momento de responderle.

—Creí que estabas dormido.

—No, no. Estaba disfrutando tenerte en mis brazos.

—¿Te hice sumergirte en tus pensamientos profundos con mi breve comentario? ¿O tal vez ya estabas ahí y no me escuchaste?

—Estaba decidiendo qué decir para no asustarte.

Rosamund se acercó a él. Su cabello le hizo cosquillas a su nariz.

—No he dicho que sí.

—Estoy consciente de eso.

—Solo accedí a considerarlo. Después de un tiempo tomaremos una decisión. Tal vez decidas que no es lo mejor para ti. Y yo no aceptaré a menos que mis intereses estén protegidos.

—¿A qué te refieres?

—Debo tener control total sobre mi herencia, incluyendo mi parte de la empresa. Si no aceptas eso, no me interesa hablarlo en lo absoluto.

Era claro que no sabía nada sobre las reglas del matrimonio. Claro que él lo controlaría. Ella sería la dueña, pero su esposo tendría el control sobre su parte.

—Planeo hablar con el señor Sanders para llegar a algún tipo de acuerdo sobre eso —dijo—. Uno donde tú aceptes esa peculiaridad en nuestro matrimonio.

Demonios. La ya conocida irritación comenzó a moverse por su cabeza. Rosamund podía ser terca, en particular cuando se trataba de su invento.

—No tendrás tanto control como para venderlas sin mi permiso, Rosamund. Si aún puedes hacer eso, este matrimonio de conveniencia será muy inconveniente para mí.

Ella se encogió de hombros.

—Espero que el señor Sanders sepa cómo arreglar esa parte.

La sintió bostezar contra su pecho.

—Tu familia estará horrorizada. Una vez que lo dejen claro, es posible que cambies de parecer.

—Estoy acostumbrado a que estén horrorizados. Eso no cambiará nada.

—Sin embargo, hay algunos parientes que sí aprecias. Cuando empiecen a expresar sus objeciones, puede que pienses diferente.

Solo quería a Chase y Nicholas. Ellos podrían ver cómo se beneficiaría. Ninguno de los dos era el tipo de persona que hablaría del nacimiento o la historia de pobreza de Rosemund.

—Ya que estamos haciendo peticiones, yo debería expresar las mías —dijo Kevin—. En matrimonios como este, es común para ambas partes buscar a otras personas después de un tiempo. No aceptaré eso.

Rosamund se sentó más recta y lo miró.

—¿Estás diciendo que no puedo tener amantes?

—Sí.

—¿Es común para tu gente hacerlo cuando tienen uniones prácticas?

—Lo es.

—Sin embargo, no permitiré que un hombre tenga influencia sobre ti.

Ella sonrió.

—Crees que un amante podría utilizar el placer para manipular mis pensamientos, ¿verdad?

Vaya que sí. Después de todo, tal parece que él lo había logrado.

Rosamund se agachó para que su rostro quedara a unos centímetros del suyo.

—No es común entre mi gente. Para nada. Supongo que si eso esperas de mí, también será lo mismo para ti. ¿Correcto? A mí tampoco me gustaría que una amante manipulara tus pensamientos.

Eso no era lo que había querido decir, para nada. Buscó la manera de hacer una distinción.

—Ya te dije que las mujeres no tienen influencia sobre mis pensamientos. No hay peligro de eso.

—Nunca cautivan, dijiste. Aun así, siempre hay una primera vez para todo. Y es lo justo.

—Está bien. Acepto que yo tampoco tendré amantes.

—Ni amoríos o encuentros impulsivos.

—De acuerdo.

—Ni cortesanas ni prostitutas.

Él solo la miró. Rosamund le devolvió la mirada con unos ojos que sabían cosas.

—Supongo que, sí tú te mantienes dispuesta, podría aceptar eso —respondió.

Ella regresó a sus brazos y bostezó de nuevo.

—Después podemos hablar de a qué te refieres con dispuesta.

Kevin decidió que después sería una buena idea. No quería asustarla todavía.

CAPÍTULO 16

Rosamund bajó del carruaje con un salto, demasiado emocionada como para esperar la ayuda del lacayo. Caminó hacia el escaparate de su tienda y observó el despliegue de gorros y sombreros. Después dio un paso atrás y admiró el nuevo letrero que habían puesto en su ausencia. Esperaba que el color, un violeta grisáceo similar al color de sus cajas, resistiera el sol.

Entró y vio que la señora Ingram estaba cosiendo unas flores de seda en un gorro con tonos crema y rosa. Al escuchar sus pasos, la señora Ingram corrió a abrazarla.

—Regresaste. Qué gusto. Hemos estado más ocupadas de lo que espera. Una vez que se puso el letrero, las mujeres decidieron que ya habíamos abierto.

Rosamund fue hacia donde estaba el sombrero en proceso.

—¿Un encargo o es solo para mostrar?

—Un encargo, me enorgullece decirlo. Para una jovencita que disfruta su primera temporada. Por lo que me dijo, solo usa los suyos una vez, y necesita unos nuevos cada semana. Si le gusta este, tal vez pida más.

La señora Ingram le dio el gorro y dio un paso atrás para ver el tocado de Rosamund.

—¿Compraste eso en París?

—Sí. Me intrigó la manera en la que está doblado. No pude estudiarlo en la tienda, así que compré uno para tenerlo aquí.

Se quitó el sombrero y lo dejó en la mesa. Juntas analizaron el doblado para ver cómo estaba cosido.

—Podemos hacerlo. Creo que es muy lindo. Ahora, mira mis dibujos.

El lacayo metió un baúl a la tienda. Una vez que se fue, pasaron casi una hora conversando de los dibujos, compartiendo ideas sobre cómo hacerlos.

—¿Encontraste una chica? —preguntó Rosamund.

—Comienza el lunes. Podrás examinarla entonces. Cose bien, pero no tiene experiencia, así que será una aprendiz. Estaba usando un lindo gorro que había hecho ella misma, por lo que creo que tiene lo que se necesita para ser buena.

Rosamund recorrió toda la tienda, ahora lista para producir y vender. La señora Ingram no la había decepcionado, y la seguía hablándole sobre cómo estaban las cosas en Richmond. Al final se sentaron en el taller.

—Cuéntame sobre París.

Rosamund describió la ciudad, la comida, los jardines, los edificios. La señora Ingram le hizo una lluvia de preguntas. Cuando el tema se terminó, la señora Ingram se estiró hacia el otro lado de la mesa de trabajo para tomar un manojo de tarjetas.

—Ahora, déjame informarte sobre las cosas aquí.

—Dijiste que todo iba bien.

—Y van muy bien. Sin embargo, ha habido un interés particular por la tienda.

Dejó las tarjetas en la mesa que estaba entre las dos.

—Hemos tenido algunos visitantes que no vienen a examinar nuestros productos, sino a darte la bienvenida. Algunos han dejado sus tarjetas. Creo que hacer eso es una invitación para que los busques.

Rosamund revisó las tres tarjetas.

—Las personas están siendo muy amigables. No conozco ninguno de estos nombres. Me pregunto por qué quieren una amistad conmigo.

—Disculpa que sea desconfiada, pero todos son hombres. Dos de ellos tienen tiendas en esta área.

Las extendió sobre la mesa y fue apuntando.

—Un sastre a dos puertas. El joyero a la vuelta de la esquina. Solteros los dos.

Rosamund puso las tarjetas a un lado para llevárselas a casa.

—Eres muy desconfiada. No creo que estén haciendo nada más que ser amigables.

—Tal vez, pero considera ser amigable también. Podrías decidir buscar a alguno de ellos después.

—Si lo hago, será con la esperanza de que sus parientes nos compren muchos sombreros costosos.

—Podrías ver si te interesa alguno. No lastimas a nadie. Todavía eres joven.

—No lo creo. Hay muchas razones para ignorar estas tarjetas. La más importante es que comencé una relación con el señor Radnor en París.

El rostro de la señora Ingram se veía sorprendido.

—Confieso que me preocupé por ti, al viajar con él, pero en todos mis años de conocerte nunca hubo interés de tu parte por… eso. No es porque no hubiera hombres o ideas, o incluso pretendientes. Simplemente nunca pareció que te interesaran.

La señora Ingram no sabía nada de Charles, y Rosamund no quería explicar tanto ese triste error. Solo se encogió de hombros y sonrió.

—Y aun así, heme aquí.

—¿Vas a casarte con él?

—Lo hemos platicado. Podría ser útil solidificar nuestra asociación en un negocio que es suyo, pero que yo heredé. Sería una unión práctica. El beneficio más grande para mí es su posición social, por supuesto. Significaría una vida diferente para mi hermana Lily, el estar relacionada con esa familia.

La señora Ingram apretó la boca, creando esas delgadas líneas.

—No sería la primera vez que alguien como él ofrezca su posición a cambio de una mujer hermosa.

—No quiere una mujer hermosa. Hay muchas entre su gente. Quiere asegurarse de que no venda mi parte, o que un hombre me distraiga, o que ceda el control ante un esposo. Solo piensa en la empresa, te lo aseguro.

—Qué suerte que iniciaron una relación, entonces.

—¿Por qué?

—Necesitas saber cómo será esa parte, me parece. ¿Te imaginas casarte así solo para descubrir que el hombre no sabe lo que hace en su cama matrimonial?

La señora Ingram puso una mano en el brazo de Rosamund y se acercó.

—Confío en que él sí sabe lo que hace.

Rosamund sintió cómo su cara se ponía roja.

—Yo diría que sí.

—Me alegra escuchar eso. Ahora, veamos lo que hay en ese baúl que trajiste contigo.

La mañana después de su regreso a Londres, Kevin tomó la decisión de desayunar al mismo tiempo que su padre. Soportó una conversación que se centró en cómo su padre había logrado romper el cisne autómata y necesitaba que Kevin lo arreglara de inmediato. A cambio, él le habló a su padre de los lords que había visto paseando por las Tullerías y de lo poco que había aprendido sobre la política francesa actual.

Al haber cumplido con su deber filial por al menos dos semanas, se puso de pie.

—Tengo que irme para hacer algunos cambios con el banco.

Se dio la vuelta para retirarse, pero se detuvo.

—Ah, debería avisarte que me voy a casar con la señorita Jameson.

Se fue sin mirar atrás, se subió a su caballo y cabalgó a la ciudad para arreglar todo lo que concernía con el dinero de Forestier.

De regreso se detuvo en la cerca de Angelo. Refrescado por la actividad física, al fin regresó a la casa temprano por la tarde. Entró para poder pasar el resto de la tarde planeando el futuro de la empresa.

Para su sorpresa, el sirviente le hizo un pequeño gesto, apuntando hacia otro lado.

—Lo quieren en la biblioteca, señor.

¿Quieren?

Abrió las puertas de la biblioteca y se encontró con un grupo de parientes. Su padre estaba sentado, murmurando. La tía Agnes fingía ser una reina. La tía Dolores tomaba té. Nicholas se veía aburrido.

—Ahí estás. Al fin —exclamó la tía Agnes—. Entra.

Se quedó en la puerta.

—Qué amable de tu parte y de la tía Dolores visitar a mi padre. Ha pasado mucho tiempo. Me encantaría platicar con ustedes, pero estoy muy ocupado y…

—Dije «entra».

El pecho de Agnes se hinchó. Un brillo autoritario apareció en sus ojos.

—Es mejor que nos acompañes —dijo Nicholas—. No servirá de nada posponerlo.

Kevin entró y eligió una silla en el perímetro externo, al lado de su padre. Su padre bufó y le lanzó una mirada furiosa.

Kevin se la devolvió.

—¿Tú los llamaste? Si lo hiciste, no esperes que ese tonto cisne se arregle por mucho, mucho tiempo.

—Claro que los llamé. No puedes soltar una revelación tan descabellada y luego irte, como si no importara. Debes consultar a la familia. Al menos a Hollinburgh.

Las miradas de Kevin y Nicholas se encontraron. Nicholas lo miró como pidiéndole disculpas.

—No veo por qué he de consultar con nadie. Creo que fue muy generoso de mi parte decírtelo a ti. Es claro que eso fue un error. No dejaré que el sentimentalismo me domine de nuevo.

—Ah, tonterías —dijo Dolores—. Solo necesitamos saber una cosa. ¿Ya estás comprometido con esta mujer?

Cuatro pares de ojos se clavaron en él, demasiado curiosos. Por el amor de…

—Todavía no.

—Gracias al cielo.

La tía Agnes casi se desmaya de alivio.

—No todo está perdido, entonces.

—Sin embargo, espero que lo estemos al final de la semana.

—No, no lo estarán. No es posible. Entiendo que es bonita, pero…

—Es más que bonita, tía Agnes —interrumpió Nicholas—. Hay que darle crédito al diablo. Es increíblemente hermosa.

—No estás ayudando, Nicholas —lo amonestó Agnes.

—¿A qué demonios te refieres con eso de «darle crédito al diablo»? —exclamó Kevin.

Nicholas se inclinó hacia atrás, como para repeler el ataque.

—Es solo una frase. No me refería a que ella fuera el diablo. Yo…

—Yo creo que lo es —lo interrumpió Dolores—. Te ha hechizado. Seducido. Usó sus encantos para atraparte. Supe desde la primera vez que la vi que no podíamos confiar en ella y que nos llevaría a la ruina, y está en buen camino para hacerlo.

Retorció las manos.

—Si tan solo mi hermano hubiera pensado bien en su testamento y no hubiera sido tan caprichoso. Ahora miren lo que ha hecho.

—Hay que tranquilizarnos —dijo Agnes, aunque su pecho subía y bajaba de una manera que indicaba que ella no estaba tranquila.

—Kevin, está bien tu desagradable interés en la mecánica y lo que sea que hagas. Tu ridícula obsesión con este invento tuyo, el hacerte amigo de hombres en la industria... tu reputación, y la de la familia, puede sobrevivir a todo eso. Sin embargo, si te casas con la hija de un granjero arrendatario...

Dudó al decir las palabras, miró al techo y se abanicó.

—¿Te vas a desmayar? —preguntó Nicholas, preocupado.

—No se va a desmayar —respondió Kevin—. Nunca lo hace. Solo amenaza con hacerlo, por el efecto que tiene.

Agnes se recuperó al instante. Le clavó una mirada maliciosa.

—No sabes nada de ella. Además de que es bonita y de que ahora tiene una fortuna.

—Las dos cualidades más importantes que mi padre me enseñó a buscar en una esposa. ¿No es cierto, padre?

Su padre casi asintió en su dirección, pero la mano de Agnes le dio un golpe firme al cojín del diván en el que estaba sentado.

—Supuse que él sabría que también se requiere la buena sangre. ¿Quién necesita explicar eso? —le preguntó su padre a Agnes en tono de súplica.

—Has sido negligente al criarlo —dijo Dolores—. Descuidado. Es probable que estuvieras demasiado ocupado con tus juguetes como para darte cuenta de que se estaba desviando, y ahora mira este desastre.

Su padre se veía devastado.

—No esperabas que te devoraran junto conmigo, ¿o sí? —le susurró Kevin.

—Kevin no es estúpido, hermana —dijo Agnes—. Sabe que esto es más que terrible. ¿No es cierto, Kevin? ¿Es esta tu idea de un chiste perverso para nosotros? ¿La revancha por todos los errores y críticas? Si no, no funcionará. Debes terminarlo, lo que sea que es, e informarle a la señorita Jameson que no estabas pensando con la cabeza en tus hombros, si no con la que tienes más abajo.

—¡Tía Agnes! —exclamó Nicholas.

—Siempre tuvo la costumbre de ser obscena —le dijo su padre a Nicholas.

—Ah, tonterías. Todos sabemos lo que pasó. Ella lo sedujo y ahora él cree que debe hacer lo correcto con ella. Bueno, no tienes que hacerlo. No con alguien como ella.

Agnes respiró hondo y exhaló, como para indicar que ahí terminaba la conversación, que estaba decidido.

Kevin observó a todos en la habitación.

—En eso te equivocas, tía Agnes. Yo la seduje y ella rechazó mi primera propuesta de matrimonio. Sin embargo, es honesta y buena, y podría conseguir algo mucho peor. El tío la apreciaba, o no le habría dejado esa herencia, y el juicio de él era muy superior al tuyo. Así que si ella me acepta, después de que termine el espectáculo, me casaré con ella.

—No vivirá en esta casa —declaró su padre—. No lo permitiré.

—Nunca sometería a ninguna mujer a vivir en esta casa.

—¡Te desheredaré!

—No puedes. Tu patrimonio está comprometido.

—No todo.

—¿Te refieres a que si me caso con ella no heredaré tus autómatas? Demonios, eso sí es un problema. Tendré que pensarlo todo de nuevo.

Nicholas contuvo una sonrisa. La tía Agnes se dio cuenta.

—Hollinburgh, es tu decisión. Dile que es inaceptable y que no estás de acuerdo. Dile que arriesga su lugar en esta familia.

—No le diré nada parecido.

—¡Debes hacer algo! —gritó la tía Dolores.

—Eso es verdad.

Nicholas se puso de pie.

—Retirarme me parece una gran idea. Tío, la próxima vez que me envíes un mensaje que diga «Nos ha golpeado un desastre y la vida de Kevin está en riesgo», por favor asegúrate de que sea sobre algo importante.

—Exijo que aceptes tu responsabilidad en esto —dijo la tía Agnes, su voz muy cerca de ser un chillido—. Si hace esto, se merece lo mismo que Philip. Dile eso y entrará en razón.

—No tengo intención de amenazar a Kevin con perder mi amistad por algo como esto. Quiere casarse con una mujer. Es algo simple y honorable. Ahora, les deseo un buen día.

Con eso, Nicholas salió de la biblioteca. Kevin no desperdició el tiempo y fue tras él, ignorando el llamado de su tía para que se quedara con ellos hasta que todo se resolviera.

En la calle, Nicholas esperaba impaciente a que le dieran su caballo. Seguía mirando sobre su hombro, como si esperara que las arpías salieran volando tras de él.

—Vaya cosa —murmuró—. Pudiste haberme advertido.

—Regresé ayer por la tarde.

—No te voy a amenazar ni a darte un sermón. Sí te diré, sin embargo, que me sentiría mejor si creyera que esto es sobre más que su parte del negocio. —Nicholas le lanzó una mirada curiosa—. También me quedaría más tranquilo si entendiera, aunque sea un poco, cómo funciona tu mente, y si estuviera seguro de que puedes separar el sentido común de un apasionado impulso. Pero ya que no sé cómo piensas y que solo sé que no es como lo hacen los hombres normales, no me queda más que desearte lo mejor.

El caballo llegó y Nicholas lo montó. Observó la casa.

—Vivir aquí va a ser un infierno ahora. Eres bienvenido en las habitaciones de la Casa Whiteford si quieres un poco de paz.

—Veré si mi padre se hunde en la decepción silenciosa o si me persigue por los pasillos.

—Si pidió una reunión del consejo, podría sacarte de la casa. Sé que te quedabas aquí por su bien, pero tendrás que irte cuando te cases, así que lo mejor sería hacerlo ahora.

—Lo consideraré.

—Chase vendrá a cenar hoy. ¿Por qué no te unes y le cuentas sobre esto antes de que lo escuche de alguien más?

A Kevin le pareció una buena idea. Necesitaba hablar con Chase sobre otra cosa. La tía Agnes había dicho algo interesante entre toda su indignación. Algo que despertó su curiosidad de un modo en el que debió haberse despertado semanas antes.

El señor Sanders consideró el problema que Rosamund había puesto frente a él. Sus dedos formaban una pequeña montaña en su mesa mientras fruncía el ceño y pensaba. Ella esperaba su decisión. Le había pedido una audiencia en una carta que le había enviado por la mañana, y había llegado a media tarde, después de que él le escribió que sí podía verla.

Había pasado todo el camino de regreso de Francia pensando en el matrimonio que casi había aceptado. Antes de que eso siguiera avanzando, quería asegurarse de que podría tener el acuerdo que le había exigido a Kevin.

—El matrimonio es un contrato —sentenció el señor Sanders al fin—. Sin embargo, hay tradiciones y leyes que entran en juego. Una mujer casada pierde mucha independencia y personalidad, por decirlo de alguna manera. No puede hacer un contrato después de casarse, por ejemplo. Sus deudas en realidad son las deudas de su esposo. Ese tipo de cosas.

—Entonces no puedo hacerlo.

—En teoría, puede hacerse cualquier cosa. Un contrato puede afectar a otro. ¿Está segura de que no quiere decirme el nombre de este caballero? Le confieso que me preocupa. Heredó recientemente y existen aquellos que…

—Preferiría no hacerlo en este momento. Solo quiero saber si puedo reservar mi herencia o no, sin importar lo que digan las leyes y las tradiciones.

—Puede hacer un contrato con él para eso. Sin embargo, si él decidiera no respetarlo, y usted tuviera que ir a la corte para hacerlo cumplir, no le puedo prometer que la corte la apoyaría.

Esas no eran buenas noticias.

—Si este hombre es honrado, seguirá el acuerdo.

El señor Sanders intentó sonreír.

—¿Usted cree que sea un hombre honrado?

—Sí, eso creo.

—Entonces tal vez todo esté bien.

Todo se trataba de la confianza. Se preguntó si podría confiar en sus pensamientos al respecto. Después de todo, había comenzado a reconsiderar esta propuesta después de iniciar una relación con Kevin. Habían tenido la conversación mientras ella seguía envuelta en el placer.

¿De verdad creía ella que el matrimonio sería una buena idea o solo quería conservar su relación?

Los recuerdos de las noches anteriores la inundaron. De nuevo sintió las manos de él en su cuerpo y el deseo comenzó a fluir como la marea. Se dio cuenta de que había pasado un momento desde que el señor Sanders había hablado. Despertó de su imaginación para ver que la estaba observando.

—Estaba pensando en su pregunta sobre el honor. La estaba considerando.

Él solo le sonrió.

—Me gustaría que usted escribiera el contrato. El otro lo tendríamos que firmar. Le diré el nombre una vez que estemos comprometidos. Si algún día nos llegamos a comprometer.

Dejó la oficina del procurador y salió a la calle. Sí creía que Kevin era honrado. No obstante, tampoco dudaba que fuera a usar sus habilidades sensuales para convencerla de sus ideas. Él no le había pedido que diera dinero para Forestier, por ejemplo, pero estaba tan distraída flotando en su satisfacción, que solo había visto el lado bueno de la situación. Si se casaban, ¿seguiría él haciendo eso? ¿Lo había planeado todo?

Todo eso le recordaba que realmente no sabía mucho sobre él. Sabía que podía ser descortés y que su familia era sorprendente.

Sabía que le dedicaba la mayor parte de su tiempo a la empresa. O a cuidar a Rosemund misma. O, tal vez, a los burdeles.

Además de eso, no sabía más de la vida de Kevin. Él sabía mucho más sobre ella, que ella de él. Más, pero no todo. Ella modificaría eso. Era probable que, una vez que lo hiciera, él decidiera que ni siquiera quería ese matrimonio.

Regresó a la tienda, y mientras iba haciendo una pequeña lista en su mente de cosas por aprender. Le preguntaría a él sobre algunas. Otras las descubriría sola.

—¿Qué demonios estás haciendo allá afuera?

La voz de Nicholas salió de una ventana de la Casa Whiteford. Sacó a Kevin de sus pensamientos.

—Estoy viendo la configuración del terreno —le gritó en respuesta.

—No te has movido. Ya llevas casi una hora ahí parado.

No había estado viendo la configuración del terreno en este jardín. Su mente había estado paseando por el terreno de Melton Park. En específico, el terreno entre el lago y la mansión. No serviría de nada intentar explicarle eso a Nicholas. La idea no era más que una semilla en ese momento. No podría responder preguntas al respecto incluso si Nicholas entendiera las respuestas, lo cual era poco probable.

—Entra de una vez. Chase llegó —le dijo Nicholas.

Kevin caminó hacia la casa.

—¿Le dijiste que me voy a casar con la señorita Jameson?

—Sí. Si no hubieras salido a pasear y meditar en mi jardín, habrías estado aquí para escucharlo.

—¿Se sorprendió?

—Solo por la parte del matrimonio. No la parte de la señorita Jameson. Vamos al comedor para hablar al respecto.

No quería hablar al respecto. Eso solía significar que alguien le iba a decir que su comportamiento era inaceptable, que no estaba pensando con claridad, que la sociedad se sorprendería, etcétera.

Se acercó a la ventana.

—Me gustaría ir a Melton Park a finales del verano, si no te molesta.

—Creí que el verano te aburría.

—Es verdad. Aun así quiero ir.

Nicholas se encogió de hombros.

—Ve a donde quieras. Pero ahora ve directo al comedor. No te pierdas en la casa ni en tus pensamientos.

—Felicidades.

Chase alzó su vaso.

—Como dije, no se ha decidido nada.

—No creo que ella vaya a decir que no.

Estaban sentados en la biblioteca. Nicholas había anunciado que necesitaba encargarse de algo relacionado con la propiedad después de la cena y los había dejado solos.

—Uno nunca sabe —dijo Kevin—. París es una cosa, Londres es otra. Como me demostraron esta mañana de una manera muy irritante.

—No puede sorprenderte. Agnes estuvo dispuesta a recibirla en una cena familiar para que todos pudieran juzgarla. Nunca aceptará a la señorita Jameson como tu esposa. Sin embargo, no es su decisión. Es tuya.

—Nicholas cree que solo se trata de su herencia. Nos dejó solos, así que es probable que ya te haya compartido sus dudas al respecto. Quiere que hagas una investigación discreta, ¿no es cierto?

—Tenía una reunión importante. Sin embargo, ya que lo mencionas… ¿esto se trata sobre la mitad de tu empresa que heredó?

¿Se trataba de eso? Una gran parte. Kevin se dio cuenta, aunque no por completo.

—Si mañana se descubriera un anexo al testamento que te transfiriera esa parte de la empresa y ella ya no fuera la dueña, ¿aun así te casarías con ella? —preguntó Chase de una manera muy casual, como si no le hubiera presentado una pregunta desafiante.

—Si existiera tal anexo, nunca la hubiera conocido. Si no te importan las condiciones de su nacimiento, no veo por qué te preocuparía. No es como si ese tipo de matrimonios no fueran normales. Este año o el próximo, Nicholas también estará en un matrimonio práctico. Tú matrimonio es el que es diferente.

—Una disculpa. He desarrollado la extraña idea de que mis buenos amigos también merecen ser felices.

Kevin observó la manera en la que la lámpara jugaba con el tono rojizo de su oporto.

—Creo que tengo una buena oportunidad de ser feliz. Sin embargo, durante la inquisición a la que me enfrenté esta mañana, la tía Agnes dijo algo que me hizo dudar.

—¿La estabas escuchando? Mi mente siempre se va a otro lado cuando empieza a hablar.

—Dijo que yo no sabía nada sobre ella. Eso no es cierto. Sé bastante, pero… cuando intento acomodar lo que sé, hay huecos.

—¿Huecos?

—Mmm. La manera en la que conoció al tío, por ejemplo. Sé por qué ella dice que le dio dinero. Porque ayudó a alguien que él conocía. Pero ¿cómo y dónde? Hay espacios vacíos como ese en su historia.

—Tal vez deberías preguntarle al respecto.

—Creí que tal vez tú ya sabrías. Tú fuiste quien la encontró.

—Tú la encontraste.

—Te di un nombre y un pueblo. Tú hiciste todo lo demás.

—Minerva hizo lo demás. Lo dejé todo a cargo de ella.

Chase era bueno para disimular, pero Kevin lo conocía desde hacía mucho tiempo y podía detectar cuando lo estaba haciendo.

—¿Y tu esposa no te dijo ni una palabra al respecto? Me cuesta creerlo.

Chase también era bueno para ocultar incomodidad. Así que cuando Chase se puso de pie para llenar su vaso y tomó un poco antes de volverse a sentar, Kevin ya estaba esperando la expresión imperturbable que le devolvió.

—Como dije, deberías preguntarle a la señorita Jameson.

—Te estoy preguntando a ti.

—Lo estás haciendo.

Chase se veía molesto. Le dio otro trago a su vaso.

—Maldición. Está bien. ¿Qué huecos ves? Los llenaré si puedo. Minerva me dijo muchas cosas, pero no todo. Es por eso que la señorita Jameson, o la misma Minerva, serían una mejor opción.

Preferiría no cuestionar a Rosamund y nunca le preguntaría a Minerva.

—Llegó a la ciudad cuando tenía más o menos diecisiete años. Fue sirvienta un tiempo. ¿Cuánto tiempo?

—Casi año y medio.

—Luego se fue.

—Sí.

—¿Sabes por qué se fue?

—No.

Chase estaba mintiendo. Lo dejó pasar porque ya tenía esa información.

—¿A dónde fue después? Y no me refiero a cuando fue con el sombrerero que le enseñó. Eso fue después. Este es el hueco.

—Según sé, trabajó en otra casa.

Chase parecía firme. Decidido. No había sido una mentira. Rosamund le había insinuado lo mismo mientras viajaban a París.

—¿Qué familia?

La expresión de Chase se descompuso lo suficiente como para notarse. Un vago pulso se veía en su mandíbula. Una decidida barrera en su mirada creó un escudo.

—No lo sé.

—Creo que sí lo sabes.

—Pregúntale a ella.

—Preferiría no hacerlo. Podría no ser nada importante y no quiero que piense…

—¿Que sospechas de ella? Pero sí lo estás haciendo, así que lo mejor sería que se lo dijeras. Esta es una pésima manera de empezar un matrimonio, Kevin. Ha pasado todo este tiempo y solo hasta ahora sales de tu cabeza para darte cuenta de que hay huecos en lo que sabes sobre ella.

Kevin esperó a que la frustración de Chase se calmara. Kevin no podía defenderse. No había hecho nada por obtener más información sobre Rosamund. Pero tampoco había necesitado saber mucho, solo que la deseaba.

—¿Fue la amante de algún hombre en ese tiempo?

Chase lo miró, sorprendido.

—No que yo sepa. Como dije, fue sirvienta.

—Pero te niegas a decirme con qué familia. Eso es muy extraño.

Chase se recargó en la silla.

—Juro que mataré a Nicholas. El cobarde, dejándome hacer esto solo.

Respiró hondo.

—No dije que hubiera trabajado con una familia, Kevin. Dije que trabajó «en una casa».

Giró la cabeza y miró a Kevin directo a los ojos.

Kevin le regresó la mirada, sorprendido. Las nubes se dispersaron y la luz entró. Por supuesto. Había sido un tonto al no verlo antes.

Justo en ese momento la puerta se abrió y Nicholas entró. Se sentó y los miró. Su expresión cambió. Miró a Chase con una pregunta en la mirada y Chase asintió.

—Bienvenido de nuevo, Nicholas —saludó Kevin—. Justo a tiempo para perderte el momento en el que Chase me dijo que mi prometida fue una prostituta.

—Debí haberlo imaginado desde un principio. Después de todo, es donde descubrí su nombre. En el burdel de la señora Darling.

Kevin seguía pensando en esta revelación mientras Nicholas tomaba asiento.

—Supuse que solo compraban sus gorros con ella. No que ella hubiera vivido ahí. Pero ha de haber sido hubiera sido un gran lugar para que mi tío la conociera, y de que fuera una de sus conquistas.

—Lo estás tomando bastante bien —dijo Nicholas—. Debe haberte sorprendido.

—No mucho. Llena el hueco a la perfección.

—Pero saber que… me refiero a que descubrir…

—Mejor ahora que más tarde —mencionó Chase.

—Eso dijiste esta tarde —respondió Nicholas—. Le hablé de tus intenciones y se puso verde. Logré que me lo dijera. Decidimos que era buena idea comentártelo. Mejor ahora que más tarde, dijo.

—A como yo lo recuerdo, *tú* decidiste que *yo* debía decirle —reprochó Chase.

—Temía una gran escena al estilo de Kevin. Groserías. Insultos. Un terrible sarcasmo. Pero mira, está siendo un buen soldado a pesar de que sus planes han quedado destruidos.

—Eso es porque esto no afecta mis planes.

Ambos lo miraron. Nicholas se veía preocupado.

—Maldición, lo sabía. Al diablo con un matrimonio práctico. Está cautivado por ella, Chase. Lo hará a pesar de saber la verdad.

—No estoy cautivado. Estoy seguro, sin embargo, de que aunque trabajó en esa casa, no era una de las damas «de» la casa.

—No puedes estar seguro —dijo Chase.

—La señora Darling nunca le daría empleo a una mujer tan ignorante como ella. Esa casa es famosa por el nivel de experiencia.

Les tomó cinco segundos entender lo que estaba diciendo.

Chase se veía aliviado, tal vez porque no tendría que explicarle a Minerva cómo había arruinado el posible compromiso de la señorita Jameson.

—Dime, si no estuvieras tan seguro de que ella no trabajó ahí sin ensuciarse, ¿aun así te comprometerías con ella?

—Sí.

Kevin se sorprendió de que supiera la respuesta de inmediato.

—Qué bueno. Porque es inevitable que algún hombre la haya visto ahí. Algún día, alguien podría decir algo. Deberías comenzar a practicar con las pistolas y las espadas.

CAPÍTULO 17

Rosamund no vio a Kevin por dos días después de su regreso. Después de pasar la segunda mañana con su tutor y después de acomodar su casa, se puso un gorro y caminó hacia la casa de Minerva por la tarde. Mientras mostraba su tarjeta, se dio cuenta de que era la primera vez que había hecho una visita social de este tipo, en su nuevo papel de heredera adinerada.

Se preguntó si Minerva sabía de su relación con Kevin. Le cruzó por la mente que su amiga podría no estar de acuerdo y que decidiría no recibirla.

Mientras esperaba el veredicto, se preguntó cómo sería que la rechazaran. Pasaría en algún momento. Tal vez no con Minerva, pero sí con otra mujer. Esta podría pensar que había comenzado una amistad solo para llegar así y ser rechazada. Un esposo o padre podría interferir, o su nueva amiga podría resultar no ser su amiga en realidad.

Kevin la protegería de eso, pero había un límite para lo que podía hacer. Ella no había vivido en sociedad, pero sabía que podía ser cruel. Entre más personas supieran quién era ella, menos querrían que estuviera en sus círculos. Ser la hija de un granjero arrendatario sería lo de menos. Si se corría la voz de que había trabajado en el burdel de la señora Darling, dudaba que alguien quisiera volver a hablarle.

No por primera vez en los últimos días se preguntó qué tan posible era que eso pasara. Había sido una sirvienta, y casi nadie le había puesto atención. Con esa gorra blanca y ese vestido sin forma, no era nada impresionante. Tampoco había pasado mucho tiempo con las mujeres una vez que empezaban a trabajar. Cumplía con sus deberes antes de eso y solo iba a verlas si tenían alguna necesidad especial, de más combustible o algo parecido.

Aun así no había sido invisible, ¿o sí? ¿Qué tal si algún día un hombre que sí le había puesto atención la veía en el parque y la reconocía? Podría suceder. No se atrevió a pensar que no podría pasar.

El sirviente no fue por ella. Minerva sí. Bajó la escalera con el cabello un poco despeinado y un vestido bastante sencillo.

—Perdóname por hacerte esperar. Acabo de regresar de una investigación.

Llevó a Rosamund a la biblioteca y pidió té.

—Me veo extraña, lo sé. Descuidada. Si no hubieras sido tú, habría ofrecido disculpas y no hubiera dejado que me vieran. Pero sé que tú lo entiendes.

Minerva se acomodó algunos mechones rebeldes mientras hablaba.

—¿Es normal que salgas a realizar investigaciones?

—Lo normal es que vayan mis agentes bajo mis instrucciones. Pero la investigación de hoy necesitaba una mujer de cierta edad y actitud, así que decidí ir yo misma. Se supone que sea una reformista de buena familia, pero a la que no le importa su apariencia. ¿Crees que lo haya logrado?

Rosamund observó el cabello y el aburrido vestido café con las botas.

—Yo lo creería.

—Por suerte, la familia involucrada también lo creyó. Confirmé lo que ella sospechaba, y ahora puedo darle el reporte completo a mi clienta.

—¿Es un problema interesante?

El té llegó y Minerva les sirvió a ambas.

—Único. Mi clienta sospecha que su esposo tiene una segunda familia. Y hoy descubrí que es verdad.

—¿Aquí en Londres? Qué atrevimiento.

—Muchos hombres suponen que una esposa callada es una esposa estúpida. Para la mala suerte de este hombre, su callada esposa es tan brillante como el sol y se dio cuenta de todo. Lo ignoró por años, y lo hubiera seguido haciendo de no ser porque sospechaba que él había dado un inesperado paso final. Uno que cambiaría todo.

Rosamund pensó en lo que podría ser. Un paso final…

—¿También se casó con la otra mujer?

—Muy bien. Tendré que cuidarme cuando esté contigo para evitar que mis indiscreciones te digan más de lo que me gustaría. No tengo idea de por qué lo hizo, pero tengo algunas teorías. Todo lo que importa es que cuando mi clienta lo enfrente con esto, tendrá información que asegurará que la escuche muy bien por primera vez en su matrimonio.

—Qué vida tan interesante llevas.

—No tan interesante como la de alguien que se va a Francia en bote. Cuéntame sobre tu viaje.

Rosamund había ido por otra conversación. No quería ser grosera, así que describió algo de lo que había visto.

—¿Kevin se comportó? —preguntó Minerva.

Rosamund sintió que se le sonrojaba la cara.

—¿A qué te refieres?

—¿Logró ser amable con este hombre Forestier que mencionaste? ¿Contigo? ¿Con los sirvientes del hotel y la tripulación del bote?

—No fue grosero, al menos yo no lo vi. No sé qué haya pasado cuando me fui de compras y él se quedó solo.

Minerva la miró de reojo y luego de manera más directa. Inclinó la cabeza hacia atrás y relajó los párpados. Rosamund se concentró en su taza.

Otra taza hizo un fuerte sonido cuando la dejaron en la mesa.

—Ese canalla.

A Rosamund se le secó la boca.

—¿Por qué dices eso? Te expliqué que no fue descortés.

—Te sedujo. Puedo verlo en tus ojos. Te sedujo para que aceptaras sus peticiones sobre ese invento. —Sus ojos se encendieron—. Chase lo sabe. Cenó con Kevin ayer, y actuó muy extraño cuando regresó y le pregunté por el éxito del viaje. Muy vago. No me dijo nada sobre ustedes porque sabe que yo...

—Por favor. Yo no... no me resistí mucho. Para nada, si soy honesta. Sin embargo, me ha hecho preguntarme algunas cosas. Estamos pensando en casarnos y ahora necesito saber más sobre él.

—¿*Casarse*? ¿Kevin?

Minerva se volvió a sentar en el cojín, sorprendida.

—¿Qué pasó con el hombre que me pediste que investigara? ¿El tal Charlie?

—Lo visité. No fue lo mismo.

La expresión de Minerva se puso más seria.

—No es sabio pasar de inmediato a otra persona cuando alguien nos decepciona. Mucho menos hacia Kevin Radnor.

—Aún estoy decidiendo. Pero a mí me parece una pareja muy sabia. Ninguna otra cosa me cambiará tan profundamente.

—Ah. Por supuesto. Qué descortés de mi parte suponer que no lo has pensado bien. Estás siento mucho más sabia que yo, al parecer. Y más práctica.

Levantó la taza para servir de nuevo.

—¿Qué quieres saber de él? Me atrevo a decir que tú lo conoces mejor que yo ahora.

—Quiero saber sobre la muerte del duque.

—Te dije que se determinó que había sido un accidente.

—También dijiste que la familia no estaba de acuerdo con eso. ¿Tú y Chase decidieron que había sido un accidente?

Minerva dudó.

—No. Estamos seguros de que no lo fue.

—¿Y Kevin?

—Nunca hablé con él al respecto, pero Chase sí. Kevin estuvo ahí, en la finca. Dijo que fue un día antes de que el duque muriera y que ya se había ido para cuando pasó. No le ayudó mucho haber afirmado que había estado en Francia cuando eso sucedió, pues regresó aquí por unos días.

—Tomó un bote.

—Sí. Lo descubrimos por nuestra parte, pero otro miembro de la familia lo vio en la ciudad.

—Felicity.

La mirada de Minerva se endureció.

—Al parecer no pudo esperar a contarte.

—Y a pesar de todo se determinó que había sido un accidente. ¿Fue para protegerlo?

—Para nada. Chase le presentó lo que sabía a las autoridades. Había otros posibles culpables. Yo era una. Nos incluyó a todos. Aun así, se declaró un accidente.

—¿Acaso el padre de Kevin no sabría si su hijo hubiera estado en la ciudad el mismo día de la muerte del duque?

Minerva dudó de nuevo.

—Solo te estoy diciendo todo esto porque estás considerando dar un paso muy grande. No se quedó en la residencia familiar cuando regresó. No hay prueba de que haya ido a esa casa en todo el día.

—¿Crees que lo haya hecho, Minerva? Necesito saber si tú lo crees.

Minerva se tomó el tiempo para pensarlo, su expresión era la de una persona a la que habían acorralado y no le gustaba esa posición.

—Tiene mal carácter. Espero que lo controle con una mujer, pero lo dejó salir con Philip la noche de la cena, así que lo has visto. Si los otros primos no hubieran intervenido, le hubiera hecho un grave daño a Philip —dijo—. Y es un devoto de su proyecto.

Lo consume. Acababan de cambiar el testamento para darte la mitad de la empresa que le pertenecía al duque. Los cambios al testamento no suelen ser compartidos con la familia, pero Kevin pudo haberlo descubierto y eso lo pudo haber molestado. Dijo que la discusión había sido sobre el dinero para el hombre que visitaron en París, pero…

Dejó esa idea ahí, casi acusando a Kevin.

Todo eso habría sido suficiente para acusar a la mayoría de los hombres. Hombres normales. Hombres que no eran nietos de duques. Por alguna razón, alguien había decidido no acusar a Kevin, pero ¿qué tal si esa persona cambiaba de parecer? Se dio cuenta de que Kevin vivía con esa posibilidad. Fuera inocente o culpable, eso sería horrible.

Minerva estiró el brazo y tomó la mano de Rosamund.

—Me preguntaste qué pienso. Yo no creo que él sea responsable. No tengo pruebas para apoyar mi parecer, solo mis observaciones de la gente. He conocido hombres que son capaces de ese tipo de cosas, y él no es uno de ellos, en mi opinión. Sin embargo, no se trata de si yo lo creo, Rosamund. Se trata de si tú lo crees.

No sabía qué pensar. El hombre que la había reconfortado después de ver a Charles no haría algo como eso. El hombre que se quedaba en la residencia de su familia para que su padre no estuviera solo tampoco lo haría. Había visto cómo su intensidad podía cambiar toda su actitud y cómo su invención se había vuelto el centro de su universo.

—Supongo que la familia sabe que tienen intenciones de comprometerse. —Minerva cambió el tema—. Prepárate.

—Sé que no tengo su aprobación. Por eso aún no estamos comprometidos. Para que puedan hacerlo cambiar de opinión, si es posible.

Minerva se rio.

—¿Kevin dejarse llevar por las preferencias de su familia? No lo creo.

—Es posible que no. Solo se me hizo justo dejar que lo intentaran.

—Si este matrimonio se realiza, será bueno para él. No es una casa feliz en la que ha vivido por tanto tiempo. Chase me dijo que el padre de Kevin nunca lo perdonó por la muerte de su madre. Fue un matrimonio por amor, al parecer. Apasionado y profundo. El hombre se perdió cuando ella no sobrevivió el parto. Quedó devastado. El último duque se quedó en la casa un mes para asegurarse de que su hermano no hiciera algo impulsivo. Luego Kevin fue criado ahí, con un padre que casi ni reconocía que estuviera vivo.

La explicación de Minerva entristeció a Rosamund. No solo por Kevin, sino también por su padre, que había escapado del dolor por medio de pasatiempos excéntricos en lugar de atesorar al niño que se quedó con él. Ella creía que había sido una elección trágica.

Un matrimonio por amor, había dicho Minerva. Apasionado y profundo. El hombre había quedado cautivado y eso lo dejó de luto para siempre.

Kevin dobló una hoja de papel y la metió en su levita. Bajó al salón matutino por café y recibió el correo mientras esperaba. Una de las cartas se unió al papel.

Estaba terminando de desayunar cuando sintió una presencia en la habitación. Alzó la mirada para ver a su padre parado al otro lado de la mesa.

—¿Vas a salir? —le preguntó su padre.

—Sí.

—¿A verla?

—Sí. Tenemos que hablar de negocios.

—Esa es una bonita manera de decirlo.

—Es la manera correcta de decirlo. Sigue siendo mi socia.

Su padre miró al sirviente en turno. El sirviente se fue.

—Entonces has decidido desobedecerme.

—Ya superamos ese tipo de cosas. Tengo casi treinta años.

—Edad suficiente para negar a tu familia, al parecer. Permíteme dejarlo claro, en caso de que creyeras que tus tías hablaban por sí mismas. Prohíbo este matrimonio.

Kevin se puso de pie y lo miró sobre la superficie de madera pulida.

—Lo entiendo. Sin embargo, es mi decisión, no tuya.

—Que así sea. Si has decidido seguir adelante con este matrimonio, por tus máquinas o lo que sean, si estás listo para avergonzarme de esta manera, no quiero verte. No regreses hoy ni nunca.

La orden le causo más alivio que preocupación, aunque sintió algo de esta última por el hombre que tenía enfrente. La expresión de su padre era seria, pero había mucha decepción reflejada en ellos también.

—Como desees. Enviaré a alguien por mis cosas una vez que esté instalado.

Su padre se veía sorprendido, como si de verdad hubiera esperado que se arrepintiera. Kevin tomó su correo y salió del salón.

«Llegaré a las dos en punto para llevarte al banco».

La nota había llegado temprano por la mañana. A las dos en punto, Rosamund estaba esperando a Kevin en la biblioteca.

No lo había visto desde su regreso. No había pasado tanto tiempo, pero esta salida la ponía nerviosa y la emocionaba. París había quedado en el pasado. Se preguntaba si se verían diferente en casa. Como menos interesantes. Menos atractivos.

Se distrajo observando los estantes vacíos. Necesitaba hacer algo con ellos. Le gritaban que era nueva en esa casa, en esa vida.

Kevin entró a la biblioteca justo después de la hora. Escuchó sus botas y se dio la vuelta en el diván para poder verlo. Su cálida sonrisa hizo que el cuerpo le temblara, como el eco de sensaciones más fuertes que había experimentado con él.

Se puso de pie de un salto. Él se acercó, la tomó en sus brazos y la besó.

—Se sintió como una eternidad —le dijo—. Pero ahora se siente como si el tiempo no hubiera pasado.

Ella no pudo evitar sonreír y reírse. La besó de nuevo, uno más profundo, y ella sintió que volaba.

—Tenemos que irnos.

La apartó de él.

Salieron juntos y se subieron al carruaje. Se dio cuenta de que era uno rentado.

—¿Todo va bien con la tienda? —le preguntó.

Le habló sobre su progreso y las comisiones que estaban llegando.

—Todo parece ir bien en Richmond también. Creo que poder seguir con las dos. ¿Y tú? ¿Qué ha pasado contigo?

—No mucho, además de que he estado pensando en los siguientes pasos. Pasé tiempo con Nicholas. Arreglé los documentos que necesitamos para enviar fondos a Francia. Ah, y le dije a mi padre de nosotros.

Lo dijo todo de manera tan casual, como si apenas le estuviera poniendo atención a sus palabras. Pudo haber estado diciendo que cenó, que leyó un libro, ah, y por cierto, salí a caminar.

—¿Qué le pareció la noticia?

Se asomó por la ventana, sus parpados se cerraron contra la luz del sol que esculpía su rostro con ayuda de sus facciones aristocráticas.

—No le gustó la idea. Pero eso es lo que esperábamos.

—¿Hubo una pelea?

—Para nada. Aunque insistió en que las tías y Nicholas dieran su opinión. Eso fue un poco molesto. Y esta mañana me dijo que no quiere volver a verme nunca. Eso explica el carruaje rentado en el que estás.

Le sonrió.

—Todo esto ya lo anticipaba y no significa nada.

—¿Te cerró las puertas de su casa? Eso es terrible.

—Si hubiera sabido que esto pasaría, habría encontrado una pareja inapropiada hace años.

—¿A dónde irás?

—Me quedaré en la Casa Whiteford unos días, después buscaré una habitación. No estés tan preocupada. A mí no me importa, así que a ti tampoco debería importarte.

Actuaba como si el rechazo de su familia no le molestara, pero no era indiferente a todos.

—¿El duque también…?

—Las tías querían que lo hiciera, pero se negó. No le gustó que lo involucraran en eso. No creo que a Chase le importe tampoco. Los demás se pueden ir al diablo.

—Le conté a Minerva y no se sorprendió.

—¿Y no se opuso?

—No a que tuviéramos una relación o que tal vez nos casáramos. Estaba sorprendida, pero no en contra.

—¿Le sorprendió que «tú» estuvieras considerando casarte «conmigo»?

Se mordió el labio, pero se le escapó una risa.

—¿Tal vez un poco?

Kevin se rio.

—Yo creo que fue más que un poco. No le agradó mucho.

Se inclinó para asomarse por la ventana.

—Estamos llegando a Strand.

Cerró las cortinas y se acercó a ella.

—Eso significa que tengo suficiente tiempo para besarte antes de que lleguemos al banco.

Kevin lidió primero con su propio borrador y luego dejó que el encargado ayudara a Rosamund con el suyo. Con papel secante listo, remojó la pluma y firmó su nombre. Después pidió fondos adicionales para su uso personal.

—Esos borradores llegarán por correo al banco del señor Forestier. Solo debería tardar unos días —explicó mientras salían del edificio—. Deberíamos recibir la confirmación con una carta.

—Entonces está hecho y tengo papel moneda en mi bolsa, justo a tiempo. En el viaje a París usé lo que quedaba de mi primer retiro.

Tomó el brazo de Kevin y caminaron por la calle.

—Pedí que nos prepararan la cena. Puedes explicarme nuestros siguientes pasos entonces.

—Nos quedan algunas horas. ¿Qué te gustaría hacer?

—Quiero comprar más libros. La biblioteca se sigue viendo muy triste.

—Libros serán. ¿Sabes qué tienda quieres visitar?

—Nunca he ido a ninguna. Siempre se veían intimidantes. La que tú elijas será suficientemente buena.

Las tiendas podían ser intimidantes. Sin embargo, él conocía una que no lo era. Le dijo al conductor de carruaje que los llevara a la calle Finsbury.

—Esta es una de las más grandes. Se llama El Templo de las Musas.

Le habló sobre las musas mientras la guiaba hacia adentro.

—No puede ser tan intimidante si se llama a sí misma la librería más barata del mundo. No hay crédito, pero deberíamos tener suficiente para comprar una buena cantidad de libros.

Rosamund entró y miró a su alrededor.

—Es enorme. Mira, hay un domo.

—Este nivel es enorme y hay cuatro pisos en total. Cuando abrió, un coche de correo podía dar vueltas aquí.

—No sé por dónde empezar con paredes de libros para elegir. Quiero algunos clásicos. Del tipo de libros que Lily debería leer.

Le lanzó una sonrisa torcida.

—Y yo también, si tengo que probar algo.

—Compran bibliotecas enteras. Veamos si les ha llegado algo bueno.

La llevó al mostrador redondo y pidió hablar con el señor Lackington, el dueño, sobre sus más recientes adquisiciones.

Los enviaron a la oficina en el siguiente nivel. Ahí los recibió un señor George Lackington de cabello blanco. Al escuchar el interés de Rosamund por comprar estantes de libros, los llevó a una enorme alcoba.

—Todavía compramos y vendemos bibliotecas. Creo que aquí encontrará lo que busca. Todos estos están forrados de piel y son muy atractivos. Este grupo incluye a los poetas y filósofos usuales, junto con una selección de escritos más recientes.

Sacó un tomo color café y lo puso en las manos de Rosamund. No le puso mucha atención al elegante forro o a las letras perfectas en la espina del libro. Lo abrió de manera reverente, admirando la pieza grabada del principio, y luego pasó algunas páginas.

Preguntó por el precio.

—Estos solo se venden juntos.

El señor Lackington observó los estantes.

—Son un poco más de cincuenta títulos en forros a juego personalizados de una calidad superior. Digamos veinticinco libras. Son de buena calidad, así que le pido que no ofrezca menos. Nuestros precios de verdad son tan baratos como decimos. Comprar estos mismos libros en una subasta costaría al menos el doble.

Kevin había pasado el tiempo examinando los títulos. Rosamund buscó sus ojos con una pregunta en los suyos. Él asintió.

—Me los llevo —dijo—. ¿Hacen entregas?

—Por supuesto.

El señor Lackington se guardó el papel moneda en el bolsillo de su chaleco y puso una tarjeta en los estantes.

—Llegarán mañana temprano. Ha sido un placer conocerla.

—No sé por qué pensó que ofrecería menos —le dijo Rosamund a Kevin una vez que se despidieron.

—Porque pensó que estabas a punto de hacerlo. ¿Ibas a hacerlo?

—Sí, pero no podía saberlo con seguridad.

—No te estaba tratando de manera distinta a como me trataría a mí. Todos regatean en las librerías. Es algo común. Es por eso que les recuerda su política a los clientes antes de que lo intenten.

—Admito que son libros impresionantes. Incluso el papel era hermoso. Podría sentarme con uno en mi regazo, incluso si no tuviera ganas de leer. Aunque el que me mostró estaba lleno de poemas, creo que intentaré leer unos de esos.

Habían regresado a la calle.

—¿Ya terminaste?

Rosamund se alejó.

—Tal vez algunas novelas…

—Es posible que me haya excedido.

Rosamund confesó sus errores mientras se quitaba el gorro en el recibidor de su casa.

—¿Tengo que hacer que forren todos los libros que compré para que hagan juego?

Kevin estaba observando sus movimientos con el gorro, como ese acto tan simple fuera una revelación para él.

—Si quieres, cualquier taller de encuadernación puede hacerlo. Si no quieres, solo acomódalos así como están. En el futuro, puedes comprar unos nuevos sin forro y hacer que los forren a tu gusto.

Lo llevó a la biblioteca.

—Debes pensar que soy una ignorante al no saber cosas tan simples.

Tomó su mano y la acercó a él.

—Eres brillante en las cosas que sí sabes. Sin embargo, eres muy refrescante y honesta cuando se trata de algo que no conoces.

Le dio un beso rápido.

—Adorable.

Le dio un beso más largo.

—Es un tipo de inocencia. También me he dado cuenta de que disfruto enseñarte.

—No creo que sigas hablando de libros.

—Qué desconfiada eres.

Comenzó a abrazarla, pero el sonido de la puerta al abrirse la hizo dar un salto hacia atrás.

Su lacayo se presentó y le informó que la cena estaría lista a las seis en punto. Ella le dijo que podía irse. Kevin sacó su reloj de bolsillo.

—Supongo que quieres esa cena.

—Fue un pedido especial de mi parte.

Lo aceptó, pero suponía que se le ocurrían mejores cosas que hacer. Caminó por la biblioteca, pero se detuvo frente al escritorio.

—¿Cuándo llegaron estas tarjetas de visita?

Sus dedos las extendieron.

—Había algunas cuando regresamos de París. Dos más llegaron ayer. Temía que me ignoraran si me mudaba aquí, pero en lugar de eso mis vecinos están siendo muy amigables. Supongo que debería visitar a algunas de esas damas, para ser educada.

—Algunos no son tus vecinos ni son damas.

—Algunos hombres que tienen tiendas han estado visitando la mía para darme la bienvenida.

—Uno de ellos tiene una tienda en Strand. Vino desde muy lejos para darte la bienvenida. La persecución ha comenzado.

—¿A qué te refieres?

—Es un truco útil para estos hombres. No es necesario que un pariente te conozca y luego los presente. Usando la excusa de los negocios, pueden presentarse ellos mismos.

—Tal vez solo querían ser amigables.

—Si yo fuera un sastre en la calle Oxford, me gustaría ser muy amigable con una hermosa heredera que abrió una tienda cerca.

Le dio unos golpecitos a las tarjetas.

—Descubrirás que ninguno de estos hombres está casado.

Quería acusarlo de ser desconfiado, pero era probable que tuviera razón. La señora Ingram había dicho casi lo mismo. Solo que lo de ser hermosa no tenía mucho que ver. Su fortuna la hacía lo suficiente atractiva. Era probable que esas damas la hubieran visitado por la misma razón. No era apropiada para sus parientes, pero si se había corrido la voz sobre su herencia, algunas estarían dispuestas a tragarse su orgullo y tomar los pasos necesarios.

A menos que esas mujeres fueran de la familia de Kevin.

—Creo que deberías venir a sentarte conmigo —le dijo ella—. Unos besos más antes de la cena estarían bien. No he pensado en mucho más todo el día.

Casi no probó la comida. Su plato se llenaba y se vaciaba, y su tenedor se movía hacia su boca, pero apenas se daba cuenta. Su atención estaba clavada en Rosamund.

Sus besos en la biblioteca lo habían excitado al punto de hacer que la cena fuera un deber. La miró comer, y cada mordida, cada movimiento de sus labios y cada sonido tenía para él implicaciones eróticas. Se la imaginó desnuda en esta mesa, entre sus platos de porcelana nuevos, y que él la tomaba de diferentes maneras, de las cuales al menos la mitad la sorprendería.

—Mencionaste nuestros siguientes pasos —habló Rosamund—. He preguntado a qué te refieres dos veces y has ignorado mis preguntas. ¿No planeas decirme cuáles son?

¿Se lo había preguntado durante la cena? Apenas recordaba un pequeño hilo de conversación al que no le había puesto atención.

De manera delicada, metió un poco de crema a su boca. Vio cómo la cuchara penetraba sus labios y cómo su boca se deslizaba de arriba a abajo en el pequeño cuenco. Su lengua recuperó lo poco que había quedado en la cuchara.

—Me imagino que estás pensando en las maneras de hacer que el invento por fin tenga ganancias —continuó—. Es probable que lo siguiente sean los pasos para fabricarla.

Maldita sea. Insistía con esta conversación. Se obligó a desviar la mirada para poder pensar con claridad.

—La mejor manera de hacerlo es construir una fábrica —respondió.

—Para eso necesitamos mucho dinero, ¿no?

—La segunda mejor manera es firmar un contrato para que una fábrica lo haga por nosotros. También implica mucho dinero, y el diseño estaría en las manos de alguien más.

—Te sigue preocupando que lo roben. Una vez que esté hecho, eso seguirá siendo un riesgo, ¿no?

—No es sencillo entender cómo funciona a menos que tú lo estés diseñando. Una vez que se comience a usar, ni siquiera se podrá ver en el motor.

Ella se terminó su crema pastelera, a él lo entristeció ver al sirviente llevarse el plato. Relajó los párpados y se quedó pensativa.

—Tal vez no debamos hacerlas en lo absoluto. Tal vez podemos dejar que quienes construyen las máquinas de vapor lo fabriquen junto con las máquinas.

—Entonces no podríamos controlar la calidad.

—Si alguien está construyendo una máquina es porque quiere que funcione. ¿Por qué mejorarla con el invento y hacerlo mal?

—Es un instrumento de precisión. Debe ser exacto.

—Estoy segura de que hay muchas fábricas que pueden ser exactas. Un negocio así hizo el modelo que me mostraste, después de todo. ¿Esa fábrica está cerca de Londres? Tal vez podamos llegar a un trato con ellos.

—Te sorprendería lo descuidadas que pueden ser muchas fábricas. A menos que trabajen con hierro para uso decorativo, tienen estándares que nunca podrían considerarse precisos.

—Y aun así tú encontraste una diferente. Y supongo que varias, conociéndote. Si revisamos esa lista, nos ahorraría…

Lo había estado mirando y de repente dejó de hablar, se inclinó hacia delante y lo miró con detenimiento. Su mirada parecía atravesarlo. Una expresión de incredulidad apareció en su rostro.

—Sí usaste una fábrica para hacer ese modelo, ¿verdad?

Se arrastraría por vidrio roto para besarla, pero a veces podía ser muy molesta. Como en ese momento, que deseó que su tío le hubiera dejado la mitad del negocio a una mujer tonta, si es que iba a dejarlo encadenado con una socia.

—¿Verdad?

La respuesta ya estaba en su cabeza y se reflejaba en sus ojos.

—Lo hice yo mismo.

—¿Tu trabajaste el hierro? ¿Cómo?

—No fue difícil. Observé cómo se hacía durante varias semanas y lo intenté. Después de un tiempo, aprendí lo suficiente.

—Conociéndote, fue más que lo suficiente. En especial porque insistes en que se haga con precisión. Supongo que no hiciste nada más por seis meses. ¿Dónde?

—Tengo una estructura al otro lado del río donde lo hago… lo hacía.

—Debí saberlo en cuanto vi el modelo que no confiarías en nadie más para hacerlo. ¿Planeas hacerlos todos?

—Si llegamos a tener éxito, eso no será práctico.

Sonrió. Y su sonrisa se hizo más grande, hasta que comenzó a reírse. Rosamund se secó los ojos con su pañuelo e intentó parar, pero no podía.

—Discúlpame. No me estoy riendo de ti.

Logró sacar las palabras antes de comenzar a reírse de nuevo.

—Estoy imaginando cómo se vería tu tía Agnes si algún día te viera forjando. Me la imagino entrando y tú estás ahí, desnudo hasta la cadera enfrente del fuego, moldeando el hierro.

—Creo que se moriría ahí mismo.

Rosamund se sentó más erguida y sacó el pecho.

—«Esto es más que terrible, Kevin» —chilló, imitando a la tía Agnes—. «Ya es malo que tengas un negocio, pero ahora vas a hacer el trabajo… No es digno. Estás humillando a la familia».

—Tienes la voz y las palabras exactas —dijo, riéndose con ella—. Me alegra que no estés sorprendida. Existía la posibilidad de que lo estuvieras.

La mirada de ella se volvió seductora.

—Personas como yo no se sorprenden cuando un hombre usa la fuerza para crear su sueño, Kevin. Esa palabra no describe lo que estoy sintiendo.

La miró a los ojos. Consideró y descartó usar la mesa, la pared o el suelo.

—Ven conmigo. Ahora.

La siguió fuera del comedor. Subieron las escaleras, estaba casi cargándola, con su brazo alrededor de ella para que se moviera. Se detuvo en el rellano.

—¿Dónde está tu habitación?

Ella apuntó y él caminó en esa dirección. Abrió la puerta de golpe, la jaló hacia adentro y la cerró. Sostuvo la cabeza de Rosamund en sus manos y la reclamó con un beso apasionado e impaciente.

El propio deseo de ella había estado hirviendo todo el día y solo había empeorado durante la cena, y ahora la inundaba. Se perdió a sí misma en la creciente locura que compartían, uniéndose a él en abrazos aferrados y fuertes caricias. Sus manos y su boca la recorrían por todos lados, como si no pudiera tener suficiente de ella. Rosamund usó sus manos para pegarse contra su pecho, pero la ropa lo oscurecía demasiado. Quería verlo como lo imaginaba en su mente, desnudo y firme.

Un pequeño sonido salió del vestidor. Se volteó a mirar la puerta.

—Tu criada no entrará —le dijo Kevin mientras comenzaba a quitarle el vestido—. Sabe que estoy aquí.

La idea de que los sirvientes sabrían lo que estaba haciendo le preocupó, pero su vestido cayó a sus caderas y los besos de Kevin le quemaron el cuello, y sus objeciones desaparecieron. No había espacio en su mente para sirvientes después de eso.

Desenfrenada, su pasión igualaba la de él. Le quitó la corbata y se peleó con los botones de su chaleco. En un torbellino de hambre, se quitaron la ropa hasta que pudieron abrazarse cuerpo contra cuerpo y piel contra piel. Contuvo la respiración, asombrada por lo bien que se sentía, palpitando, sensible y mojada, esperando lo que viniera.

Se encontró a sí misma en la cama. Él estaba arrodillado sobre ella y usaba su boca. Besos, lamidas y mordidas por todo su cuerpo, cada uno excitante, cada uno demandante. Él se fue moviendo hacia abajo y aún más abajo. Adivinó lo que iba a hacer. Sorprendida, su instinto la hizo taparse a sí misma con la mano.

Kevin besó su mano.

—Muévela.

Ella dudó.

—Muévela ya, Rosamund.

Ella obedeció y cerró los ojos. La complació con su mano hasta que se rindió a la locura. Estaba más que atónita cuando sintió su lengua comenzar una devastadora provocación. Pronto, todo se convirtió en oscuridad y sensación, gritos de necesidad resonaban en su cabeza. Sintió cómo le levantaba sus piernas.

Bajó la vista hacia su cuerpo. Él estaba parado al lado de la cama, sosteniendo sus rodillas contra la cadera de él, penetrándola. Cuando vio lo que él estaba haciendo se excitó aún más. Llevaba esa intensidad a todo lo que decidía hacer, incluso a esto, le emocionaba ver su cara endurecida por la pasión y su cabello colgando sobre su frente y rostro, y su boca y su mandíbula tan firmes.

Esa tensión especial comenzó como reacción a todo, destellando alrededor de su miembro esta vez, creando olas por su cuerpo que eran cada vez más violentas. Su centro de placer ahora estaba donde quedaron unidos. El final fue tan largo y tan abrumador que realmente se perdió mientras gritaba gracias a la placentera libertad que la inundaba.

Cuando sus sentidos volvieron, él estaba en sus brazos, con sus fuertes respiraciones acariciándole la oreja.

—Me estaba volviendo loco sin ti —murmuró.

Lo abrazó más fuerte y flotó en una paz perfecta. No era solo placer lo que creaba ese ambiente. Un tipo de intimidad especial la absorbía, como si sus esencias se hubieran tocado igual que sus cuerpos. Eso se había hecho parte del deseo y el placer, e incluso de su sencilla amistad. No quería perder nada de eso.

Tal vez esperaría uno o dos días para decirle lo inaceptable que sería como esposa, y para preguntarle por la muerte del duque.

—Supongo que ahora todos los sirvientes saben.

Rosamund lo dijo de una manera simple. Kevin estaba acostado de espaldas y la tenía envuelta en un abrazo. Había estado observando los adornos de la habitación. Ella había redecorado el lugar y se veía mucho mejor que cuando lo habían visitado con el agente.

La referencia a los sirvientes que ella había hecho hizo que regresara a la mente de él una verdad que había establecido unos minutos atrás, pero que había descartado por un momento. La verdad era no que no había sido cuidadoso con la reputación de Rosemund, y los sirvientes eran lo de menos.

No tenía idea de cómo manejar este tipo de relación porque nunca lo había hecho. Había vivido un pequeño encuentro que pudo haber sido llamado una relación por las personas con mentes más generosas, pero sus apetitos carnales solían encontrar las soluciones más prácticas. Era lógico que hubiera estándares para llevar una relación como esta por un tiempo. Esta podría ser larga si ella elegía no casarse. Él no tenía intenciones de dejarla ir solo porque ella eligiera ese camino.

—Si son buenos sirvientes, serán discretos. Tampoco te harán saber lo que creen que saben. No lo menciones y tu criada tampoco lo hará. Si quieres fingir que hablamos sobre el negocio, dile eso.

Esperaba estar en lo correcto al menos en eso. Según su experiencia, así era como los sirvientes se comportaban sobre asuntos que requerían privacidad y discreción.

—Veré si puedo ser sofisticada o si quiero comenzar a explicar tu estancia en mi habitación por tanto tiempo. Dudo que ella crea que necesitábamos subir para hablar de la empresa. Tengo una casa entera para eso.

La mente de Kevin recorrió la casa y sus varias habitaciones. Si terminaba viviendo ahí, estaba notando una gran deficiencia. A la casa le faltaba un buen estudio donde pudiera encerrarse a perseguir sus intereses. Necesitaría un espacio para poder manejar sus negocios.

—Creo que voy a rentar unas habitaciones —le dijo—. Siempre podrás visitarme ahí, por si te incomoda que venga a verte.

—Eso sería más escandaloso.

Era probable que tuviera razón.

Pero sí sabía una cosa. No podía quedarse toda la noche. Con el tiempo, tal vez, cuando ella conociera más a sus sirvientes y si llegara a estar segura de ellos, pero hoy no. Un matrimonio sería muy conveniente, eso era seguro.

La hizo a un lado y se sentó.

—Me aseguraré de que nadie me vea irme.

La mano de Rosamund acarició su espalda. Se dio la vuelta, se inclinó y le dio un beso.

—Mañana —le dijo—. Habré decidido para entonces.

CAPÍTULO 18

Kevin lanzó un golpe hacia Nicholas. Nicholas hizo un baile para quitarse del camino antes de dar un paso hacia delante y golpear con fuerza. El impacto en su torso casi dejó a Kevin sin aliento.

Nicholas dio un paso hacia atrás de nuevo.

—Me niego a continuar. No estás poniendo atención. Si seguimos así, voy a lastimarte. Voy a lavarme.

—Una disculpa —dijo Kevin mientras lo seguía al vestidor—. No tengo excusa.

—No debí haberte insistido. Bajaste a desayunar medio dormido.

Nicholas se quitó la camisa mientras el asistente llenaba dos cubetas con agua caliente.

—¿Vas a anunciar pronto tu compromiso?

Kevin se encargó de su propia limpieza.

—Eso se decidirá pronto. Podría decirme que no. Es lista, así que sabe lo que perdería en el matrimonio. Es posible que tenga que conformarme con las cosas como están ahorita.

—Es extraño que una mujer elija ese tipo de relación en lugar del matrimonio.

—He estado pensando en cómo hacer eso, si fuera necesario.

Kevin se limpió la cara.

—¿Cómo lo haces?

Los movimientos de Nicholas se detuvieron. Kevin siguió lavándose.

—¿Estás preguntándome cómo llevar un amorío?

—Solo las estrategias prácticas. Supongo que sabes mucho sobre discreción y ese tipo de cosas. Yo soy nuevo en todo esto.

Nicholas comenzó a vestirse.

—Lo primero que debes saber es que la discreción es algo así como un chiste. Necesitas experimentar la inconveniencia de ser discreto, pero aun así todos sabrán lo que está pasando. Sin embargo, fingirán que no si das tu mejor esfuerzo.

—¿Para qué molestarse si van a hablar de todas maneras?

—Te compra unos rumores silenciosos, en lugar de los chismes con los que te insultan en el club y con los que te cierran puertas en la cara. Y en cuanto a la dama, hacer un esfuerzo por ser discretos puede proteger su reputación de manera pública, pero aun así hablarán. Pero nadie va a perseguirla ni intentar matarla.

Nicholas revisó su corbata.

—Ven conmigo si quieres más información.

Kevin se unió a Nicholas mientras paseaban por la calle hasta que encontraron una taberna cerca del río.

—Han comenzado a gustarte los establecimientos democráticos para beber —dijo Kevin, mientras lo acompañaba a una mesa ordinaria. Los hombres a su alrededor estaban vestidos como trabajadores de los muelles y hablaban como tales.

Nicholas pidió dos tarros.

—La cerveza es buena y no hay un solo miembro de la sociedad presente que me mire como un pollo para la cena.

—¿La temporada no va bien?

—Los padres son tan malos como las madres. Acabo de iniciar una relación muy indiscreta con la intención de disuadirlos, pero no ha funcionado.

—Sin embargo, estabas a punto de hablarme de las relaciones discretas.

—Podrías ver los pasos si utilizaras tu mente. Tú vas a su casa, no ella a la tuya. Llegas muy tarde y te vas antes de que salga el sol.

—Eso ya lo había pensado.

—Incluso dentro de la casa, evita que los sirvientes te vean, aunque sabrán que estás ahí. Si llegas en carruaje, te bajas a dos calles y caminas el resto del camino. Si llegas en tu caballo, utiliza el establo más lejano. Si de verdad quieres ser discreto, no entres por la puerta principal, sino por el jardín.

—¿Debería subir por su ventana?

—Me da gusto que esto te parezca entretenido. No es necesario que subas por las ventanas porque, como dije, no engañarás a nadie.

—Gracias. Estoy seguro de que esto ayudará…

—Hay más. Esta parte tiene que ver con la sociedad, así que es fácil equivocarte si no tienes ayuda. Pueden…

—Creo que me siento insultado.

Nicholas lo ignoró.

—Pueden encontrarse en el parque en ciertas ocasiones y caminar un poco, pero no lleguen juntos y mucho menos en un carruaje cerrado. Se te permite bailar con ella una vez, nada más, en una fiesta o en un baile. No pueden ir juntos al teatro o a ningún otro entretenimiento, si se encuentran en una cena, debe parecer que se aburren al hablar. Si le das un regalo, pídele al zapatero que lleve una selección a tu casa y elige ahí, para que nadie sepa que el regalo vino de tu parte.

Nicholas le dio un trago a su cerveza.

—¿Eso es todo o solo estás tomando aire?

—Hay más si está casada.

—No lo está, por supuesto.

—Todavía no.

—Y tampoco lo estará. Si me rechaza es porque quiere controlar su herencia.

—Podría enamorarse. Es imposible saber lo que una mujer hará cuando eso pase. No solo los hombres se convierten en unos tontos cuando están enamorados.

Kevin quería decir que Rosamund aún querría preservar su independencia incluso en esa instancia, pero no podía contar con eso. Había esperado a ese canalla por años en nombre del amor, ¿o no? Había sido una notable excepción que se le escapó a su mente clara y su naturaleza práctica.

—Al menos necesitas recordar esto. Si sí se casa, debe terminarse en cuanto esté comprometida. Finalizado. Cualquier renacimiento de su amorío durante su matrimonio debe ser su decisión. Si en algún momento eso sucede, ven conmigo y te diré cómo manejarlo.

—No tenía idea de que fueras un experto. Me alegra haberte preguntado a ti y no a Chase.

—Vas con Chase si alguna vez necesitas saber cómo ser astuto. Él siempre descubre cosas interesantes. El tipo de cosas que necesitas usar si un esposo rechaza la idea, sospecha o mantiene limpias sus pistolas de duelo. Aunque solo un tonto enamorado continuaría el amorío en ese caso, y quiero pensar que tú nunca serás uno de esos.

—Es probable que sea muy complicado si requiere que alguien como Chase utilice sus trucos. Toda tu lección casi hace que la idea de una relación sea aburrida.

—Con el tiempo lo es. Sabes que se acabó cuando la idea de organizar todo y pensar cómo vas a escabullirte te hace querer ir a apostar a tu club.

Kevin se fue un poco después. Nicholas había descrito una situación muy poco atractiva. Visitar un burdel sonaba más sencillo. Aunque una mujer de un burdel no podría reemplazar a Rosamund.

Era un pensamiento peculiar que había saltado a su cabeza. Lo consideró mientras cruzaba el río y se dirigía hacia Southwark.

Rosamund bajó del coche de alquiler. Lo que quería hacer requería que fuera caminando. Le pidió al hombre que esperara su regreso y caminó por la calle.

Le había costado trabajo encontrar estas fábricas al sur del río. No era un área frecuentada por mujeres. De hecho, no vio ni una en toda la cuadra. Sin embargo, los hombres entraban y salían de los edificios. Trabajadores, al parecer. Había algunos que solo descansaban contra las paredes. Había mucho ruido en una de las tabernas que pasó.

La mayoría de las fábricas estaban hechas de ladrillo. Ninguna era muy grande. Sacó un pedazo de papel de su bolsa. El conductor del coche de alquiler le había dicho que esta era la calle. Ahora solo necesitaba encontrar el establecimiento correcto.

Había querido hacer esto desde que vio a los autómatas gigantes. Le pareció que solo eran juguetes enormes y complicados para hombres adultos. ¿Sería divertido tener uno menos elaborado que fuera para una niña? Tenía una idea de lo que quería, un regalo para Lily.

La calle era estrecha y seguía cruzándola para evitar los caballos. La sorprendió, entonces, cuando uno de los caballos se detuvo frente a ella, casi aplastándola contra una pared de ladrillo.

—¿Qué haces aquí?

Alzó la mirada. Kevin la observaba. Ella sonrió y alzó el pedazo de papel.

—Estoy buscando esta fábrica.

Kevin desmontó, ató su cabello, tomó su brazo y la llevó con firmeza hacia la esquina. Una vez ahí, tomo el papel y lo leyó.

—¿Qué estás haciendo *tú* aquí? —le preguntó mientras leía la dirección.

—La fábrica está cerca.

Sonaba distraído.

—¿Vas a fundir algo? ¿Puedo observar?

Levantó la mirada. Ya no se veía distraído. Su expresión era dura y tensa. Alzó el papel.

—¿Por qué estás buscando esta fábrica?

—Me dijeron que hacían partes de cobre y yo quería…

—¿Y querías tener una conversación con ellos? ¿Sin avisarme?

Se volvió la viva imagen de un hombre que apenas podía controlar su temperamento.

—Primero que nada, no hablarán contigo porque eres una mujer. Segundo, no tienes nada que decirles porque realmente no entiendes lo que se necesita hacer. Además, no tienes la habilidad de determinar si pueden cumplir con los requerimientos de calidad.

Se había alegrado de verlo, pero ahora no le gustaba ni su tono ni sus suposiciones.

—Supongo que hablarán con cualquiera que pueda pagar.

—¿Eso crees? Mira a los hombres aquí. Mira lo extraña que les parece tu presencia. Es bueno que te haya encontrado o te hubieras metido en problemas, en lugar de solo causármelos.

Irritado, miró a su alrededor.

—¿Cómo llegaste aquí?

—Mi carruaje está al final de la calle.

La tomó por el codo y comenzó a jalarla de nuevo.

—Te acompañaré.

Rosamund plantó los pies.

—No he terminado aquí. Quédate conmigo si te preocupa, pero no creas que puedes ordenarme que me vaya por un capricho tuyo.

—¿Un capricho? Esto no es un capricho. Me rehúso a permitir que comiences la conversación sobre la manufactura en este momento, y mucho menos sin mí. Puedes ser decidida y terca, Rosamund, lo suficiente para volverme loco. Necesitas aceptar que hay maneras de hacer esto que no entiendes y que tu impaciencia solo pondrá en riesgo el futuro que la empresa podría tener. No estamos hablando de hacer un maldito sombrero.

Creyó que su cabeza iba a explotar gracias a toda la ira con la que palpitaba para cuando terminó. Le lanzó una mirada furiosa.

—Suéltame, Kevin, a menos que quieras que empiece a pedir ayuda a gritos.

Por un momento, pensó que no la soltaría. Sus miradas estaban atrapadas en una ardiente y furiosa conexión. Luego la soltó.

—Es imperdonable que intentes iniciar una pelea conmigo en una calle pública —reclamó ella—. No me importa lo rudo que sean estos hombres, creo que saben que no deben hacer algo así. Pero tal vez crees que tu buena sangre te permite romper todas las reglas.

Le quitó el papel de la mano con fuerza.

—Y esto no tiene nada que ver con tu precioso invento. A diferencia de ti, yo tengo otros intereses.

Con eso se fue caminando, mirando los letreros de todos los edificios por los que pasaba.

Las pisadas de unas botas aparecieron a su lado.

—Te pregunto de nuevo, ¿qué estás haciendo aquí? —le preguntó tenso.

—Buscando a un hombre que pueda construir un autómata.

—Zeus, no tú también.

Perdió la paciencia y le dio un golpe en el brazo.

—Aléjate si vas a verme feo y a quejarte. No es para mí. Es para Lily. Un juguete que se mueve, eso es todo. Es sorprendente que a nadie se le haya ocurrido hacer alguno para niños.

Tuvo que aguantar uno de sus suspiros irritados.

—Serían demasiado caros. Hay cientos de partes, conectadas de maneras complicadas. Ese tipo de mano de obra sería aún más difícil a pequeña escala.

—Ya lo sé. Por eso primero pedí ver a los relojeros. Me imagino que son prácticas parecidas.

Caminaron en silencio.

—Similares —dijo al fin.

—Un relojero me dio esta dirección y me dijo que este hombre podría estar dispuesto a intentarlo.

Agitó el papel frente a su rostro.

—No necesito nada como ese cisne. Solo una mujer que se ponga un sombrero. Simple. Brazo arriba, se pone el sombrero, brazo abajo. Aunque incluso el hombre mecánico en un tamaño más pequeño sería un gran juguete. Si fuera pequeño, no importaría que chocara contra cosas.

Más silencio. Y luego…

—Aunque fueran sencillos, serían muy costosos para que los padres se los compren a sus hijos.

—Para mi gente, tal vez. Pero no para la tuya. Tu gente consciente a sus hijos. Y es por eso que mucha de tu gente no tiene modales.

Al ver el letrero que quería, se separó de él para cruzar la calle. La alcanzó en seguida.

—Te acompañaré.

—No. No te atrevas.

—Entonces te esperaré afuera.

—No puedo detenerte. Haz lo que quieras.

Abrió la puerta y entró al edificio.

Media hora después volvió a salir a la calle. Kevin se separó de la pared.

—Debe haber salido bien. Al menos estás sonriendo.

—No gracias a ti.

Estaba muy feliz consigo misma, así que no pudo amonestarlo por más tiempo.

—Lo hará. Dibujé lo suficiente de la mujer para que tuviera una idea. Le encantó la idea de hacerlo. Lo que más hace son partes de relojes para que otros las usen, así que usarlas él mismo con este propósito le pareció interesante.

—Entonces fue un éxito. Vamos, te acompañaré a tu carruaje. No deberías estar sola en esta calle. Prométeme que no vendrás desprotegida.

Le permitió caminar a su lado.

—Mis disculpas —dijo—. ¿Podrías olvidar nuestra discusión?

—No estoy segura. Sin causa alguna, pensaste que te estaba traicionando. Si no confías en mí, no veo por qué deberíamos tener algo más que una relación laboral.

—Admito que me comporté mal. Hice suposiciones cuando debí haber escuchado tus intenciones primero. Sí confío en ti, Rosamund. No creo que hubiera actuado de esa manera si no lo hiciera.

Ella se detuvo y alzó la vista hacia él.

—Sé lo importante que es esto para ti. Lo entiendo. Es posible que no siempre esté de acuerdo contigo, pero nunca haría nada para poner en peligro tus planes. Me dolió que dijeras que lo haría.

Se veía muy arrepentido, como debería.

—Lo sé.

—Si lo sabes de verdad, puedo perdonarte.

Él sonrió.

—Si soy tan imperdonable como para tener una discusión en la calle, creo que puedo ser lo suficiente imperdonable como para besarte en la calle.

Se inclinó hacia ella. Rosamund volteó la cabeza.

—No aquí. No ahora. Hoy por la noche, tal vez, si prometes ser amable conmigo.

Explosiones de luz llenaban el cielo de pequeñas flamas. Una y otra vez resonaban mientras los fuegos artificiales volaban.

Rosamund le había pedido que fueran a los jardines de Vauxhall dos noches después de su pelea, Kevin había aceptado.

—He ido antes —le había dicho—. Pero quiero hacerlo bien.

Se habían sentado en uno de los pabellones, se habían comido el jamón del propietario, y después habían paseado por los jardines mientras sonaba la música. Ahora, mientras la noche avanzaba, sabía que era hora de decirle la verdad.

Ella había dicho que decidiría sobre el matrimonio hoy. Y aquí estaban, en ese día, y ella había evitado el tema porque necesitaba hablar de otro primero. No creía necesitaría tomar una decisión sobre el matrimonio después de eso.

Las explosiones cesaron. Solo las estrellas iluminaban el cielo. Los espectadores se dispersaron regresando a otros placeres y diversiones.

—Caminemos por los senderos más retirados —propuso ella, girando hacia el bosquecillo en el lado oeste de los jardines—. Nunca lo he hecho. Todos me advirtieron que no era seguro que una mujer lo hiciera sola.

—Es más mal visto que inseguro.

—Los malentendidos pueden ser el peor tipo de peligro. —Examinó a quienes pasaban a su lado—. Estaba más lleno cuando vine. Y había más de tu gente también.

—Los jardines para pasear ya no están tan a la moda. Además, hoy hubo un enorme baile. El tipo de baile al que todas las damas querrían ir.

—Pero tú no estás ahí. ¿Fuiste invitado o lograste ofender a la anfitriona?

Le lanzó una de sus sonrisas ligeramente torcidas y pícaras que tanto le gustaban.

—Puede que no se me considere la mejor compañía, pero nadie me evita, sin importar lo que digan mis parientes. Me invitaron. Elegí no ir. Prefiero pasar tiempo contigo a bailar con una larga lista de mujeres aburridas.

—Estoy segura de que no todas son aburridas.

—La gran mayoría.

No lo sabía. Lo suponía porque a él no le gustaban los bailes enormes y ruidosos.

—¿Crees que te seguirían invitando si nos casamos?

Habían llegado a la entrada del camino cubierto por los árboles. Él la guio.

—No veo por qué no.

—¿En serio? Aunque no sea yo quien atienda en mis negocios, sigo siendo una sombrerera. Son míos, después de todo. He decidido que no quiero deshacerme de ellos. Si nos casamos. Puede que no atienda a las clientas, pero seguiré diseñando sombreros.

Los árboles dejaban entrar muy poca luz al camino, aunque las lámparas de los jardines lanzaban brillos y destellos entre los árboles. El sonido de voces y risas bajas les decía que no estaban solos. Pasaron por una sombra a unos metros del camino que se movía lo suficiente como para saber que era una pareja.

—Has estado pensando en las cuestiones prácticas —dijo él.

—Uno de nosotros tenía que hacerlo.

—Solo me alegra que siquiera lo hayas estado pensando.

Se detuvo y salió del camino, debajo de un dosel de ramas.

—Te dije que lo haría, y que hoy te diría lo que hubiera decidido.

Él espero para escucharlo. En vez de hablar, ella tomó su mano y se la llevó a los labios.

—Hay cosas de las que quiero hablarte antes de que tomemos esta decisión. Cosas que necesitas saber y cosas que yo quiero saber.

El ánimo entre ellos había sido ligero y alegre toda la noche, pero ahora una seriedad pesada temblaba entre ellos. Sabía que lo que acababa de decir provocaría lo que pasara después y no podía evitarlo.

—Nunca preguntaste por mi pasado —le dijo—. Sería deshonesto dejarte dar este paso sin conocerlo.

Lo miró a través de la oscuridad.

—Pasé casi dos años trabajando en la casa de la señora Darling. Creo que sabes a cuál me refiero.

Para su sorpresa, la tomó en sus brazos.

—Ya lo sé.

—¿Lo sabes?

—Trabajaste ahí cuando te sacaron de la casa de la familia de tu enamorado.

Recargó la cabeza en su pecho. Él lo sabía y nunca le había preguntado. Él hubiera seguido adelante, sin nunca preguntar, si ella no hubiera tenido el valor de hacer lo correcto. Y seguía sin preguntarle.

Podía dejarlo así. Podía confiar en que creyera lo mejor. Se imaginó los largos años de matrimonio con esa pregunta abierta y ocupando un lugar silencioso entre ellos.

—¿No te preguntas lo que hice ahí? Es normal sentir curiosidad.

—¿Por qué no me lo dices? Si quieres.

Ella asintió.

—No podía encontrar un trabajo respetable. No tenía referencias. Estaba durmiendo en puertas y rogando por comida. Decidí regresar a casa porque al menos ahí podría encontrar trabajo, pero no tenía dinero para el viaje. En las calles, los hombres… me ofrecieron dinero.

Hizo una larga pausa.

—Lo consideré.

—Nadie puede culparte por eso, en tu situación.

—Es bueno que lo digas, pero no entiendes.

Ella se estiró y le dio un beso.

—Hice más que considerarlo.

¿Se imaginó que su abrazo cambiaba un poco? ¿Se apretaba? No podía ver bien su rostro.

—Tomé una decisión práctica. Desesperada. Luego pensé que si lo estaba haciendo, lo mejor sería tener un techo sobre mi cabeza por hacerlo. Fui a un parque y observé hasta que vi un grupo de mujeres que parecían ser prostitutas elegantes. Estaban jugando juntas como niñas. Eso me hizo sentir un poco mejor. Las seguí cuando se fueron. Llegaron a una casa cerca de la plaza Portman.

Él no decía nada, pero podía sentir lo concentrado que estaba en ella y en la historia.

—Me presenté con la dueña, la señora Darling. Me hizo algunas preguntas vergonzosas. Después me dijo que no serviría.

Se rio con el recuerdo y luego suspiró.

—Estaba sorprendida. Nunca creí que fuera a rechazarme. Toda esa ansiedad y agonía para nada. Quería reírme y llorar. Cielos, que te rechacen incluso para eso…

—¿Te dijo por qué?

—Dijo que no tenía suficiente experiencia y que no tenía la actitud para el trabajo. «La que apenas quiere no funciona», fue como ella lo puso. Sin embargo, necesitaban a alguien que fuera la sirvienta y ayudara a lavar la ropa. Así que tomé el trabajo y viví ahí.

—Me da gusto que la señora Darling pudiera reconocer la desesperación al verla y te haya ofrecido otro trabajo. El dueño de la siguiente puerta en la que hubieras tocado no te hubiera dicho que no. Una mirada rápida a tu rostro y la avaricia le hubiera ganado a la decencia.

—Fue mi hogar por casi dos años. Todavía tengo algunas amigas ahí. Sería muy discreta con ellas, si nosotros... Me refiero a que si todavía quieres...

—¿Cómo conociste al duque si eras una sirvienta? Supongo que lo conociste mientras estabas ahí.

No sonaba desconfiado. Solo curioso.

—A veces era un cliente. Yo comía con las mujeres y hablaban de él, una de ellas incluso lo señaló. Él y yo nos conocimos cuando una de sus favoritas se enfermó. Marie, se llamaba. La señora Darling creía que era cólera, así que la puso aparte en una habitación y dijo que nadie debía entrar, solo podían dejarle comida en la puerta. Yo la desobedecí y la cuidé, rezando para no enfermarme también. Le dije a la señora Darling que necesitaba un doctor, pero nunca llamaron a uno.

—Cada vez me agrada menos la señora Darling. La avaricia ganó de todas maneras. No quería que conocieran su casa como el lugar donde hubo una enfermedad.

—Una noche, mientras estaba cuidando a Marie, el duque entró como si no le importara enfermarse. Tal vez los duques también son especiales en ese sentido.

—Ni de cerca. Sin embargo, él no cuidaba mucho su salud.

—Pidió un doctor y conversamos mientras esperábamos que llegara. Cuando todo terminó, pagó la tarifa y me dejó una pequeña bolsa. Diez guineas. Nunca había visto tanto dinero. Jamás en toda mi vida.

Siguió abrazándola debajo de los árboles mientras los sonidos de los jardines llegaban a donde estaban, distantes y alegres.

—Fue bueno de tu parte cuidar a esa mujer. Pero también peligroso. ¿Sobrevivió?

Rosamund asintió.

—Una vez que se sintió mejor, se fue.

Se separó de él y se volteó para verlo.

—Y ahí está. Necesitaba que lo supieras.

Siguieron caminando por el sendero. Pasaron por una linterna y volteó a verlo. Su fino perfil se había integrado a una expresión que conocía bien. Estaba considerando algo. Era probable que relacionado con ella. La apresurada propuesta que le había hecho.

—Si trabajabas ahí, es probable que te hayan visto —dijo—. La mayoría de los sirvientes pasarían inadvertidos, pero dudo que ese haya sido tu caso.

Había visto el problema y por qué importaba tanto.

—¿Había malentendidos por parte de los clientes?

—Esa es una linda manera de decirlo, Kevin. Hubo algunos. Dos hombres le preguntaron a la señora Darling por mí. Era mucho dinero, pero dije que no. Otro hombre me vio mientras limpiaba una habitación y no se molestó en ir con la señora Darling. Grité y dos de las mujeres llegaron para corregir su error. Si hubo más, no lo supe.

Se detuvo y lo miró de frente.

—Nunca me acosté con nadie ni una sola vez, si eso es lo que estás preguntando.

—No lo es.

—Sonaba como si lo fuera. No me molesta. Necesitarías saber.

—Sí necesitaba saber, pero no por las razones que crees.

Habían llegado de nuevo a la entrada del sendero. La oscuridad en un lado y las lámparas y linternas en el otro. Kevin bajó la mirada hacia ella.

—Es inusual que hayas sido tan honesta y valiente como para decirme esto.

—Ya lo sabías.

—Tú no sabías que yo lo sabía. ¿Cuál era la pregunta que tenías para mí?

Lo dudó. Él la había aceptado a simple vista, por decirlo de cierta manera. Confiaba en que el tiempo que ella había pasado en esa casa era como se lo había platicado. Él le creía. Ella no dudaba que durante su intensa cavilación mientras caminaban él no hubiera pensado en cualquier posible complicación que su pasado pudiera ocasionarle a él o a su vida.

Preguntarle en ese momento si había matado a su tío sería un insulto. Una traición. ¿Qué podría ganar con eso? Si era el tipo de persona que haría algo así, era el tipo de persona que mentiría al respecto.

Todo se reducía a lo que ella creía. En lo que ella confiara. En si aceptaba lo que ella creía sobre él, como lo había conocido.

Esperaba no estar haciendo a un lado la lógica, como le había pasado con Charles.

—Solo quería preguntar si aún creías que este matrimonio de conveniencia es una buena idea.

Levantó su mano y se inclinó para besarla.

—Creo que es una excelente idea.

—Entonces deberíamos hacerlo, antes de que alguno de los dos se dé cuenta de que estamos locos.

CAPÍTULO 19

Se casaron una semana después, en una tranquila ceremonia en St. George. Rosamund llevaba un vestido claro que había ordenado en cuanto regresaron de París.

Hubo pocos invitados. Minerva, Chase y Hollinburgh estaban ahí, junto con Jenny, la criada de Rosamund. Nadie más de la familia de Kevin asistió, ni siquiera su padre.

Cuando Rosamund se dio la vuelta después de recitar sus votos, vio a Beatrice en la parte de atrás de la iglesia. Le había preocupado que a su amiga no le agradara ese matrimonio, pero Beatrice la saludó y le sonrió antes de irse con rapidez. Rosamund se preguntaba si Kevin la había visto.

Lo único de lo que Rosamund lamentaba era que Lily no hubiera podido estar con ella. Sin embargo, cuando ella le envío la noticia por escrito, Lily le escribió una respuesta en la que sonaba emocionada. Era probable que sintiera alivio al ver que su hermana mayor no se quedaría sola.

Minerva organizó el desayuno de bodas en su jardín. El clima se mantuvo estable, y mucha felicidad y buenos deseos rodearon la mesa. Al terminar, ella y Kevin cabalgaron de regreso a su casa para iniciar el matrimonio que habían elegido. Ella estaba en su habitación cuando Kevin entró. Jenny se fue de inmediato.

La tomó en sus brazos y le dio un beso mucho mejor que el discreto que habían compartido después de la ceremonia.

—Aquí estamos.

—¿Te sientes extraño? Yo sí.

—Muy extraño. Para siempre es mucho tiempo.

—Estaba pensando lo mismo durante la ceremonia.

Jenny ya había empezado a desvestirla. Ahora Kevin le había dado la vuelta para poder terminar la tarea de desatar su vestido.

—Vi a una de las mujeres de la casa de la señora Darling en la iglesia. ¿Tú la invitaste?

—Nunca habría asistido si no lo hubiera hecho.

De repente se dio cuenta de por qué lo estaba preguntando.

—No fue a buscarte, si eso es lo que te preocupa.

Sus dedos se detuvieron en su espalda y luego continuaron.

—Entonces sabes sobre eso.

—Sí. Ella y yo seguimos siendo amigas.

—Creí que solo te compraban sombreros.

—Fue muy amable conmigo cuando estuve ahí. Es probable que haya sido la única amiga que tuve en Londres en ese momento.

—No planeo verla de nuevo, por si te lo preguntabas. Incluso si algún día rompo mi promesa, no será con ella.

Bajó el vestido. Ella se lo quitó y lo miró.

—Lo sé. Ella no te aceptaría, incluso si la buscaras. Puede que sea una prostituta, pero entiende la amistad.

Bajó la mirada hacia los dedos que estaban desvistiéndola.

—Te dio la más alta recomendación, por cierto. Dijo que sabías lo que hacías.

Kevin le mostró una encantadora media sonrisa.

—¿En serio? Qué generosa.

—Pero eso yo ya lo sabía, por supuesto.

—De hecho, no sabes ni la mitad, querida.

Otra prenda cayó al suelo.

—Tal vez deberías ser otro de mis tutores y enseñarme al menos la mitad.

Los dedos de Kevin recorrieron sus pechos dibujando líneas sobre el camisón que aún la cubría.

—Esa es una espléndida idea. Hoy tendremos la primera lección.

Anunciaron al visitante diez días después. Después del desayuno, Kevin había ido al pequeño estudio junto a la biblioteca. Un lacayo lo interrumpió para darle una tarjeta de visita. Irritado por la interrupción en el primer día que había podido concentrarse después de una semana, Kevin dejó a un lado los bocetos con los que había estado jugando y fue al salón de dibujo.

Rosamund estaba ahí, junto con el hombre cuya tarjeta sostenía, el señor Theodore Lovelace.

El hombre le estaba dando la espalda, pero se percató de lo que la vista le permitía. Cabello rojo. Grande. Parecía un trabajador, con los hombros anchos y una figura gruesa. La mano visible tenía callos y cicatrices. Sin embargo, sus abrigos eran de buena calidad.

—Aquí está —dijo Rosamund—. Este es el señor Kevin Radnor, a quien pidió ver.

Kevin se posicionó para darle la bienvenida al señor Lovelace y conseguir una vista completa. Era tosco. Con un rostro áspero. Ojos grises. Pero sonrió y los ojos le brillaron mientras se presentaba.

—El señor Lovelace tiene un amigo mutuo con nosotros —explicó Rosamund.

—¿Y quién podrá ser?

Lovelace sonrió.

—El señor Forestier. En París.

—¿Forestier?

—¿Quiere decir que le dio mi nombre?

—Lo hizo, señor.

—¿Cómo lo conoce?

—Nos conocimos cuando yo estaba en París. Fue durante unas vacaciones, pero los hombres hablan y su nombre fue mencionado como el de alguien que sabía mucho de máquinas y esas cosas. A eso me dedico. Tengo una fábrica en Shropshite y otros trabajos más pequeños cerca del Támesis.

—¿Qué tipo de máquinas?

—Todo tipo. Soy bueno con ellas. Algunas las hacemos para otras personas. Algunas las hago para mí mismo. Estoy haciendo una nueva que podrá ser utilizada en las fábricas textiles, pero tiene un pequeño problema, así que llamé a Forestier para ver si él tenía una solución.

—¿Cómo entró mi nombre a esa conversación?

—Dijo que usted era un hombre con intereses similares. Dijo que podría tener una idea para solucionar el problema, con su experiencia.

De su bolsillo sacó un papel largo.

—Tengo un dibujo aquí.

—¿Forestier dijo algo más sobre mí?

Lovelace se quedó pálido ante el tono de la pregunta. Rosamund le lanzó a Kevin una mirada reprobatoria. Kevin intentó controlar sus sospechas e intentó utilizar una voz más amable.

—Solo quiero saber qué fue lo que le dijo que lo convenció de buscarme.

Lovelace sonrió de nuevo.

—Dijo que usted era un inventor, así que tal vez podría pensar en la solución requerida.

—¿Eso es todo?

—Bueno, puede que haya dicho que tal vez podríamos hacer negocios. Con sus inventos y mis fábricas.

Kevin apenas podía ver a Lovelace ahora, con la cabeza tan caliente.

—Entre las máquinas que hace, ¿construye motores?

El hombre lo entendió mal. Sonrió.

—Eso sí lo hago. Aquí hago los moldes para fundir el hierro más que nada, como se requiere para ellos y otras máquinas. Shropshite es donde hago los motores completos.

Kevin creía que su mente iba a explotar.

—Lo siento. No lo puedo ayudar. Buen día.

Salió del salón de dibujo, listo para matar a alguien. Era probable que a Forestier, pero el canalla estaba en París.

Ligeros pasos se apresuraron tras de él y lo alcanzaron en las escaleras.

—¿Cuál es tu problema? —lo amonestó Rosamund—. Eso fue descortés al punto de la crueldad.

—Él es el competidor que nos costó dos mil, sin mencionar un porcentaje de las ganancias.

—Eso no lo sabes.

—¿No? Me pregunto qué es lo que Forestier le dijo sobre lo que tenemos.

—No supongas que te han traicionado tan rápido, Kevin. Sonaba como si Forestier realmente creyera que tú tienes una solución que él no tiene, y que creyó que el señor Lovelace podría ser de ayuda para nuestra empresa.

Se quitó de encima la mano que tenía en el brazo.

—No estoy interesado.

—No pierdes nada escuchándolo. Puede que no resulte en nada, pero al menos deberíamos…

—Maldita sea, no.

Rosamund entrecerró los ojos. Dio dos pasos hacia atrás. Después se dio la vuelta y regresó al salón de dibujo.

Esa noche, cuando se retiró a su habitación, encontró un largo pedazo de papel en su tocador. Lo miró.

—La señora Radnor trajo eso, señor —le dijo Morris mientras doblaba su chaleco.

Kevin lo tomó y lo puso frente a la luz. Se parecía al dibujo que Lovelace había sacado de su bolsillo.

No había visto a Rosamund desde que había marchado de regreso al salón de dibujo. Ella había pasado la tarde en su tienda y después había pedido que le subieran la cena al departamento. Kevin había pasado el tiempo sumergido en sus pensamientos sobre una idea para un nuevo invento. Aun así, no había podido ignorar el frágil silencio que permeaba la casa.

Ahora estaba examinando el papel. No había ninguna nota, pero leyó su mensaje de todas maneras.

Maldiciendo, se dejó caer en el diván y alzó el papel para que la lámpara en la mesa a su lado pudiera iluminar los dibujos. Así era como las mujeres ganaban sus batallas. El sexo más débil, cómo no. Los hombres nunca tuvieron ninguna oportunidad.

Rosamund giró en su cama y se acurrucó contra su almohada. No, no era una almohada.

Un brazo se movió para rodearla.

Ahora tenía sentido que hubiera estado durmiendo tan bien.

—Estás aquí —murmuró.

—¿Te molesta?

Negó con la cabeza y se dejó llevar por la paz que su abrazo siempre le daba. Estaba muy feliz de que él estuviera ahí. Había pasado toda la tarde molesta, pero, para cuando se retiró, estaba preocupada de que ni siquiera le hubiera importado la distancia que ella había impuesto. Era más probable que la creyera irritante y aburrida.

Tal vez así era. Tal vez ni siquiera había notado su ausencia. En ese momento, no le importaba porque su abrazo hacía feliz a su corazón gracias a su amistad especial.

«No es amistad», dijo la voz de su corazón. «Llámalo amor, porque eso es lo que sientes».

—El problema con esta máquina es fácil de solucionar una vez que lo piensas. Mañana le enviaré la solución que propongo.

¿Máquina? ¿Solución? Ah, sí. El señor Lovelace.

—Eso es muy amable de tu parte.

Sintió un beso en la cabeza.

—No lo pienses mucho.

Rosamund caminó hacia la tienda, emocionada por hacer algo además de practicar elocución y modales. Sus tutores tenían la costumbre de felicitarla, pero siempre sonaba como si se estuvieran felicitando a ellos mismos. Había mejorado mucho en estos meses de lecciones, y la veían como una de sus creaciones, tanto como lo era el nuevo sombrero que ella estaba terminando.

Al llegar a la tienda, fue directo hacia el taller. La aprendiz, Sally, trabajaba recortando una pieza. Rosamund revisó su trabajo y luego se sentó a terminar el suyo.

En el diseño del sombrero había empleado algunas de las ideas que había traído de París en su bolsa. El borde era irregular y más profundo de un lado que del otro. El lado más grande se curvaba hacia arriba, ella había partido el ala en tres lugares. Eso permitía que las plumas en la corona se vieran desde el frente, además le daba un aire diferente al sombrero.

Cubrir esas secciones divididas había sido un desafío. Fue cuidadosa al deshacer las puntadas en una de ellas para comenzar de nuevo.

La señora Ingram entró.

—Hay alguien enfrente preguntando por ti.

—Espero que no sea ningún empresario local. Se anunció mi matrimonio.

—Nada parecido. El señor Walter Radnor y su esposa.

Sorprendida, Rosamund dejó a un lado sus cortes y fue hacia la parte de enfrente de la tienda.

Felicity estaba esperándola ahí, vestida a la moda y usando un sombrero que no era de Jameson. Walter estaba cerca de ella, luciendo pretencioso y un poco incómodo. Felicity la vio y se apresuró hacia ella.

—Qué tienda tan encantadora. Y los sombreros tan interesantes.

Rosamund les dio la bienvenida y esperó con curiosidad. Cuando siguieron paseando por la tienda, se acercó e hizo la pregunta de nuevo.

—¿Cómo puedo ayudarlos? ¿Ha venido a encargar algo, señora Radnor?

—Creo que ya puedes llamarme Felicity, porque somos familia.

—Qué generoso de tu parte.

Felicity miró a su esposo.

Él le ofreció una enorme e insípida sonrisa.

—Queríamos que supieras que aceptamos el matrimonio. Está hecho.

—Qué amable de su parte.

—Sí, bueno, sobre eso, sin embargo…

Miró a su alrededor, su mirada regresando una y otra vez al escaparate.

—¿Hay algún lugar en el que podamos hablar a solas?

—Vengan conmigo.

Los llevó al primer piso y al espacio que usaba la tienda. Había instalado un diván y varias sillas ahí, junto con todo lo necesario para las pruebas de tocados.

—Fuimos a tu casa, pero nos dijeron que estabas aquí —dijo Felicity después de sentarse en el diván.

Rosamund se preguntó quién les había dicho eso.

—¿Crees que esto sea una buena idea? —preguntó Walter—. Seguir trabajando una vez casada no es necesario ni apropiado.

—¿La familia los envió a darme instrucciones? Si a mi esposo no le importa, ¿por qué a ustedes sí?

—Kevin nunca ha sido cuidadoso con las expectativas sociales —dijo Felicity con dulzura—. Walter solo está intentando ayudarte. ¿No es cierto, querido?

Walter asintió.

—Entonces han cumplido con su deber.

Rosamund se puso de pie.

—Ahora, tengo un día ocupado y…

—De hecho, queríamos hablar de otra cosa —dijo Walter, mientras comenzaba a ponerse de pie.

Rosamund se volvió a sentar.

—Su acuerdo de matrimonio. ¿Cómo manejaba la empresa de Kevin? —preguntó Walter.

—Esto es más privado de lo que estoy dispuesta a hablar.

—¿Lo pusiste como tu heredero? —preguntó Felicity—. Te dije que no hicieras eso.

—Querida, por favor no desvíes la conversación —le pidió Walter—. Eso no es importante para nuestro propósito.

—Tal vez puedas explicarme lo que sí es importante —dijo Rosamund.

Walter se reacomodó.

—Esta es la situación. Cuando un año había pasado y no te encontraban, imaginamos que nunca lo harían. Asumimos que estabas…

—¿Muerta?

—O que te habías mudado. A América —agregó Felicity con rapidez.

—Fue una conclusión justa —dijo Walter—. Tomé la responsabilidad en nombre de la familia de investigar cuánto vale la empresa, en caso de que el legado se dividiera. Me sorprendió que, aunque no se conocen los detalles del invento de Kevin, hay quienes estiman la mente de mi primo a precios muy altos, y comprarían una parte de algo sobre lo que no saben nada, solo porque fue su idea.

Rosamund estaba lista para sacarlos, pero ahora estaba aliviada de no haberlo hecho. Qué cosa tan maravillosa.

—Dijiste que había sido un descubrimiento reciente.

—Muy reciente. —El rostro de Walter se tiñó de rosa por un momento.

—Tal vez lo investigaste antes. Cuando creías que arrestarían a Kevin.

Walter se veía sorprendido, pero no por lo que ella lo acusaba, sino porque hubiera adivinado lo que había hecho.

—Fue una reacción razonable —dijo Felicity, con una empalagosa dulzura combinada con un tono de súplica lo suficiente irritante.

—Sin importar cuándo lo hayan hecho, no veo por qué tendrían que contarme al respecto.

Se miraron el uno al otro, luego a ella, y luego el uno al otro de nuevo. Felicity le sonrió a Rosamund.

—Queremos que regreses la compañía al Estado. No el dinero, solo la compañía. Nuestra parte de eso es mucho menos que el dinero, pero es algo.

—Sería bueno para Kevin, él en realidad no tiene experiencia con los negocios y sería sabio tener inversionistas que sí lo sean —agregó Walter.

—Creo que también sería bueno para tu matrimonio si hicieras a un lado tu relación laboral con él. No puede ser bueno que tengan eso de por medio—. La expresión de Felicity se volvió pícara—. Y si por eso se casó contigo, ahora ya no tiene escapatoria.

—Pero acaban de decirme que tiene valor, incluso si no está bien establecida todavía.

—Muy poco, comparado con todo lo que tienes —se apresuró a decir Walter—. Es como un charco comparado con un océano.

Rosamund obligó a su mente a retroceder unos pasos para poder apreciar esta peculiar visita como lo que realmente era. Una vez que la pudo ver completa, la rareza comenzó a tener sentido.

—Díganme algo. Cuando descubrieron su valor y supusieron que nunca me encontrarían, ¿hicieron negocios con sus expectativas?

—¿A qué te refieres? —preguntó Walter.

—¿Vendieron su parte antes de tenerla? No se me ocurre otra razón por la que me impulsarían dos veces a regresarle mi parte al Estado. Como dicen, su pérdida es como un charco para ustedes. ¿Estaban tan confiados en que sería suya que la vendieron antes de recibirla?

La expresión de Walter revelaba la verdad. Felicity intentó disfrazar su sorpresa con arrogancia.

—Qué incómodo para ustedes —dijo Rosamund—. Me parece que eso es ilegal. Deberían devolver el dinero.

Como la mayoría de los hombres, Walter prefería la ira a la vergüenza.

—Te dije que no escucharía a la razón —le reclamó a su esposa. Comenzó a ponerse de pie. No dejaré que una sombrerera cualquiera me trate de esta manera.

—¡Espera! —gritó Felicity, intentando aferrarse a su brazo. Se dio la vuelta, los ojos bien abiertos y asustados clavados en Rosamund—. No podemos devolverlo. Ya no lo tenemos.

Ya no lo tenían. Lo gastaron. Rosamund miró de cerca la ropa de Felicity. Nueva y a la moda. Se preguntó cuánto gastaba esa mujer en un año. Era probable que mucho. La fortuna de Walter podía ser como la de Kevin, pero no era suficiente para una mujer que quería vivir como una duquesa.

Walter se puso de pie. Con la cara roja, caminó hacia la puerta.

—Buen día.

Rosamund esperó a que sus pasos dejaran de retumbar en la escalera. Felicity se limpió los ojos con su pañuelo.

—¿Cuánto? —preguntó Rosamund.

—Tres mil. Un fideicomiso paga en junio, pero el hombre que la compró es impaciente. Incluso si lo convencemos de esperar, si le damos eso, nos quedaremos sin nada para nosotros.

Era un fideicomiso como el de Kevin, les pagaba dos veces al año, unos cinco o seis mil en total. Eso era mucho dinero.

No debería sentirse mal por la situación actual de Felicity, pero sí lo sentía. Esperaba que la idea de que a su esposo lo arrestaran por negocios fraudulentos le importara más que las nuevas prendas para otoño.

—Creo que puedo encontrar la manera de ayudarlos —dijo—. Primero, sin embargo, quiero hablar de otra cosa.

Al escuchar la posibilidad de ayuda, Felicity se tranquilizó. Asintió y esperó.

—Me dijiste que habías visto a Kevin en Londres unos días antes de la muerte del duque. ¿Qué días y dónde lo viste?

Felicity pensó antes de hablar.

—Fue al día siguiente. Estaba en su caballo. No me vio. Tenía esa expresión de cuando no está poniendo atención a nada más que a sus propios pensamientos.

—¿Sabes a dónde iba?

Felicity se encogió de hombros.

—No estaba lejos de la plaza Grosvenor. Supuse que iba a visitar a lady Greenough. Es viuda y muy adinerada. Hubo algunos rumores sobre ellos dos ese invierno. Solo fue importante por ser Kevin. No era conocido por tener ese tipo de relaciones.

Rosamund luchó por mantener la sorpresa fuera de su rostro. Odiaba lo rápido que los celos explotaron dentro de su corazón.

—Te ayudaré a salir de tu situación —dijo de después de tranquilizarse—. Sin embargo, quiero algo a cambio.

—Te aceptaré, si es eso. Y animaré a la familia a que haga lo mismo.

—Eso sería bueno, pero no es lo que quiero. Cuando salgas de esta habitación, debes olvidar que lo viste en Londres ese día. Debes decir que lo pensaste y que te diste cuenta de que en realidad no viste bien el rostro del jinete, y que hiciste suposiciones innecesarias. Nunca jamás, a nadie, le insinuarás que Kevin tuvo algo que ver con la muerte de su tío. Le dirás a tu esposo que cometiste un terrible error para que no siga sospechando de Kevin de manera injusta.

Felicity asintió sin dudarlo.

Rosamund se puso de pie.

—Dile a tu esposo que me mande el nombre del hombre que les dio el dinero y el monto exacto que le debe. Haré el pago y lo dejaré con el señor Sanders. Todo se puede resolver en su oficina. Tendrán que firmar documentos de préstamo que digan que tendrán que devolvérmelo de inmediato si alguno de los dos vuelve a participar en los rumores sobre mi esposo.

CAPÍTULO 20

—¿Qué es eso? —le preguntó Chase a Kevin.

Estaban en la biblioteca de las habitaciones de Chase en la calle Bury. Había vivido ahí antes de casarse.

Kevin siguió desenvolviendo su paquete.

—Es una pequeña máquina de vapor. Me detuve en la casa antes de venir y la tomé.

—Espero que no tengas planeado encenderla aquí.

—Es segura. Incluso si algo fallara, no hará más que tirar el estuco. La necesito para hacer demostraciones.

Chase se veía escéptico.

—Debería explicarle eso a Brigsby y advertirle cuando tengas planeado hacer la demostración.

Kevin dio un paso atrás y observó la máquina en la mesa de la biblioteca.

—Es muy amable de tu parte prestármelo, además de dejarme rentar estas habitaciones.

Chase tomó el decantador de brandy y sirvió en dos vasos.

—Me estás haciendo un favor con las dos cosas. Brigsby no ha tenido un trabajo formal desde que me casé. Ha sido complicado. Se niega a ser un criado, pero no está preparado para llevar toda una casa. Debido a su larga historia conmigo se considera especial entre los sirvientes, lo cual le molesta al mayordomo y al ama de llaves. Ahora tienes a tu propio valet en casa, pero Bigsby se mantendrá ocupado al poder ocuparse de esta parte de tu vida. La idea de que te ayudará aquí, le encantó. Ahora tiene su reino de regreso.

—Creí que ahora trabajaba como uno de tus agentes.

Chase se hundió en la silla.

—A veces.

Miró la puerta y bajó la voz.

—Llama demasiado la atención como para usarlo la mayor parte del tiempo. Se necesita una apariencia y una actitud más anónimas. Él tiene…

La puerta se abrió y el hombre en cuestión entró. Llevaba una charola con café y tazas que dejó en la mesa. Les sirvió y entregó los resultados, sonriendo orgulloso por haber hecho un buen trabajo.

No había nada que se vieran anónimo en Brigsby, eso era seguro. Con una altura promedio y un cuerpo esbelto, emanaba confianza que los sirvientes normalmente no tenían. El cuello de su camisa estaba tan bien planchado que podría ser un arma. Una pomada mantenía su escaso cabello negro pegado a la cabeza. Su expresión era casi impertinente. Era claro que era el tipo de sirviente que veía a su patrón como alguien que necesitaba ayuda con las cosas más rudimentarias de la vida.

—El café es muy bueno —Kevin se vio obligado a decir, porque Brigsby parecía estar esperando que lo felicitaran. O algo así.

—Me siento complacido si usted se siente complacido, señor.

Se giró un poco para mirar a Chase.

—Me preguntaba si podríamos tener una breve conversación sobre mis deberes aquí, para poder llevarlos a cabo de la manera correcta.

—Por supuesto.

Chase miró a Kevin con una expresión divertida, esperando que respondiera.

—Supongo que son los mismos que cuando estabas aquí con Chase —dijo Kevin, sin saber en realidad lo que eso significaba.

—Si me permite, señor. Usted tiene otra casa, ¿entonces puedo suponer que no vivirá aquí?

—No de la manera tradicional.

—Ah. Soy un excelente cocinero. Mucho mejor que los que hay en otras casas.

Una rápida mirada de reojo a Chase.

—¿Necesitará comer aquí en ciertas ocasiones?

—Supongo que es posible, si me quedo tarde.

—Muy bien, señor. Además de las sábanas y esas cosas, ¿necesitará que lave algo más?

—Lo dudo.

—Ya veo. Eso me dejará mucho tiempo. Ya que no me necesitará para algunas cosas, ¿le importaría si en ciertas ocasiones sigo trabajando en las investigaciones, cuando se me necesite?

De reojo, Kevin pudo ver la delgada sonrisa de Chase.

—Déjame pensarlo y veremos cómo van las cosas por aquí.

—Muy bien, señor. No quiero ser impertinente, pero creo que lo mejor sería discutir mis requerimientos.

—¿Y cuáles serían esos?

Brigsby sonrió de una manera que lograba ser subordinada y superior.

—Prefiero recibir mi pago cada dos semanas. Sé que no es la manera normal de hacer las cosas, pero es lo que me va bien. Y si planea tener invitados para las comidas, necesito que me lo haga saber al menos en la mañana para poder conseguir lo necesario.

—Eso es muy razonable.

—Gracias, señor. Ah, hay algo más. Si planea que una dama se quede por la noche, le pido que quite el tirador que cuelga de la puerta a la bodega. No me gustaría interrumpir por error.

—No planeo hacerlo, pero es bueno conocer la costumbre.

Con una gran reverencia, Brigsby salió de la biblioteca.

—¿Qué me has hecho? —preguntó Kevin.

—Es un excelente sirviente. Incluso puede llevarte las cuentas, si quieres. Una vez que la empresa comience a mostrar ventas y ganancias, deberías considerar usarlo.

Chase se terminó el resto del café antes de dejar la taza a un lado y tomar su brandy.

—Tienes suerte de tenerlo.

—Te informaré si estoy de acuerdo dentro de un mes.

Se puso de pie y examinó la biblioteca. Muchos de los libros habían sido trasladados a la casa que Chase compartía con Minerva. Le recordaba a los estantes vacíos que tanto molestaban a Rosamund cuando compró su casa. Esa biblioteca ahora estaba llena de los libros de Kevin. Tal vez podría mover algunos para acá, para que ella pudiera seguir comprando los de su preferencia.

La había visto el día anterior, leyendo uno de los volúmenes forrados a juego que había comprado. Las páginas daban vuelta con lentitud, pero no se había rendido. En el tiempo que él estuvo en la biblioteca, se puso de pie dos veces y caminó hacia el diccionario que había dejado abierto en el escritorio.

—¿Te gusta la vida doméstica? —le preguntó Chase.

—Mucho.

Kevin siguió examinando la habitación.

—La decisión de tener un departamento aparte a un mes de haberte casado sugiere lo contrario.

—No es aparte. Es adicional. Hay una diferencia.

—Si tú lo dices.

Kevin conocía ese tono. Era el tono de Chase que decía que no iba a ser preguntas, pero tenía al menos diez preguntas esperando.

—No me estoy arrepintiendo de mi matrimonio, si es lo que piensas

—No pienso nada además de que es un poco extraño.

Chase hizo un gesto con su vaso hacia la biblioteca.

—Si eso es lo que crees, ¿por qué me ofreciste tu departamento?

—Dijiste que ibas a hacerlo y este estaba disponible y bien ubicado. No me corresponde tomar decisiones por ti.

—Pero al parecer sí te corresponde cuestionarlas.

—Solo tengo una pregunta. ¿Rosamund sabe de esto?

—Lo sabe. Está de acuerdo en que necesitábamos espacio adicional.

Chase levantó las cejas, lo suficiente para ser irritante.

—¿Qué?

—Nada, pero…

Siempre había un «pero» en este tipo de conversaciones.

—Si no te conociera mejor, diría que te estás preparando para tener amoríos a un mes de haberte casado —terminó Chase—. Pero, por supuesto, tú no tienes ese tipo de relaciones. Hasta la que tuviste con la señorita Jameson.

—Para tu información, este lugar es para la empresa. Los dos queríamos una dirección diferente a la casa. Y una oficina fuera de la casa. Un lugar especial para esos asuntos, para que no estorbaran donde no es debido.

Esas cejas se alzaron de nuevo, por mucho más tiempo.

—Ah.

—Ese fue un «ah» muy molesto. Sonó como si el experto en investigaciones discretas hubiera decidido que tenía las respuestas que buscaba.

—Lo único que he concluido es que han decidido que una relación laboral y una doméstica no funcionan bien en un mismo lugar.

Eso se quedaba corto. Desde su boda, Kevin había maldecido el acuerdo que había firmado sobre dejarle su parte a Rosamund muchas veces.

—Tuvimos una pelea —dijo Kevin—. Fue pequeña, pero comenzó a envenenar todo. Ya le había dicho que yo quería tener un lugar para explorar mis intereses, y estuvimos de acuerdo en separar esas dos partes de nuestras vidas.

—¿Así que cuando hablen sobre la empresa lo harán aquí?

—Ese es el plan.

—¿Y crees que si pelean podrán dejar la discusión aquí?

—Por supuesto. ¿Por qué no?

—No es como ningún otro matrimonio que conozca, pero tú no eres como ningún otro hombre que conozca, así que tal vez has encontrado la solución perfecta. Ahora tengo que ir a la ciudad. Te dejaré para que te instales con Brigsby.

La idea de instalarse con Brigsby hizo que Kevin siguiera a Chase hasta la puerta.

—Te acompañaré una parte del camino.

Rosamund se aferró a la corbata de seda que tenía sus muñecas atadas al poste de la cama sobre su cabeza. Su vulnerabilidad la emocionaba más de lo que esperaba. Kevin la había excitado de una manera perfecta, magistral. Ahora estaba sentado sobre sus piernas, observándola, haciéndola esperar mientras ella temblaba de deseo.

Lecciones como esta habían progresado por partes. Podía pasar una semana antes de que sucediera una nueva. Había surgido un patrón. Él le decía, en esa callada y clara voz, lo que iba a hacerle. Una vez se había negado a sus palabras. Él había descartado esa idea y no la había vuelto a presentar.

Esto le recordaba su primera vez juntos, cuando le puso las manos sobre la cabeza. Sin embargo, nada más era similar. Esta vez estaba de pie, por ejemplo.

Kevin le separó las piernas y comenzó a besar una de ellas. Entre más subían esos besos, más rápido jadeaba ella. Su boca se desvió hacia ese lugar mojado. Sus dedos acariciaron y su lengua se movió. Rosamund cerró los ojos y se dejó llevar por la intensidad del placer que estaba creando.

Estaba a punto de llegar, a punto de romperse, cuando él se movió de nuevo, dejándola sin su conclusión. Se hincó cerca de ella, estirándose. Desató sus manos.

No había descrito esta parte, pero ella sabía qué hacer. Lo acarició, sus manos subían por su torso y después bajaban hacia sus caderas y muslos. Tomó su miembro en las manos y comenzó a darle placer como a él le gustaba.

Las posiciones en las que estaban le permitían acariciarlo por completo. También le permitía hacer algo más. Había escuchado a mujeres hablar al respecto y lo veían como el peor de sus deberes. Ahora la idea no la sorprendía. De manera impulsiva, se inclinó y movió su lengua a lo largo de su miembro. Sintió una nueva tensión en él y alzó la mirada.

—¿Quieres que lo haga?

Movió la lengua de nuevo.

—Sí.

Su voz rasposa, la mandíbula apretada, la manera en la que la miraba… todo indicaba que lo quería más de lo que ese «sí» indicaba.

Lo acarició con labios y dedos, haciendo lo mismo que él solía hacerle. Torturándolo y haciendo que su deseo aumentara.

—Me pregunto si puedo hacerte rogar —dijo, moviendo la lengua alrededor de la punta.

—Nunca.

—¿No? Tengo toda la noche para descubrirlo.

Kevin se aferró a la cabecera de la cama con un brazo.

—Haz lo que quieras.

Kevin se despertó y vio que Rosamund lo estaba mirando directamente. Estaba descansando de lado, con su cabeza apoyada sobre su mano, mientras lo observaba.

Debió de haberse quedado dormido después de terminar. Lo había dejado exhausto. No tenía experiencia, pero su curiosidad era suficiente para excitarlo. Y lo encantaba. Sentirla explorar y experimentar hacía que su sangre gritara.

Ahora tenía una sonrisa satisfecha.

—Supongo que las mujeres decentes no hacen eso —dijo—. ¿Es por eso que nunca me lo habías pedido?

Era una pregunta complicada.

—Creí que tal vez podríamos intentarlo después.

—Te dije que las mujeres hablaban. Sé que a los hombres les gusta.

—Sí. Bueno…

—Te gustó lo suficiente para rogar.

—No creo que un «por favor» cuente como rogar.

—No fue solo un «por favor» sino varios, junto con algunos «sí, así» y «más profundo» y…

Kevin la abrazó y la acercó a su cuerpo para que no se sintiera obligada a repetir cada desesperado murmullo que había hecho.

Comenzó a quedarse dormido de nuevo.

—Háblame sobre lady Greenough.

De repente, estaba alerta, viendo la parte inferior de la cortina de la cama que se movía sobre ellos.

—¿Qué pasa con ella?

—Me dijeron que tuviste un amorío con ella el año pasado. Creí que no tenías amantes.

Su respuesta no debería importar, pero había una sensación de peligro que lo hizo dudar.

—No era lo normal, no.

—¿Ella fue la excepción?

Maldición.

—Sí, aunque fue tan corto que «amorío» no es la palabra correcta.

—Creí que no tenías experiencia en ser discreto, pero debes haber tenido un poco después de eso.

—En realidad, no.

No se necesitaba discreción cuando un hombre vivió en las habitaciones privadas de una mujer por cuatro días. Había sido una calculada orgía de dos, una peligrosa apuesta con un objetivo cínico.

Nadie dijo nada más por un momento. Después…

—¿La amabas?

Bajó la mirada para ver la cabeza de Rosamund.

—No.

Se puso de espaldas con la cabeza en su hombro y se puso a ver con él las cortinas de la cama.

—Hay algo que no entiendo. ¿Por qué no le dijiste a Chase que estabas con ella cuando estaba investigando la muerte de tu tío? Hubiera eliminado las acusaciones en tu contra si hubiera hablado con ella.

Kevin comprendió muchas cosas poco a poco, cada una más sorprendente que la anterior.

Ella sabía de las preguntas sobre su ubicación en la noche de la muerte del duque.

Nunca le había preguntado sobre esas sospechas.

Había conseguido más información que Chase.

A pesar de todo eso, se había casado con él.

Podría ponerle fin a esa conversación diciendo que no tenía nada que ver con ella y que no se preocupara. O podía explicarle algunas cosas que nunca le había dicho a nadie y que no lo harían ver muy bien. Sin importar lo que eligiera, era probable que este matrimonio, este «para siempre», cambiara. Admitió que le importaría.

Se giró para poder verla. Le dio un beso en la mejilla.

—Quiero que sepas que nunca lastimé a mi tío.

Ella también giró y lo miró a los ojos.

—Te creo. No estaría aquí si no lo hiciera.

El descubrimiento final. Había pensado en esto antes de aceptar casarse. Había visto la evidencia que podía incriminar a un hombre y había elegido creerle.

Él no la merecía.

La mirada de él se volvió más cálida cuando lo dijo, pero ella pudo notar que una parte de sus pensamientos se habían vuelto hacia adentro. Espero a lo que fuera que quisiera decir. Tal vez se quedaría dormido ahora, contento de haberla hecho sentir mejor.

—Estuve ahí una noche antes —dijo—. Fui a Melton Park para decirle que necesitaba el dinero para Forestier. Mi tío había invertido, igual que yo. Veía el potencial. Sin embargo, se negó a darme más fondos. Tuvimos una pelea. Eso fue lo que le dije a Chase cuando descubrió que había regresado de Francia antes de lo que admití.

—¿Creíste que te había dejado su mitad en el testamento?

Él dudó.

—Sí. Hasta donde yo sé, solo Chase sabía que el testamento había cambiado, pero ni siquiera él sabía lo que decía.

Ella no le mencionó que eso no ayudaba mucho. Él lo sabía.

—¿Y tú estuviste con esta dama todo el tiempo, en la intimidad?

—No todo el tiempo. Incluso yo necesito descansar.

Ella no se rio de su pequeño chiste.

—Me quedé ahí durante mi visita, sin embargo. Fue un coqueteo. Una locura momentánea cuando pensé que podríamos ser una buena pareja, solo para descubrir que estaba equivocado.

Locura. No amor, pero había sido un encanto, lo suficiente como para considerar matrimonio. O tal vez no. Tal vez solo había sido deseo. En eso era un experto. Tal vez solo quería el dinero de esta mujer y había utilizado sus poderes sensuales para impulsar esa relación. Le hubiera parecido un buen acuerdo. Matrimonio y dinero a cambio de placer.

Es lo que había hecho con ella, ¿no?

—Minerva me dijo que Chase le dio el informe a alguien importante —dijo—. En él incluyó a todas las personas que pudieron haberlo hecho, si es que así hubiera sido. Eras una de ellas, al igual que Minerva.

—No conozco los detalles sobre eso. Sí sé que antes de que hiciera ese informe me dijo que me fuera a la costa para prepararme a dejar el país si era necesario.

—¿Hiciste lo que te dijo?

—No me gustó la idea de que me colgaran por algo que no había hecho.

Ahora que lo hablaba con él, solo se preocupó más. Los rumores de Felicity eran una cosa. Saber que en realidad estuvo en peligro era otra.

—Se concluyó que fue un accidente. ¿Eso podría cambiar? ¿Alguien en el futuro podría decidir algo diferente?

—Supongo que sí. Me preocupaba, por supuesto. Sin embargo, con cada mes que pasa me siento mejor.

No podía imaginarse lo que había sentido. Terror. Había vivido con la sombra de una cuerda en la pared de cada habitación.

—Espero que si eso pasa, rompas el silencio sobre dónde estuviste esa noche. No debes ser un caballero tonto al respecto y proteger el nombre de tu amante.

Alzó la vista a la cortina, porque si veía cualquier cosa parecida al amor en él cuando pensaba en esa mujer, sería difícil fingir que no le dolía.

Se amonestó a sí misma en el silencio que se extendió entre los dos. Ella no se había casado por amor. Seguro él tampoco. Para matrimonios prácticos, era probable que este fuera mejor que muchos. Estar celosa de un amorío de hace más de un año era tonto. Infantil. Era casi tan malo como aferrarse a la idea de Charles.

Sin embargo, saber eso no detuvo la tristeza. Le había dicho que nunca había quedado cautivado, así que a ella no le importaba mucho que no se sintiera cautivado por ella, pero parecía que sí lo había estado, al menos una vez. Pudo admitir que estaba celosa porque sus propios sentimientos habían cambiado. Eran más profundos.

Beatrice alguna vez le había dicho que cuando una nueva mujer se les unía, pasaban todo el mes recordándole que no se enamorara, que nunca entendiera mal lo que significaba para los clientes. Alguien debió haber hecho eso con ella misma y con este matrimonio. «Es un matrimonio práctico. Un matrimonio de conveniencia. No seas tan tonta como para enamorarte de él a menos que quieras que te rompan el corazón».

Había estado con esa mujer por días, pero no de manera doméstica. Se preguntó cuánto habrían avanzado en sus lecciones.

—Explicaré dónde estaba si es necesario —dijo—. Sería un tonto al quedarme callado.

—Quiero que me lo prometas.

Tomó su cara y la giró hacia él para darle un gentil beso.

—Te doy mi palabra como un caballero tonto.

CAPÍTULO 21

Rosamund contrató un carruaje que la llevara río arriba. Salió de la tienda, donde dijo que estaría todo el día. Tenía una nota en su bolsa. Había llegado por parte del señor Lovelace hace dos días. Le daba las gracias por su ayuda con el problema mecánico y la invitaba a visitar su trabajo. No había mencionado a Kevin y él no había recibido su propia invitación.

Era probable que una buena esposa le avisara a su esposo de sus intenciones. Rosamund no lo hizo. Lo más probable era que nada resultara de ahí, ¿por qué incitar una tormenta? No había olvidado la pelea cuando fue a buscar a un hombre para que hiciera su juguete. Sin embargo era curiosa. El señor Lovelace le agradaba y quería ver lo que había hecho.

El carruaje la llevó por Southwark, después hacia el campo. Aún había algunas granjas, pero muchas le habían cedido su lugar a pequeñas fábricas. Decoraban la orilla del río.

El señor Lovelace era dueño de una de las más grandes. Los hombres se movían por el enorme patio yendo de un edificio al otro, algunos cargando pesados objetos de metal y otros moviendo carbón en vehículos con ruedas. Le pidió al conductor del carruaje que entrara y le avisara al dueño que estaba esperándolo afuera.

El señor Lovelace salió, sonriendo mientras le daba la bienvenida.

—No creí que fuera a venir, pero tenía esperanzas.

—Me da curiosidad su industria.

—Venga conmigo y le mostraré.

Entraron a un largo edificio. Los hombres estaban sentados en unas mesas, usando lijas y martillos en el metal.

—Están haciendo partes —explicó el señor Lovelace—. No es trabajo para un herrero. Cada rueda, cada pistón, cada engrane necesita estar lo más cerca de la perfección como sea posible.

Apuntó a un grupo.

—Ellos hacen los moldes para fundir el hierro. No puede hacerse más rápido.

Al final del edificio, un grupo de hombres armaban las partes. El resultado se parecía a la máquina que Kevin le había mostrado, pero mucho más grande.

—Yo pago por cada una que hago a quienes tienen las licencias esenciales. Incluso así, tengo ganancias suficientes porque muchas personas las quieren.

—¿Qué pasa si algo sale mal mientras se utilizan?

—Mando a un hombre a arreglarlo. Excepto si se trata de una parte especial. Es un secreto, y si pareciera que fuera eso, el señor Watt envía a uno de sus hombres.

Él le lanzó una mirada significativa.

—Ha habido muchos robos en esta industria, me temo. No puedo culpar al señor Watt por ser cuidadoso. Pero no me hace feliz depender de él para esa parte y su mantenimiento. ¿Qué le impediría que también él me robara a mí? Me refiero a mis clientes.

Rosamund admiró la máquina un momento y después regresaron al edificio cerca del carruaje. La invitó a tomar algo y se sentaron en una terraza de madera con vista al río. Algunas balsas pasaron flotando, después un yate.

—Me di cuenta de que al señor Radnor no le agradó mi visita —comentó.

—No realmente.

—Y aun así me mandó la explicación de cómo solucionar mi problema. Era una máquina diferente, por supuesto. No un motor.

—Le pedí que lo ayudara.

—Supuse que usted se lo pidió. Por eso le pedí que viniera. Parecía interesada en lo que tenía que decir.

—Importa muy poco si lo estoy.

—Yo creo que las esposas tienen más influencia de la que se cree. La mía la tiene.

Les habían llevado limonada y levantó un vaso con sus marcadas y toscas manos y la bebió. Observó su pequeño lugar de descanso con satisfacción.

—Déjeme contarle lo que Forestier me dijo, después de que me comunicó que no me daría esa licencia. Me dijo que el señor Radnor tenía un mejor uso para ella.

—Y lo tiene.

—También me dijo que hay inventores y hay fabricantes, y que el señor Radnor es de los primeros. Por eso me dio su nombre. Dijo que los inventores necesitan fabricantes. Yo soy un fabricante. No se me ocurría cómo mejorar o cambiar los motores que fabriqué, pero los fabrico mejor que nadie. He enviado algunos a Francia y uno a Rusia.

Apuntó con su pulgar el edificio río abajo.

—Esos hombres saben lo que hacen. Trabajan el metal como artistas. Mis máquinas no se rompen porque las partes están bien hechas.

Precisión, en otras palabras. Kevin había hablado de eso y de lo importante que era.

El señor Lovelace la miró directo a los ojos.

—No sé qué ha inventado, pero puedo adivinar. No cómo se ve ni cómo funciona, sino lo que hace. Me imagino que tiene lo que se conoce como un indicador. Uno que vigila la presión, para poder ver cómo funciona el vapor y si se puede sacar más fuerza de él. Forestier inventó un medidor de presión, así que tiene sentido que se usen juntos.

Sonaba correcto a oídos de Rosamund, pero su expresión no cambió.

—Yo no soy inventora ni fabricante, señor Lovelace. En realidad no sé si está en lo correcto.

—Por supuesto que no. Pero creo que sabe que su esposo debería enfocarse más en sus inventos y menos en intentar llevar una fábrica como esta. Solo estoy preguntando si podría convencerlo de que escuche lo que propongo, eso es todo. Creo que juntos podemos hacer grandes cosas.

Le agradaba este hombre. Primero que nada, no se había robado la idea de Forestier. Pagó por esas licencias y les pagaba a esos artistas. Algunos de sus proyectos no estaban lejos de Londres. Era un hombre trabajador con grandes ideas que sabía lo que podía hacer y lo que no.

—Señor Lovelace, si habló con el señor Forestier, tal vez le dijo que soy dueña de la mitad de la empresa del señor Radnor.

Se veía atónito, luego confundido. Al final sonrió.

—¿Usted es la mujer de la seda roja? ¿La señorita Jameson? Bueno, eso explica todo. Cuando la vi, me pareció injusto que él tuviera a dos mujeres hermosas en su vida. Si me permite decirlo.

—Nos casamos poco después de regresar de Francia.

Se rio.

—Vaya, hubiera dicho algunas cosas de diferente manera si hubiera sabido que usted es dueña de la mitad.

—Creo que lo dijo todo muy bien.

Pensó rápido. Kevin estaría furioso si le daba una oportunidad a este hombre de cualquier manera. Furioso. Y aun así…

—Señor Lovelace, sabe que mi socio no está dispuesto a tomar este camino. Yo, sin embargo, estoy dispuesta a escuchar su propuesta.

Kevin movió la enorme pila de papeles llenos de bocetos a un lado de la mesa. Tomó una hoja nueva y comenzó a copiar el único dibujo que había hecho que le parecía satisfactorio.

Había pasado mucho tiempo desde que había iniciado un proyecto nuevo, pero no podía sacarse esa idea de la cabeza. Lo mejor sería ver a dónde lo llevaba. Ahora le estaba dando más problemas que soluciones. No le molestaba. No sería interesante de otra manera.

El sonido de alguien que tosía interrumpió sus pensamientos. Miró detrás de él y se encontró a Brigsby mirando el suelo.

—¿Le gustaría que recogiera eso, señor?

Kevin observó la docena de papeles regados por la alfombra.

—No es necesario.

Brigsby le dio un golpecito con el pie al papel más cercano.

—Podrían aplastarse aquí. Arruinarse. Los pondré en el escritorio.

Se inclinó y comenzó a recoger los papeles.

Kevin lo aceptó y esperó a que hubiera acomodado los papeles.

—¿Viniste a ver si necesitabas acomodar algo o hay algo más?

—Mencionó que la señora Radnor nos visitaría esta tarde. Podría preparar un pastel, si quiere. No sería nada complicado.

—Brigsby, la señora Radnor no es una visita aquí. Es tan suyo como mío. Uno no puede visitar su propio departamento.

—Por supuesto, señor.

—Bien.

Kevin siguió dibujando. Después de un minuto, se dio cuenta de que Brigsby seguía ahí. Se dio la vuelta de nuevo.

—¿Necesitas algo más?

—El pastel, señor. ¿Lo quiere?

—Bien. Excelente. Un pastel. Muy bien. Ahora vete.

Se volvió a girar mientras Brigsby pasaba a su lado de camino a la puerta.

—Pequeño —le gritó—. Muy pequeño.

Satisfecho al haberse asegurado de que Brigsby estaría ocupado, y de evitar que fuera un pastel gigante, Kevin siguió trabajando.

Estaba tan absorto que la reaparición de Brigsby volvió a sentirse como una interrupción.

—Creí que estabas haciendo un pastel.

—Está hecho, señor. —Miró las sillas y movió cada una unos centímetros—. Lo traeré pronto con un poco de café. La señora Radnor está subiendo.

Kevin revisó su reloj de bolsillo. Las horas habían pasado volando.

Brigsby se apresuró y regresó acompañando a Rosamund como la visita que no era. Aunque no venía muy seguido, fuera de una ocasión en la que conversaron y examinaron los dibujos y el modelo del medidor de Forestier, no había regresado. Por eso la carta que llegó a la una en punto anunciando que llegaría más tarde le había causado tanta curiosidad.

Ahora ella estaba mirando alrededor de la sala. Caminó hacia las ventanas y observó el paisaje como si no lo hubiera visto antes. Se acercó al escritorio y ladeó la cabeza para examinar el dibujo de hasta arriba. Giró la cabeza en dirección a la mesa grande en la que había estado trabajando.

—¿Qué es esto? —preguntó, levantando uno de los dibujos desechados.

—Es una idea con la que estoy jugando.

—Parece una cosa. ¿Qué son estas líneas que van de arriba hacia abajo?

—Tuberías.

Lo dejó en la mesa.

—Supongo que si yo paso el tiempo haciendo sombreros en el taller detrás de la tienda, tú puedes dibujar tuberías aquí.

Brigsby llegó de nuevo, con una charola con café, tazas y el pastel. Kevin no lo describiría como pequeño, pero pudo haber sido peor.

Rosamund, sin embargo, estaba encantada. Se sentaron, Brigsby les sirvió y se fue.

—Esto es delicioso —dijo Rosamund—. Qué lindo de su parte haberlo preparado.

—El hombre es terco. Irritante. Una distracción. Chase fue astuto al darme el espacio y el sirviente. Van juntos, por supuesto. Ahora sé por qué.

—No debe de ser una gran distracción, considerando esa pila de papel.

—Puede ser que no. Pero estoy acostumbrado a estar solo. No estoy acostumbrando a que alguien esté conmigo todo el tiempo.

Rosamund le sonrió divertida antes de morder su pastel.

—Fuimos muy traviesos anoche. No sabía que hacía el plato de crema ahí cuando me fui a dormir. Debí haber sabido que tenías un plan.

Mencionarlo le trajo recuerdos que le quitaron las tuberías de la mente por completo.

—Tenía antojo de crema, eso es todo.

—La mayoría de las personas usan cucharas.

Puso su brazo alrededor del cuello de Rosamund y la acercó para darle un beso.

—Qué aburrido.

Miró el pastel.

—Podríamos llevar esto a la habitación.

—Acordamos que nada de eso pasaría aquí. Eso es para la calle Chapel y aquí se maneja la empresa.

Miró los papeles de nuevo.

—Y lo que sea que estés haciendo.

—No creí que hubiera algo que discutir sobre la empresa. Nuestros siguientes pasos están definidos. Vamos a hacer otro medidor y vamos a probar las dos piezas juntas en cuanto esté terminado.

—Por supuesto.

Notó la duda en sus ojos y cierta actitud. Rosamund se mordió el labio inferior. Eso solía excitarlo, pero esta vez lo preocupó.

—Te ves como una niña culpable, y no solo porque hay moronas de pastel en tus labios.

Se limpió la boca.

—Hice algo que no te va a gustar.

—Solo hay una cosa que podrías hacer que no me gustaría, Rosamund.

Tomó su mano.

—Qué dulce, pero no es cierto. De hecho, puede que prefieras eso. Verás, hace cuatro días fui a visitar la fábrica del señor Lovelace.

Estaba en lo correcto. Eso no le gustó.

—¿Por qué?

—Creo que debiste haber escuchado lo que quería decir. Así que lo hice yo.

—Dejé claro que no me interesaba.

—Y yo dejé igual de claro que a mí sí. Creo que vale la pena considerar su propuesta.

Kevin se puso de pie y dio unos pasos lejos de ella.

—¿Le dijiste todo lo que sabes?

—Por supuesto que no. ¿Cómo te atreves a acusarme de eso?

Kevin se dio la vuelta.

—Porque un hombre no puede tener una propuesta a menos que sepa con qué demonios está proponiendo. —Hizo una pausa mientras controlaba su temperamento—. Incluso si hablaras de un indicador, tendría que adivinar el resto.

Rosamund se puso de pie con los ojos entrecerrados.

—Bueno, no lo hice. Tampoco pude haberle dicho algo que le diera pruebas porque no tengo idea de cómo funciona esa maldita cosa. Pero él tampoco es tonto. Conoce la industria. Pudo haber adivinado lo que tienes sin una palabra de nadie.

—Poco probable.

—Muy probable. Sé que en tu mente eres la persona más brillante del mundo, pero hay más personas que piensan e inventan. Fue muy explícito al respecto.

Su mandíbula estaba apretada con tanta fuerza que afectaba su cuello y al resto de su cabeza. No veía a la mujer que deseaba en este momento. Veía a una mujer que había interferido haciendo caso omiso de su juicio y que había tenido conversaciones a sus espaldas.

La expresión de Rosamund se suavizó. Se acercó a él.

—Lo escribió todo. Solo léelo. Todavía puedes rechazarlo si quieres. No puedo detenerte.

—¿Pero estás diciendo que lo harías si pudieras? No confías en mí para hacerlo.

—No se trata de confianza, Kevin. Se trata de ser prácticos. Esto ya no solo se trata de pensar. Es hora de actuar, de fabricar esta cosa y de que esté disponible para usarse. Podría tomarnos un año si lo hacemos solos. Tal vez más. Sería mucho mejor que alguien nos ayudara para que fuera de inmediato. —Puso una mano en su brazo—. Tu mente se está moviendo a otras cosas. Cosas maravillosas, estoy segura. Brillantes. Este invento tendrá que ser compartido con alguien para poder fabricarlo, y me agrada el señor Lovelace y confío en él.

Kevin bajó la mirada a su mano. Ese contacto lo llevó a la mitad del camino hacia la cordura, pero no más allá.

—¿Qué es lo que quiere?

—Si lees la propuesta…

—¿Qué demonios quiere?

Ella apartó su mano. Dio un paso atrás, como si la hubiera golpeado. Parpadeó dos veces y se puso seria.

—Dos compañías. La que tenemos, y la suya. Nosotros seríamos dueños de una parte de la suya y el sería dueño de una parte de la nuestra.

—No.

—¿A qué te refieres con «no»? —dijo, y su voz subía de volumen—. Por el amor a la gracia, Kevin, su negocio está ocupado y es exitoso, y el nuestro sigue siendo un sueño. Es más que justo.

—No pasé tres años haciendo esto solo para dárselo a alguien más.

—Nadie te está pidiendo que lo hagas. Por el momento, solo te estoy pidiendo que lo consideres y visites su fábrica para ver lo que hacen. Creo que notarás que tienen la precisión que dices que necesitamos.

—¿Ahora eres ingeniera además de ser una sombrerera cualquiera? Deja de interferir en cosas de las que no sabes nada y que eres incapaz de entender. Maldita sea, a veces creo que hubiera sido mejor que la mitad se fuera a mis estúpidos parientes.

Dijo eso para silenciar su insistencia. Se arrepintió en cuanto las palabras salieron de su boca.

Ella lo miró en silencio por un largo tiempo. Momento tras momento, poco a poco, la calidez la abandonó, junto con su enojo. Para cuando se dio la vuelta y se fue, pudo haber estado mirando a un desconocido.

—¿Le gustaría cenar aquí, señor? Es demasiado tarde para cocinar, pero podría ir por algo a la taberna.

La voz apartó a Kevin de sus pensamientos. Se dio cuenta de que el día había terminado y el atardecer estaba en el cielo. Debió de haberse distraído por horas.

Ciertos pensamientos desagradables podían tener el mismo efecto que sus pensamientos acerca de las probabilidades o de las tuberías. Había pasado de la furia al arrepentimiento, una y otra vez. Ahora Brigsby estaba frente a él, mirándolo con una simpatía sospechosa. Era probable que el hombre hubiera escuchado la discusión, incluso si no había podido entender las palabras.

Tenía que elegir una opción. Quedarse o regresar a la calle Chapel.

—Trae algo. Hoy me quedaré aquí.

Se dijo a sí mismo que no estaba siendo un cobarde. Su cabeza seguía demasiado caliente como para hablar con Rosamund de nuevo.

A la mañana siguiente, se despertó sintiéndose casi normal. Una comida que no le supo a nada y media botella de vino lograron entumir su mente. Por fin había logrado dormir, pero el caos no lo abandonó.

Brigsby insistió en ayudarlo a vestirse e incluso entró a su habitación para poder planchar su camisa y su corbata. Un desayuno lo esperaba y lo ayudó a mejorar su humor. Al fin fue al establo por su caballo.

Había sido una buena idea rentar el departamento de Chase. Ahora podía regresar a la calle Chapel y esa pelea sería de otro tiempo y lugar. Sin embargo, aun así le pediría perdón a Rosamund. Había perdido el control de su temperamento y habló sin pensar. En unos días podrían volver a encontrarse en Bury Street y le explicaría sus razones con más cuidado.

Estaba acomodando sus pensamientos sobre cómo hacer eso cuando entró a la casa. Mientras subía las escaleras, se dio cuenta de que la casa se sentía diferente. Más grande. Más vacía. Se sentía como los salones de baile al final de la noche, cuando la mayoría de los invitados se había ido.

Entró a su habitación y encontró a Morris ocupado en el vestidor. Un firme saludo y un rápido movimiento de cabeza y Morris murmuró algo sobre el correo.

Kevin fue a buscar a Rosamund, pero no estaba en su habitación. Bajó las escaleras, pero tampoco estaba en el salón matutino. La primera llamada de alerta sonó cuando se dio cuenta de que no había comida preparada.

Morris entró con el correo. Puso una pila cerca del lugar donde Kevin se sentaba y luego sostuvo las otras con una expresión confundida.

—¿Debería enviarlas, señor? ¿A su nueva dirección?

Su pecho se vació. Cuando inhaló, se llenó de nuevo, demasiado lleno. Tan lleno que le aplastó el corazón.

—¿Se fue anoche?

—Sí, señor. Cerca del anochecer. Jenny, su criada, dijo que primero iban a visitar a la hermana de la señora Radnor y después tenían otros negocios que atender. Le pidió al ama de llaves que les dijera a los tutores que no regresaran hasta que se les volviera a llamar.

Kevin volvió a subir a su habitación. Había algunos vestidos colgados en el armario y sintió una pizca de alivio. Miró alrededor de la habitación mientras intentaba conquistar la desolación que amenazaba con poseerlo.

Evitó mirar la cama, ya se estaba yendo cuando notó los papeles ahí, entre las almohadas. Los tomó para ver si había dejado una nota. Tal vez le había llegado una carta para avisarle que su hermana estaba enferma o que algo había pasado.

No era una nota. En lugar de eso vio la propuesta de Lovelace. Kevin dejó que cayera a la cama mientras una espina de ira se clavaba en su mente. Ese hombre había ocasionado esto. Las peleas, los insultos, esta habitación vacía. La ira contuvo a la culpa, pero estaba ahí como una sombra, esperando.

Otro papel se cayó de la pila que sostenía y lo examinó más de cerca. Al principio no le encontró sentido. Después se dio cuenta de que era algo parecido a un documento legal, o al menos el intento de Rosamund de imitar uno. Lo había escrito con su propia mano, con solo algunas manchas de tinta y borrones de un papel secante. Se la imaginó doblada sobre su tarea, frunciendo el ceño mientras intentaba que las letras parecieran algo que escribiría una dama elegante.

El documento lo dejó frío. En él firmaba para darle su parte de la empresa a su esposo, Kevin Radnor.

Podría regresar a Londres, e incluso a esta casa, pero en ese momento supo que nunca planeaba regresar a él.

CAPÍTULO 22

Rosamund regó un poco la maceta afuera de la tienda. Examinó el escaparate y lo que se mostraba en él antes de regresar adentro. Se detuvo para ver cómo la nueva mujer, la señora Hutton, atendía a una clienta. La señora Hutton sabía hacer su trabajo, eso era obvio. Al regresar, Rosamund había quedado impresionada con lo bien que iban las cosas.

Subió las escaleras. Aquí en Richmond el taller estaba en el primer piso, entró para tomar su asiento debajo de la ventana para tener buena luz para los detalles delicados que estaba cosiendo. A su lado, la aprendiz Molly le estaba enseñando a Lily cómo esconder las costuras con algunos adornos.

Lily se pinchó el dedo. Lo hacía muy seguido, pero la mayoría de las niñas nuevas lo hacían. La primera vez se había quejado y llorado. Ahora solo lo cubría con un poco de bálsamo y envolvía su dedo en un pedazo de tela limpio.

—Espera a que deje de sangrar —le dijo Rosamund observándola mientras trabajaba—. No queremos sangre en ese gorro. Ni una sola gota.

Lily dejó el gorro a un lado y esperó. Estaba dando patadas como una niña pequeña y enredó su dedo en uno de sus largos rizos rubios. Rosamund sonrió ante la imagen. Mitad niña, mitad mujer. Algunas horas mostraba un lado y en otras mostraba el otro.

—Esto es más divertido que la escuela —dijo Lily—. Tal vez debería quedarme aquí o en la tienda de Londres. Podría ser una sombrera como tú.

—Harás algo mejor que eso, si yo tengo algo que decir al respecto.

—Creo que la escuela es maravillosa —dijo Molly.

—No dirías eso si conocieras a las niñas con las que vivo. Son horribles y orgullosas y consentidas y…

—Y has hecho dos amigas que no lo son —interrumpió Rosamund—. Una semana más conmigo, luego regresarás. Nos detendremos en Londres en el camino y pediremos que te hagan algunos vestidos.

Nuevos vestidos terminaron la discusión, como Rosamund sabía que pasaría. Lily no era tan infeliz en la escuela. Solo se quejaba como las niñas hacen a esa edad.

—Había llegado sin avisar para llevarse a Lily. Solo necesitaba estar con ella por un tiempo. Mucho de lo que había hecho había sido por su hermana. Necesitaba ver a Lily y asegurarse a sí misma de que al menos esa parte había sido una buena idea.

Lily se acercó a mostrarle su orilla adornada.

—Las puntadas son demasiado grandes para terminar aquí —le dijo Rosamund—. Vas a tener que arrancarlas y hacerlo de nuevo.

—Nadie notará esas puntadas ahí escondidas.

—Un día una clienta estará mirando su gorro y las notará. Entonces decidirá que eres una sombrerera descuidada. Necesitamos que cada detalle sea lo más perfecto posible.

Las palabras resonaron en su cabeza, pero con la voz del señor Lovelace. Eso la llevó a recordar su pelea con Kevin. Una tristeza conocida y profunda se esparció por su cuerpo.

Durante el día escapaba de esa enfermedad del corazón. Se mantenía ocupada en la tienda. Permanecía cerca de Lily y disfrutaba de su compañía. Era por la noche, cuando estaba sola, que dejaba que le doliera como cuando su padre falleció.

Se recordó a sí misma que no se había ido de Londres por esa pelea con Kevin. No solo por eso, al menos. Habían tenido peleas sobre la empresa antes. Siempre sobre eso.

Siempre había sabido que solo la toleraba como una socia. Era algo sobre lo que no tenía poder, así que lo aceptaba. Pero no le gustaba. Aun así, ella pensó que habían encontrado puntos en común, en especial después de París. Pero tal vez no. Tal vez el deseo y el placer la habían cegado, al igual que a él.

La discusión paseaba por su mente, palabra por palabra, su explosión al final resonando fuerte y clara. Algo le había pasado en ese momento. A ella. Fue como si de repente estuviera parada a un lado, observando, y se hubiera dado cuenta de lo que en realidad estaba pasando frente a sus ojos.

Más que nada, se vio a ella de manera demasiado clara, desde el punto de vista de su propio corazón y desde el de las palabras de él. Que Kevin la considerara una entrometida sombrerera cualquiera, y en general irritante, a menos de que estuvieran en la cama… Era probable que hubiera aceptado eso. Pudo haber aprendido a vivir con eso. Sin embargo, el saber que no solo la amaba como ella a él, sino que era probable que nunca lo hiciera… aceptar eso le dolió mucho. Había vuelto a experimentar la humillación que había conocido en el jardín con Charles.

No quería vivir así, tan consciente de que él odiaba una parte de su vida. De la vida que compartían. Una parte de ella, en realidad. Afectaría todo, incluso su placer. Incluso ahora podía ver el tiempo que habían pasado juntos de manera diferente.

Sus pensamientos la distraían. Se pinchó el dedo, algo que ya casi nunca le pasaba. Dejó el sombrero a un lado y remojó el dedo en el bálsamo. En la otra mesa, Lily se había puesto a trabajar de nuevo.

Envolvió el dedo y esperó mientras observaba el cielo por la ventana. Hoy era azul, después de tanta lluvia. Era probable que en el jardín de la calle Chapel estuvieran floreciendo todas las rosas.

Con el tiempo, tal vez pudiera regresar. Una vez que conquistara el amor. Sin embargo, no tenía la intención de pasar otros cinco años viviendo un sueño. Era demasiado vieja para eso.

El resto era más o menos lo que había aceptado, si estaba siendo honesta. Había sido culpa de ella, no de él, el haberlo olvidado.

Había adivinado dónde estaba. Hace diez días había llegado una carta. Una oración:

«¿Estás bien?».

Sacudió la cabeza y se rio. Su esposa lo deja sin avisar, ¿y esa es su única pregunta?

Había respondido con la misma brevedad.

«Sí, muy bien».

Había llegado otra carta, hace cuatro días. Nada sobre su salud esta vez. Solo quería informarle que Chase había anunciado que Minerva estaba embarazada. Creyó que le gustaría saber. Esta vez fueron dos oraciones.

Sonaron pasos en la escalera. La señora Hutton apareció, primero su cabeza y luego el resto de su cuerpo.

—Molly, necesito que vayas abajo. Tengo algunas cosas que necesito que hagas —dijo al entrar al taller.

Molly dejó su trabajo y se fue, con sus rizos oscuros rebotando. La señora Hutton no la siguió. Se acercó a Rosamund y puso una tarjeta en la mesa.

—Está abajo. Quiere verte. ¿Qué le digo?

Era la tarjeta de Kevin. «Todavía no», dijo su corazón.

Eso no serviría. Se puso de pie.

—Ven conmigo, Lily.

Lily la siguió. Rosamund se detuvo en el último escalón y respiró profundo. Giró la cabeza y le habló a su hermana.

—Lily, el señor Radnor está en la tienda. Quiero que lo conozcas.

Los ojos de Lily se abrieron como platos. Estiró el cuello para ver alrededor de la pared de la escalera y casi se cayó. Rosamund dio el último paso para entrar a la tienda. Kevin estaba cerca del escaparate más lejano, y estaba ladeando la cabeza para examinar un sombrero.

—No me dijiste que era atractivo —susurró Lily.

Sí era atractivo. En especial hoy. O tal vez el pasar tantas semanas separados lo hacía parecer más atractivo que de costumbre. Movió la mirada por la tienda y las vio. Rosamund empujó a Lily hacia delante como un escudo hasta que llegaron al escaparate.

—Kevin, esta es mi hermana, Lily.

Lily hizo una reverencia como le habían enseñado en la escuela. Kevin se inclinó como un caballero y sonrió. Lily le regresó una brillante sonrisa.

Rosamund exhaló, orgullosa de sí misma. No había mostrado lo nerviosa que estaba. No había llorado.

Lily era una niña hermosa. Era probable que Rosamund se hubiera visto así a esa edad, antes de que se convirtiera en una mujer. Él no sabía nada sobre cómo hablar con niños, pero le preguntó si le gustaba la escuela y ella comenzó a platicarle sobre las otras niñas y los profesores. Mientras ella hablaba, él miraba a Rosamund.

No había pasado mucho tiempo, pero sentía como si la estuviera viendo de nuevo, parada en la puerta de la biblioteca de Chase, asombrándolo. Sonreía con suavidad mientras su hermana hablaba, pero puso una mano en su hombro cuando se detuvo para tomar aire.

—Guarda un poco para después —le dijo—. ¿Por qué no vas con Molly y le preguntas qué necesitaba la señora Hutton?

—Antes de que se vaya, tal vez quieras darle esto.

Kevin se dio la vuelta y sostuvo una caja que había traído con él.

—Llegó hace unos días.

Los ojos de Lily se abrieron sorprendidos. Miró a Rosamund, que asintió. Lily levantó la tapa de la caja con cuidado.

—Oh, vaya.

Metió las manos y sacó una muñeca de metal. Juntas, ella y Rosamund la admiraron por todos lados.

—¿Qué es esto? —preguntó Lily cuando descubrió la llave.

—Dale vuelta y déjala en suelo —le dijo Rosamund.

Lily lo hizo. La mujer sonrió. La muñeca alzó la mano que sostenía un sombrero y se lo puso en la cabeza. Lily lo miró asombrada y Rosamund sonrió de alegría.

—¿Puedo mostrárselo a Molly? —preguntó Lily.

—Por supuesto —respondió Rosamund.

Lily levantó la muñeca mecánica. Hizo otra pequeña reverencia y se fue corriendo.

—Gracias por traerla —dijo Rosamund—. Será la envidia de todas las niñas en la escuela cuando regrese con ella.

—Es encantadora.

Y ahí estaban, mirándose a los ojos. Él había practicado muchas cosas que decir, pero en ese momento su mente quedó en blanco.

La puerta se abrió y una mujer entró. Otra mujer salió de la parte de atrás para recibirla. Ambas los miraron.

—¿Hay algún lugar en el que podamos hablar? —preguntó Kevin.

—No hay privacidad aquí, si es a lo que te refieres. Podemos ir a dar un paseo, si quieres.

Eso serviría. Una vez afuera, caminaron lado a lado.

—No respondiste mi última carta —dijo.

—Le escribí a Minerva. Ella es la que está embarazada.

—Por supuesto. Aun así…

Ella se rio.

—Kevin, ¿qué podía escribir? Había dos oraciones, todo sobre ella. —Sonrió ampliamente y sacudió la cabeza—. No eres muy bueno con la correspondencia, ¿verdad?

—Me gusta pensar que soy conciso.

—Entiendo. De verdad. No dudo que hayas estado ocupado pensando en otras cosas. Como unas tuberías.

—He pensado muy poco en tuberías desde que te fuiste.

—¿La empresa te ha mantenido ocupado? Es bueno escucharlo.

Kevin miró la calle. El sonido hacía que fuera difícil hablar de manera cómoda, y la gente seguía empujándolos.

—Esa es una de las razones por las que estoy aquí. Tengo que decirte algo. Tengo una habitación en la posada del Caballo Oscuro. Ahí no tendríamos que gritar sobre el sonido de los carruajes.

Dejó de caminar y lo miró. No tuvo que oír su voz para escuchar la pregunta. Sabía cuál era. Le dolía saber que se lo estuviera preguntando, pero se habían separado molestos.

—No soy el tipo de esposo que exigiría ese tipo de cosas, Rosamund. Espero que sepas eso.

Ella asintió y siguieron avanzando hacia la posada.

No se había preguntado si él exigiría algo. Se había preguntado si intentaría seducirla. No estaba segura de poder resistirse si eso pasaba.

Sus palabras la hicieron sentir mejor. Subieron a la habitación que había tomado. Era linda y daba a la calle, no al patio. Al menos no olía a caballo.

Había media botella de vino en la mesa.

—¿Quieres un poco?

Hizo un gesto hacia ella mientras movía una silla junto a la que ya estaba ahí.

—Puedes sentarte aquí, si quieres.

En cualquier otra ocasión no tomaría vino por la tarde, pero ahora sonaba como una gran idea. Se sentó y aceptó un pequeño vaso de vino. Vio sus cepillos y navaja cerca del lavabo y una levita visible detrás de la puerta del armario que había quedado medio abierta. Una pila de papeles estaba al lado de su cama. Dibujos de tuberías, tal vez.

El tiempo se estiró mientras se sentaban en silencio. No pudo resistir mirarlo, aunque la inundaron recuerdos que hacían que su corazón se sintiera alegre y triste al mismo tiempo. Esto era lo que había esperado evitar… una vida entera de momentos como este, cuando su amor se expandía con solo verlo, solo para causarle dolor cuando aceptara que el amor había sido un terrible error.

—Parece una excelente tienda —dijo al fin, dándole un trago a su vino.

—Estoy muy orgullosa de ella. Incluso más que la de Londres. Fue bueno verla de nuevo.

Le dio vueltas a su vino en el vaso, viendo cómo se movía.

—¿Planeas quedarte aquí?

—Por un tiempo. Estoy disfrutando mi tiempo con Lily. Han pasado muchos años desde que hemos podido estar juntas por más de unos días. Hemos estado conociéndonos de nuevo.

—¿Debí haberte seguido? —preguntó—. ¿Esperabas que lo hiciera?

Muy al estilo de Kevin. Algunas cortesías en un esfuerzo por ser inteligente y, después, un abrupto cambio de tema a lo que realmente le interesaba.

—No me hubiera gustado para nada.

—Una mujer diferente lo hubiera esperado, pero no creí que a ti te importara.

—¿Te refieres a que es algo que una dama esperaría? Una sombrerera cualquiera no pueden desear ese tipo de cosas.

La mirada de Kevin reflejaba el hecho de que hubiera usado sus palabras para describirse a sí misma.

—No me diste la oportunidad de disculparme por mi comportamiento. Solo te fuiste.

—No me fui por ti. Me fui por mí.

—Aun así me disculpo.

—Si quieres podemos fingir que dijiste cosas que no crees porque estabas molesto. Pero la gente suele decir lo que cree en esos momentos. Dejan salir las partes que casi nunca hablan. No te culpo. Ni siquiera me importa, aunque hubiera sido sencillo fingir. Solo me recordaste quién soy. Qué soy. Por qué nos casamos Necesitaba vivir con eso un tiempo, sin que me distrajeras.

Kevin se puso de pie y caminó alrededor de la cama.

—Tengo algo aquí que necesito que firmes. Es la razón por la que te interrumpí hoy.

Tomó la pila de libros de la cama y regresó a su silla.

—Tiene que ver con la empresa.

—Te di mi mitad. No necesitas mi firma.

—Tu intento de dármela no fue válida. No tenías un testigo. No hay prueba de que la hayas firmado. Además, hace poco descubrí por el señor Sanders que, si en algún momento quieres venderla o regalarla, necesitas hacerlo frente a un juez para que sea válido, para que nadie piense que te obligaron. La ley es desconfiada cuando se trata de mujeres casadas que quieren deshacerse de alguna propiedad, porque podrían estar obligándolas a hacerlo.

—Eso es un problema. ¿Hiciste que el señor Sanders lo arreglara? ¿Es eso lo que necesitas? Podemos buscar testigos e iniciar hoy.

—No se me ocurrió. Necesito que firmes otra cosa.

Le dio un documento doblado.

—Aun así necesitaremos los testigos.

Rosamund reconoció la caligrafía del escribano, tan fluida y elegante. Desdobló la gruesa hoja hasta que colgó sobre su regazo. Le tomó un momento reconocer lo que decía. Eso era en parte porque seguía regresando a algunas secciones para asegurarse de que estaba entendiendo.

—Esto parece un contrato con el señor Lovelace, Kevin.

—Lo es. Un cuarto de la empresa para él y un cuarto de la compañía que creará para nosotros.

Tenía otro papel doblado en la mano.

—El otro lado del acuerdo está aquí.

Dejó el papel a un lado, sorprendida.

—¿Hablaste con él?

—Una mujer muy astuta me aconsejó hacerlo. Me tomó varios días, pero logré leer su propuesta.

—¿Te tomó todo ese tiempo dejar a un lado tu enojo?

Tomó el documento de sus manos y lo puso en la mesa. Se inclinó hacia delante hasta que estuvo tan cerca que sus narices casi se tocaban.

—Me tomó todo ese tiempo empezar a superar mi pena al ver que te habías ido.

Su cercanía y la calidez de su aliento la hacían temblar.

—¿Decidiste que la propuesta del señor Lovelace era un buen plan?

—No puedo negar que era práctico. Razonable. Conveniente. Así que hablamos y vi sus trabajos. Incluso viajé a Shropshire para ver el resto. Tenías razón, Rosamund. Lo hará bien.

Rosamund se mordió el labio para intentar controlar su estúpido amor.

—No fue mi intención que pasaras días en pena. Esa no fue mi intención.

—Lo sé. Sin embargo eso fue lo que pasó. No quería aceptar que te pudieras haber ido para siempre. Creo que te decepcione de más maneras de las que conozco.

—No lo hiciste. Cumpliste con tu palabra. Con nuestro acuerdo. Y en cuanto a la empresa, nunca esperé que la compartieras con facilidad. —Le tembló la boca cuando intentó sonreír—. Una vez dijiste que las mujeres no te cautivaban, con la excepción de esa corta locura con lady Greenough. También entiendo por qué. Estabas cautivado con cosas más importantes. Por supuesto que serías posesivo con tus creaciones. Yo me siento así con mis tiendas y mis sombreros.

La escuchaba con tanta atención, como si cada palabra importara. Frunció el entrecejo en cierto punto y su atención se intensificó, como si eso fuera posible.

Él se sentó y se concentró en su interior, como solía hacer. Nunca había estado celosa de cómo podía aislarse dentro de su propia mente. Siempre le había parecido misterioso y emocionante.

La miró de nuevo.

—Rosamund, ¿te fuiste porque creíste que la empresa significaba más para mí que tú?

—No, porque acepté que esa era la realidad. Es la razón por la que nos casamos, después de todo.

Kevin se inclinó hacia atrás y cerró los ojos.

Se puso de pie de repente y comenzó a pasear por la habitación antes de detenerse de espaldas a ella con las manos en la cadera. Lo escuchó suspirar. Lo había irritado de nuevo. No entendía cómo.

Se volvió a dar la vuelta de la misma manera y caminó hacia ella. Lanzó su silla a un lado y cayó sobre una rodilla frente a ella. Tomó sus manos.

—Rosamund, esa es la razón por la que dijimos que nos habíamos casado, pero para mí esto siempre ha sido más que un matrimonio práctico. Te deseo desde el primer momento en que te vi. Con cada revelación de quién eres y lo que eres, te deseaba aún más. No te mentí cuando te dije que nunca me habían cautivado, pero ahora no podría decirlo sin mentir, porque he estado cautivado contigo por mucho tiempo. Obsesionado. Encantado. Te has robado mi corazón, querida, y la mejor parte de mi alma. No te puedo prometer que nunca seré descortés, ni que no me enojaré o que no seré todas esas cosas de las que todos me acusan. Solo puedo prometer que te amaré por siempre, sin importar dónde estés.

Se inclinó, besó sus manos y dejó sus labios ahí, presionados contra su piel. Los ojos de Rosamund se llenaron de lágrimas mientras la felicidad se esparcía por su cuerpo, y su corazón liberaba su amor. La conmovió que se hubiera declarado de esa manera.

Ni siquiera le había pedido que regresara a él. Solo quería que lo supiera, sin importar lo que hiciera o a dónde fuera.

Besó su cabeza.

—Gracias—susurró—. No podía soportar fingir que no estoy enamorada. No hablar sobre eso, y aceptar placer y amistad, pero negar esta otra emoción que me abruma. Si tu también me amas, no tendré que hacerlo.

Alzó la mirada. El alivio en su expresión estrujó su corazón.

—Nunca tendrás que hacerlo. —Dudó. Una chispa de precaución—. ¿Regresarás a casa?

Rosamund asintió.

Él sonrió y miró la cama. Su sonrisa se volvió traviesa.

Riendo y llorando, ella comenzó a quitarle la corbata.

—Tal vez tú seas demasiado bueno para exigir tus derechos maritales, pero yo no.

Deshizo el nudo.

—¿Qué harás sin la empresa para entretenerte? ¿Tuberías?

—Entre otras cosas.

Se quitó su levita y luego le quitó los zapatos.

—Dejaré a tu consideración los aspectos prácticos. Somos una buena pareja, Rosamund. Tal vez el duque supuso que lo seríamos.

Sus manos se deslizaron debajo del vestido y buscaron su ropa interior. Ella se retorció cuando llegaron tan alto que le recordaron lo que le esperaba.

A Kevin le temblaban los dedos mientras ella se encargaba de los botones de su chaleco.

—¿Sabías que hay hombres en la ciudad que comprarían una parte de cualquier invención tuya, sin saber ni entender nada al respecto?

—Eso es ridículo.

Su camisa ocupaba su atención. Logró quitársela con rapidez para que su pecho desnudo quedara disponible para su mirada y sus manos.

—Debes haber impresionado a algunos mientras insultabas a la mayoría.

Se bajó las medias y las lanzó a un lado.

—No puedo imaginarme cómo. Sin embargo, es bueno saber que si algún día queremos estafar a docenas de accionistas podemos hacerlo.

Se puso de pie y la levantó del suelo.

Era muy típico de Kevin ser indiferente a las posibilidades legales que esos inversionistas representaban. Se lo explicaría en algún momento.

El primer beso que se dieron la volvió loca y la hizo sentir muy agradecida por el calidez y el amor que la rodeaban.

El poder de su deseo la sorprendió.

—No ha pasado tanto tiempo, pero yo…

—Ya sé. Yo también. Sin juegos ni lecciones esta vez. Quiero tenerte en mis brazos y cerca de mi corazón.

Tampoco hubo palabras, excepto aquellas de devoción que se dijeron una y otra vez mientras se reconocían el uno al otro en una unión llena de amor.